各位親愛的讀者：

我寫完《柯里夫頓紀事》系列的最後幾本書之後，幾位讀者寫信給我，告訴我他們想更了解哈利．柯里夫頓筆下的主角威廉．華威克。

我必須坦承，早在我開始撰寫威廉．華威克系列的第一本小說《初生之犢》之前，就已經產生一些想法了。

《初生之犢》是從威廉畢業開始說起，他沒有依循父親的期待進入他的大律師事務所，而是決定加入倫敦警察廳。威廉堅持走在這條路上，在第一本小說的開頭，我們隨著他展開巡邏員警的生涯，在他成為警探並轉調到倫敦警察廳總部的路途上，遇見形形色色的人物，有些是好人，有些可沒那麼好。

在這一系列小說中，你們會跟著威廉的腳步，看著他從偵緝警員，一路成為倫敦警察廳的廳長。

我正在撰寫本系列的第二集小說，主軸是年輕的偵緝巡佐威廉在菁英齊聚的緝毒組的經歷。

威廉．華威克能否成為廳長的關鍵，既取決於他的決心和能力，也取決於我對長壽的期許——我是指我的壽命，而非各位的。

傑佛瑞・亞契

寫於二〇一九年九月

這不是警探小說，
而是一名警探的故事

1

一九七九年七月十四日

「你不是認真的吧。」

「我再認真不過了，父親，假如您有認真聽我這十年來說的每一句話，您就會發現的。」

「但是你已經錄取了我讀過的牛津大學學院，準備攻讀法律，等你畢業之後，就能夠進入我的大律師事務所。對年輕人來說，還有比這更好的事嗎？」

「有的，那就是可以追尋自己選擇的職涯，不是只能跟隨父親的腳步。」

「有這麼糟糕嗎？畢竟我的職業生涯可說是十分精彩，非常值得的，而且我敢說，應該算是成功吧。」

「是無比成功，父親，但是我們現在不是在討論您的職涯，而是我的。也許我不想當刑事大律師，花一輩子的時間，為一群壓根不可能邀請去俱樂部共進午餐的壞蛋辯護。」

「看來你似乎忘了，正是那群壞蛋給的錢替你繳學費，還讓你過著正在享受的生活。」

「我永遠不可能忘記，父親，這就是為什麼我想用一輩子的時間，確保那一群壞蛋都要坐很久的牢，不會在你技術高超的辯護下逍遙法外，繼續違法犯罪。」

威廉以為自己終於讓父親啞口無言，但是他錯了。

「親愛的兒子，也許我們能妥協一下？」

威廉斬釘截鐵地反駁：「不可能，父親，您聽起來就像一個明知案件希望不大，卻還是想請求減刑的大律師。但是這一次，沒有人會聽您口若懸河的辯駁。」

他父親回應：「你甚至不讓我提起訴訟，就要把案子駁回了嗎？」

「沒錯，因為我沒有罪，我不必為了讓您高興，而向陪審團證明我是無辜的。」

「那你願意做些什麼讓我開心嗎？寶貝兒子？」

雙方爭論得正火熱，威廉都忘了母親一直靜靜地坐在桌子的另一頭，仔細聽著她的兒子和丈夫之間的唇槍舌戰。威廉做足了準備與父親一較高下，但是他深知自己絕非母親的對手。

於是他再一次陷入沉默，他父親便乘勝追擊。

朱利安爵士開口：「您有什麼想法？法官大人？」他一邊說一邊拉扯整理外套的翻領，他的口吻彷彿自己的妻子就是高等法院的法官。

瑪喬莉說道：「威廉可以去上自己選擇的大學，選擇他想主修的科目，他畢業之後，可以走上自己想追尋的職業生涯。更重要的是，他做這些事的時候，你得有風度地放手妥協，再也不提這個話題。」

朱利安爵士回答：「我承認，雖然我接受您明智的判決，但是最後一件事對我而言太困難了。」

母親和兒子同時哈哈大笑起來。

朱利安爵士無辜地問道：「我可以主張減刑嗎？」

威廉回答：「不可以，假如您在三年後完完全全支持我加入倫敦警察廳的決定，我才會同意母親的條件。」

御用大律師朱利安・華威克爵士從桌子的另一頭站起身，向妻子微微欠身行個禮，然後不甘願地說道：「如您所願，法官大人。」

＊＊＊

威廉・華威克早在八歲那一年解開「消失的瑪氏巧克力棒之謎」後，就立志成為警探。他告訴舍監，這只是很簡單的追蹤證據，根本不需要用到放大鏡。

證據（也就是包裝紙）就在罪魁禍首的廢紙簍裡，而他根本無法證明自己那一學期在福利社花過一分一毫的零用錢。

更糟的是艾德里安．希斯是他的死黨之一，他原本以為兩人會是一輩子的朋友。他在放假期間與父親討論這件事時，父親說：「我們必須期望艾德里安從這次經驗中學到教訓，不然誰知道那個男孩以後會變成什麼樣子。」

儘管其他夢想成為醫師、律師、老師，甚至是會計師的同學都嘲笑他，職涯輔導員在得知威廉想成為警探時，卻一點也不感到驚訝。畢竟早在第一個學期結束之前，其他同學都已經開始叫他「福爾摩斯」了。

威廉的父親朱利安．華威克從男爵，希望兒子到牛津大學讀法律，這正是他三十年前走過的路。但是儘管他父親費盡唇舌，威廉還是堅定地想在畢業後成為警察。兩個固執的男人最後總算妥協，也得到了母親的認可。威廉會去倫敦大學研讀藝術史（雖然他父親不認為這是什麼正經學科），假如三年後他的兒子仍然想當警察，朱利安爵士便同意有風度地放手妥協。威廉知道這永遠不可能發生。

威廉非常享受在倫敦國王學院的三年時光，他在那裡數次墜入愛河。首先是漢娜和林布蘭，接下來是茱蒂和透納，最後是瑞秋和霍克尼，而他情定終身的對象是卡拉瓦喬：這是延續一生的愛戀，即便他父親說這位偉大的義大利藝術家是個殺人兇手，應該把他吊死[2]。威廉暗自思忖，這倒是個廢除死刑的好理由。父子倆又一次互唱反調了。

放暑假的時候，威廉揹起行囊橫跨歐洲，走訪羅馬、巴黎、柏林，又到了聖彼得堡，加入藝術狂熱愛好者長長的隊伍，朝聖古往今來的藝術大師。威廉終於畢業後，教授建議他應該攻讀博士，研究卡拉瓦喬的黑暗面。黑暗面，威廉暗自想著，這正是他想研究的主題，但是比起十六世紀的罪犯，他更想了解的是二十世紀的罪犯。

＊＊＊

一九八二年九月五日星期天的下午兩點五十五分，威廉到倫敦北部的亨頓警察學院報到。幾乎每一分鐘的訓練他都十分享受，從他宣示對女王效忠開始，到十六週後舉行的結訓會操為止。

翌日，他領到一套海軍藍嗶嘰制服、頭盔和警棍，每次經過窗戶時，他都忍不住一直看著自己的倒影。他第一天上街巡邏時，大隊長就警告他們，警察制服可能會改變一個人的性格，而且不見得是往好的方向改變。

亨頓警察學院的訓練從第二天就開始，課程分別在教室和體育館進行。威廉學習了所有

2 林布蘭、透納、霍克尼、卡拉瓦喬皆為畫家。

法條，直到能一字不漏地複述。他非常喜歡鑑識和犯罪現場分析課程，儘管他開上了訓練車道後，很快就發現自己的駕駛技術只能算是個初學者。

多年來在餐桌上與父親針鋒相對，讓威廉在模擬法庭的證人席上接受教官交互詰問時，感到十分自在，他甚至在自我防衛訓練時也表現不錯，他學會如何解除對方武裝、上手銬，以及壓制個頭比他大得多的人。他還學到警員有權逮捕、進屋搜索、使用合理適當的武力，還有最重要的是，他們有決定權。教官告訴他：「不要總是死守規則，有時候你得用常理判斷，等你開始與民眾打交道後，就會發現很多道理也不是人人都懂。」

相較於他的大學生活，這裡大大小小的考試十分規律，而且不出他所料的是，很多學員在訓練結束前就半途而廢了。

結訓會操結束，度過了兩個星期彷彿永無止境的假期後，威廉終於收到一封信，指示他在下個星期一的早上八點，前去蘭比斯警察局報到。倫敦的那個區域他從來沒有去過。

＊＊＊

警員五六五ＬＤ以碩士的身分加入倫敦警察廳，但是他決定不加入快速升遷計畫，讓自己更快地晉升，因為他希望與其他的新人從同樣的起跑點出發。他知道自己作為見習生，必須至少在街上巡邏兩年才有希望成為警探，而他也接受。事實上，他已經迫不及待迎接所有挑戰。

打從威廉成為見習警察的第一天開始，便是由前輩弗雷德．葉慈警員帶領。他是一位有二十八年資歷的老警察，分局的督察組長特別交代他要「照顧這個小子」。除了兩人都在年紀很輕的時候立志成為警察，以及他們的父親都費盡心思阻止他們走上自己選擇的道路之外，兩人幾乎沒有什麼共通點。

「二不一要」是弗雷德剛認識這個乳臭未乾的小子時，第一件教他的事情。他沒有等威廉開口問，就告訴他這是什麼意思。

「什麼都不接受，誰都不相信，要質疑所有事情。這是我唯一遵循的準則。」

接下來的幾個月，弗雷德帶威廉進入了充斥竊賊、藥頭和皮條客的世界，他還面對了這輩子見到的第一具遺體。威廉滿懷向騎士加拉哈德[3]看齊的幹勁，巴不得將所有罪犯繩之以法，讓世界變得更美好；相較之下，弗雷德顯得務實得多，但是他從未澆熄年輕的威廉充滿熱忱的火焰。這位年輕的見習警察很快就發現，社會大眾並不知道眼前的警察是剛穿上制服幾天，還是已經在這個崗位好幾年。

3 加拉哈德（Galahad）是亞瑟王傳說中圓桌武士蘭斯洛特之子，最終尋得了聖杯。

威廉上街巡邏的第二天，弗雷德就說：「你該第一次攔截違規汽車了。」說著便在號誌燈前停下來。「等到有人闖紅燈之後，你就走到馬路上示意駕駛停車。」威廉看起來有些驚慌失措，弗雷德繼續說：「接下來交給我就好。看見大約一百碼外的那棵樹了嗎？你去躲在那後面，等我給你指示再出來。」

威廉躲到樹後面時，可以聽見自己的心臟大聲地怦怦跳動。他沒有等太久，弗雷德就舉起手大喊：「那輛藍色的希爾曼！攔住他！」

威廉立刻走到馬路上，舉起手臂，指示那輛車停在路邊。

弗雷德走到菜鳥威廉身邊時說道：「什麼話都別說，仔細看，做好筆記。」他們一起走向那輛車時，駕駛搖下了車窗。

弗雷德開口：「早安，先生。你知道自己闖紅燈了嗎？」

駕駛點點頭，但沒有說話。

「我可以看看你的駕照嗎？」

駕駛打開手套箱，掏出駕照後交給弗雷德。弗雷德仔細端詳那張駕照一陣子，然後說：「早上這個時候闖紅燈特別危險，先生，這附近可是有兩所學校。」

駕駛回道：「抱歉，我不會再犯了。」

弗雷德把駕照還給他：「這次只是口頭警告。」威廉趁他說話的時候，把車牌號碼記在筆記本上。「不過你之後確實應該更小心，先生。」

駕駛回道：「謝謝你，警官。」

駕駛慢慢地開走後，威廉問道：「為什麼只是口頭警告？你明明可以把他記錄在案的。」

弗雷德回答：「態度。那位紳士很有禮貌，承認自己的錯誤並道歉了。為什麼要激怒一個守法的普通老百姓呢？」

「那什麼樣的情況，才會讓你把他記錄在案呢？」

「如果他說：『你沒其他事情好做了嗎？警官？』或者更糟，說：『你不是該去抓真正的罪犯嗎？』或者是我最愛的：『你不知道你的薪水是我付的嗎？』如果他說了，我一定會毫不猶豫地把他登記下來。對了，我曾經把一個討厭鬼抓到警局，關了好幾個小時。」

「他做出暴力行為嗎？」

「不，更糟。他說他是廳長的好朋友，我很快就會接到廳長的消息，所以我叫他從分局打電話給廳長。」威廉忍不住爆笑出聲。弗雷德說：「好了，回去樹後面吧。下次由你來盤問，我在旁邊看。」

※
※
※

御用大律師朱利安・華威克爵士坐在餐桌的一頭，埋頭讀著《每日電訊報》。他時不時低低地「嘖」兩聲，而他那坐在餐桌另一頭的妻子，正在展開每天與《泰晤士報》填字謎的搏鬥。順利的時候，瑪喬莉會在丈夫起身前往林肯律師學院前，填進最後一個詞彙。不順利的話，她就得向丈夫諮詢，而他提供諮詢的價碼通常是一小時一百英鎊。他經常提醒她，她到目前為止已經欠他超過兩萬英鎊。第十列和第四欄的謎底困住了她。

妻子還在與最後一個詞彙奮戰時，朱利安爵士已經讀完社論了。他還是不贊同廢除死刑，尤其是被害者是警察或公務員的案件，而《每日電訊報》顯然也沒有被說服。他把報紙翻到背面，得知布萊克希斯橄欖球隊在年度德比賽事中擊敗了里奇蒙。讀完賽事報導後，他便決定放棄閱讀運動版，因為他覺得足球占去太多篇幅。這也是國家敗壞的另一個跡象。

瑪喬莉開口：「《泰晤士報》上查爾斯和黛安娜的照片真是好看。」

「撐不久的。」朱利安邊說邊起身，走到餐桌的另一頭，一如他每天早上做的事，輕輕吻了一下妻子的額頭。他們交換報紙，他才能在搭火車前往倫敦的路上詳讀法律新聞。

瑪喬莉提醒他：「別忘了孩子們星期天要過來吃午餐。」

朱利安問道：「威廉通過警探考試了嗎？」

「親愛的，你很清楚他還沒巡邏滿兩年之前是不能參加考試的，所以至少還要再等六個月。」

「如果他好好聽我的話，現在就已經是個合格的大律師了。」

「如果你好好聽他的話就知道，比起想方設法讓罪犯脫罪，他更有興趣把他們關起來。」

朱利安爵士說：「我還沒放棄。」

「至少我們的女兒繼承了你的衣缽，你應該知足了。」

「葛蕾絲那個根本不算。」朱利安哼了一聲：「那丫頭會幫助所有她遇到的沒錢又沒希望的傢伙辯護。」

「她有一顆善良的心。」

朱利安爵士回道：「那她就是遺傳你。」他研究著妻子沒能解開的謎題：最終成為元帥的纖瘦士兵。四個字母。

「史林姆元帥！[4]」朱利安爵士得意地高呼。「他是唯一一個以士兵身分加入軍隊，最後成為陸軍元帥的人。」

瑪喬莉說道：「聽起來和威廉很像。」不過她等到門關上之後才開口說。

---

4 史林姆元帥（Field Marshal SLIM）：slim有纖瘦之意，威廉．史林姆在一戰爆發時以士兵身分從軍，一九四八年成為英國陸軍元帥。

2

威廉和弗雷德剛過八點就離開分局，展開晨間巡邏。弗雷德向身邊這位年輕的見習警察保證：「早上這個時間點不會有太多犯罪發生，罪犯跟有錢人一樣，不太會在十點前起床。」這十八個月來，威廉已經很習慣弗雷德經常掛在嘴邊的智慧箴言，事實證明，那些智慧結晶比倫敦警察廳發的警察職務手冊有用多了。

他們慢慢走上蘭比斯步道時，弗雷德問道：「你什麼時候參加警探考試？」

威廉回答：「還要一年。」他們走向當地的書報攤時，他又補上一句：「我想你還沒辦法甩掉我。」他瞄了一眼報紙頭條：「伊芳·弗萊徹警員在利比亞大使館外遭到殺害。」

弗雷德說：「應該說是謀殺，可憐的女孩。」他接著沉默了半晌，才終於又開口說道：「我一輩子都在當警員，這個職位很適合我，但是你……」

威廉接話：「如果我成功了，我一定會感謝你。」

弗雷德說：「我不像你，唱詩班的。[5]」威廉很擔心自己整個警察生涯都離不開那個綽號，他比較喜歡大家叫他福爾摩斯。他沒有向分局的任何同仁透露自己當過唱詩班男孩，而且總是希望自己看起來老成一點，儘管母親曾經告訴他：「等你老了之後，就會希望自己看起來年輕一點了。」他忍不住好奇，是不是沒有人會滿意當下的年齡？弗雷德繼續說：「等你當上廳長的時候，我會跟別人一起擠在養老院裡，而你早已忘了我的名字。」

威廉從來沒想過自己有一天會成為廳長，不過他很確定永遠不會忘記弗雷德·葉慈警員。

弗雷德看見一個年輕人匆匆忙忙地跑出書報攤。一會兒之後，帕泰爾先生追了出來，但是根本追不上他。威廉馬上開始拔腿狂奔，弗雷德大約在他身後一碼處。男孩在街角轉彎的時候，兩個人都加速跑到帕泰爾先生前頭。不過威廉又跑了一百碼，才終於抓住那個男孩。兩人將男孩帶回店裡，他將一包絞盤牌香菸交給帕泰爾先生。

威廉問道：「你要提告嗎？先生？」他已經打開筆記本、拿好鉛筆，準備開始書寫。

帕泰爾先生一邊把香菸放回架子上，一邊說道：「有必要嗎？如果你把他關起來，就會換成他的弟弟去偷東西。」

弗雷德捏起男孩的耳朵說道：「你今天走運啦，湯金斯。你最好在我們到學校前出現在教室裡，否則我就要告訴你老爸你幹的好事。」他又轉向威廉補充一句：「對了，香菸應該是要給他老爸的。」

5 唱詩班的（Choirboy）：在英國用來形容出身良好、就讀公學的乖乖牌男性，通常帶有戲謔、嘲諷的意味。

湯金斯一溜煙逃走了。他跑到街道的盡頭時，停下來轉身喊了一句：「廢物警察！」又惡狠狠地對著他們倆比了手背朝外的「V」手勢[6]。

「你應該釘住他的耳朵。」

弗雷德問：「你說什麼？」

「十六世紀的時候，如果有男孩偷東西被抓到，他們就會把他的一隻耳朵釘在柱子上，他逃走的唯一方法就是扯掉耳朵。」

弗雷德回道：「這個想法還不賴，因為我得承認，我不太能理解現代警察的作法。等你退休的時候，你可能就得尊稱罪犯一聲『先生』了。反正我只要再做十八個月就能拿到退休金，而你到時候就會在倫敦警察廳總部了。不過……」弗雷德補了一句，準備說出他今日的智慧箴言：「我將近三十年前成為警察時，我們會把那種小鬼銬在電暖器上，把機器開到最高溫，在他們認罪前絕對不放走他們。」

威廉忍不住爆笑。

弗雷德回道：「我不是在開玩笑。」

「你覺得湯金斯多久之後就會去坐牢？」

「我敢賭，他會先在少年感化院待一陣子才去坐牢。真正令人惱火的是，他一旦被關起來，就會有一間自己的牢房，一天有三餐可吃，身邊都是職業罪犯，他們一定樂得將自己的拿手絕活都傳授給他，好讓他從犯罪大學畢業。」

每一天的經歷都讓威廉十分慶幸，自己出生在中產階級家庭，有愛他的父母和十分照顧他的姊姊。雖然他從沒向任何同僚承認，自己曾經就讀英格蘭數一數二的公學[7]，之後在倫敦國王學院拿到藝術史學位。他更從來沒有提過，全國最惡名昭彰的幾名罪犯，會定期支付鉅款給自己的父親。

他們繼續巡邏的路上，幾位當地人認出了弗雷德，甚至有幾個人對威廉說早安。

他們幾小時後回到分局，弗雷德甚至沒有向接待巡佐回報湯金斯的事情，因為他對於文書工作的看法與對於現代警方的作法一樣。

「想喝杯茶嗎？」弗雷德往茶水間走去時一邊問。

此時，他們身後傳來一聲：「華威克！」

威廉轉身，看見羈押巡佐指著他：「有一名囚犯在牢房裡暈倒了，你拿他的處方籤到最近的藥局處理一下。動作快一點。」

威廉回答：「是的，巡佐。」他抓起信封，一路跑到商業街上的博姿藥妝店，他抵達的

6 在英國，手背朝外的V手勢意味著挑釁、侮辱。
7 公學（public school）：英國的「公學」並非字面意義上的「公立學校」，多是歷史悠久、學費昂貴的貴族學校。

時候，藥局櫃台前已經有小小的隊伍在耐心等待。他向排在隊伍最前面的女士道歉後，便將信封交給藥劑師，說道：「緊急狀況。」

年輕的女藥劑師打開信封，詳細閱讀說明後說道：「這樣是一英鎊六十便士，警員。」

威廉有點笨拙地掏出幾枚硬幣，交給藥劑師。她收下錢後轉身，從架子上拿了一盒保險套交給他。威廉驚訝地張開嘴巴，但是一個字都沒說。最令他煎熬的是，他瞥見隊伍裡有幾個人在偷笑。正當威廉準備溜走時，藥劑師又說：「別忘了你的處方籤，警員。」然後將信封交還給他。

他一溜煙地跑出店外時，幾個人饒富興味的目光跟隨著他到了街上。他一直等到遠離了眾人的目光，才打開信封讀出裡面的文字。

敬愛的先生或女士：

我是個害羞的年輕警員，最近終於將一個女孩約出門，我希望今晚能走好運。但是我不想讓她懷孕，能請您幫個忙嗎？

威廉忍不住爆笑出聲，將那盒保險套放進自己的口袋裡，啟程回到分局；他第一個浮現的想法是：希望我是真的有女朋友。

3

華威克警員轉上鋼筆的筆蓋，充滿自信地交出警探考試的試卷，套用他父親的說法就是可以金榜題名。

他當晚回到特倫查德公寓的單人房時，對於自己金榜題名的信心只剩下一半，等到他關掉床邊的檯燈後，他確信自己還要穿著制服上街巡邏至少一年。

隔天早上，當他報到值勤的時候，分局的警官問他：「考得怎麼樣啊？」

威廉一邊查看巡邏紀錄簿一邊回答：「考砸了，一點希望也沒有。」他和弗雷德到巴頓社區巡邏，就是為了提醒當地的罪犯，倫敦還是有警察在街上巡邏的。

巡佐不想說太多好聽的話寵壞這個年輕人，便告訴他：「那麼你明年就得再試一次了。」假如華威克警員想沉溺在自我懷疑中，他可是一點也沒有拯救他的意思。

※ ※ ※

朱利安爵士不斷打磨切肉刀，直到他確信刀片變得鋒利無比。

他問兒子：「孩子，要一片還是兩片？」

「麻煩給我兩片，父親。」

朱利安爵士純熟老練地切下兩片烤肉。

他一邊將盤子遞給威廉，一邊問道：「所以你通過警探考試了嗎？」

威廉回答：「要幾個星期後才會知道。」他遞給母親一碗球芽甘藍。「但是我對結果並不樂觀。不過，您應該會很高興，我打進分局的司諾克錦標賽決賽了。」

他父親回道：「司諾克？」彷彿很不熟悉這種撞球比賽。

「對，是我這兩年來學會的其他事情。」

他父親質問：「但你會贏嗎？」

「不太可能。我的對手是衛冕者，前六年的冠軍都是他。」

「所以你不但搞砸了警探考試，還即將要輸掉……」

「我總是很好奇，這為什麼叫做球芽甘藍，不叫甘藍就好，像馬鈴薯和紅蘿蔔那樣。」

瑪喬莉開口，試圖化解父子倆之間劍拔弩張的氛圍。

葛蕾絲回答：「一開始叫做布魯塞爾球芽甘藍，後來就跟布魯塞爾沒什麼關係了，最後大家都接受只說球芽甘藍，只有愛掉書袋的人比較介意。」

瑪喬莉露出微笑，對女兒說：「像是牛津字典。」

不過，朱利安爵士不願意被球芽甘藍的名稱來由岔開話題，他繼續問道：「所以，如果你考過了，要多久之後才會成為警探？」

「六個月，可能要一年。我要等到有職缺了才能升為警探。」

他父親揚起眉毛問道：「你也許會直接到倫敦警察廳總部？」

「不可能。必須在其他部門證明自己的能力後，才能申請到倫敦警察廳總部工作，那可是我們警界的聖杯。雖然說我明天就要第一次去倫敦警察廳總部了。」

朱利安爵士切肉的手停了下來，他問：「為什麼？」

威廉承認：「我也不確定。警司星期五打電話給我，要我星期一早上九點去向霍克斯比大隊長報到，但是沒有告訴我原因。」

「霍克斯比……霍克斯比……」朱利安爵士說著，額頭上的紋路越來越深。「為什麼我聽過這個名字？噢，對了，他當督察組長的時候，我們曾經在一起詐欺案上交手過。真是令人印象深刻的證人。他有做足功課，而且有備而來，我根本動不了他一根汗毛。他是個不容小覷的人物。」

威廉說：「再多告訴我一點。」

「以警察來說，他矮得不可思議。要特別小心這種人，他們通常特別聰明。大家都叫他

『獵鷹』。他會先在你的上空盤旋，然後俯衝下來，最後大獲全勝。」

瑪喬莉說：「看來你也是他的獵物之一。」

朱利安爵士給自己倒了一杯酒，回道：「誰說的？」

「你只會記得打敗你的證人。」

朱利安爵士舉起酒杯回道：「說得好。」葛蕾絲和威廉同時大聲鼓掌叫好。

朱利安爵士並沒有理會兩人的鼓譟，而是繼續說道：「請代我向霍克斯比大隊長問好。」

威廉說：「那是我最不想做的事情。我要在他面前留下好印象，不是成為他的死對頭。」

朱利安爵士說：「我的名聲有那麼糟嗎？」然後誇張地重重嘆了一口氣，彷彿被愛人拒絕一般。

威廉回道：「您的名聲恐怕是太好了，光是在分局裡提到您的名字，四周就會傳來絕望的哀號聲，因為他們知道，又有一個應該坐牢一輩子的罪犯要重獲自由了。」

「我何德何能，能夠反駁十二名陪審員先生的判決呢？」

葛蕾絲接話：「您可能沒注意到，父親，但是從一九二〇年就開始有女性擔任陪審員了。」

朱利安爵士回道：「真是太可惜了，我是絕對不會給她們投票權的。」

「別站起來，葛蕾絲。」她母親說：「他只是想激怒妳。」

朱利安爵士的刀子又往下切了一點，然後問道：「所以，妳接下來要捍衛哪個沒什麼希望的目標啊？」

葛蕾絲啜了一口葡萄酒後開口：「世襲權。」

「我能問問是誰的世襲權嗎？」

「我的。您是朱利安．華威克從男爵，但是您一旦過世……」

瑪喬莉插嘴：「希望這件事不會太早發生。」

「威廉就會繼承您的爵位。」葛蕾絲無視母親的打岔繼續說道：「儘管我是先出生的孩子。」

朱利安爵士嘲笑道：「真是令人髮指。」

「別笑，父親，我敢說您有生之年一定會看到這條法律改變。」

「我無法想像那些貴族勛爵會甘心接受妳的提議。」

「這就是為什麼接下來就換他們了，因為下議院一旦意識到這件事能爭取到選票，就會又有一座神聖的堡壘被自己的荒謬壓垮。」

瑪喬莉問：「你們打算怎麼做呢？」

「從最頂端，從王室開始。有一位終身貴族願意向議院提出長子繼承法草案，讓長女得以繼位成為君主，而不是被弟弟擠到一邊去。沒有人認為安妮公主會表現得比查爾斯王子差。我們還會舉伊莉莎白一世、維多利亞女王和伊莉莎白二世的例子，證明我們的看法。」

「這件事永遠不會發生的。」

葛蕾絲重申：「您這輩子一定看得到，爸爸。」

威廉開口：「但是我以為妳反對爵位，葛蕾絲。」

「我是反對，但這是原則問題。」

「好，我支持妳，我從來都不想當威廉爵士。」

他父親問：「假如你成為廳長，憑一己之力得到頭銜呢？」威廉猶豫了很久，遲遲沒有開口，直到他父親等到不耐煩而聳聳肩。

「妳上星期辯護的那個可憐女孩，有沒有逃過一劫？」瑪喬莉問葛蕾絲，希望打破充滿敵意的氣氛。

「沒有，她被判刑六個月。」

她父親說：「三個月後就會放出來了，而且肯定會直接回到街上。」

「別逼我開啟這個話題，爸爸。」

威廉問：「她的皮條客呢？他才是該去坐牢的人。」

葛蕾絲回答：「我很樂意把他丟進油鍋，但是他甚至沒被起訴。」

她父親說：「油鍋？妳要投給保守黨了嗎？」

葛蕾絲回道：「永遠不可能。」

朱利安爵士拿起切肉刀。「有沒有人還想來幾片？」

瑪喬莉此時轉向兒子：「我能不能問問你，最近有沒有認識什麼人？」

威廉回答：「認識了一些人，媽媽。」他被母親的委婉逗笑了。

她有點責備地說道：「你很清楚我的意思。」

「沒什麼機會。我上個月都在輪班值勤，連續七天上夜班，早上六點才收工，那時候除了睡覺什麼都不想做。接下來隔兩天就要回去報到繼續值勤，還是值早班。所以面對現實吧，媽，華威克警員不是很吸引人的對象。」

他父親說：「假如你當初聽我的建議，現在就是個合格的御用大律師了。我可以向你保證，事務所裡有好幾位動人的年輕女性。」

葛蕾絲開口：「我有認識一個人。」這是她父親第一次沒有答腔，而是放下刀叉開始仔細聆聽。「她在市中心工作，是個事務律師，但我想爸爸恐怕不會認可她，因為她的專業是離婚官司。」

瑪喬莉說：「我等不及見到她了。」

「想什麼時候見她都可以，媽媽，不過要注意，我還沒跟她說我父親是誰。」

朱利安爵士把切肉刀舉在胸前，刀尖放在心臟旁邊問道：「我是妖僧拉斯普丁[8]和受人憎恨的傑佛瑞斯法官[9]的綜合體嗎？」

他的妻子回答：「你這人是沒那麼好，但確實還是有幫得上忙的地方。」

葛蕾絲說：「說來聽聽吧。」

「昨天的填字謎，有一個詞我還是解不開。」

朱利安爵士說：「妳可以諮詢我。」

「女士擔心社交活動沒有作用？十三個字母。第三個字母是s，第十個字母是o。」

「Dysfunctional！（功能失調）」另外三個人異口同聲地喊出答案，接著便哄堂大笑。

朱利安爵士問：「有人想認錯嗎？」

＊　＊　＊

威廉告訴過父親自己不太可能贏，但是現在他的球進袋了，更準確來說，是進了底袋。他準備清掉球檯上的最後一顆球，贏得蘭比斯分局的司諾克冠軍，終結弗雷德·葉慈的六連冠。

教他打司諾克的人正是弗雷德，因此威廉認為這多少有點諷刺。事實上，要不是弗雷德認為，打撞球可以幫助他認識一些對他這個唱詩班小弟有疑慮的同僚，威廉根本不可能開始打司諾克。

弗雷德教自己的徒弟打司諾克時，就像帶他瞭解巡警生活那樣充滿幹勁，而現在，威廉要第一次用他導師最擅長的事情打敗他了。

威廉還在唸書的時候，冬天是在橄欖球場上大放異彩的翼鋒，夏天則是田徑場上意氣風發的短跑選手。他在倫敦大學的最後一年贏得院際錦標賽冠軍後，便獲頒所有學生夢寐以求的紫色錦旗。威廉回想起來，每次他衝過一百碼賽跑的終點線時，甚至連他父親都會擠出一個扭曲的微笑，儘管威廉懷疑父親的字典裡根本沒有「重新排球」、「滿分桿」、「洗袋」這些詞。

威廉看了一眼記分板。三局制。現在來到決定勝負的最後一局。他一開始勢如破竹，連續得到四十二分，但是弗雷德後來居上，一路縮小分差，直到比賽變成勢均力敵的局面。雖然威廉還是領先二十六分，但是所有彩色球都還在檯面上，所以輪到弗雷德擊球時，他只要

---

8 拉斯普丁（Rasputin）：俄國尼古拉二世時代深受皇室信任的江湖術士，一度操弄俄國朝政，後被暗殺。

9 傑佛瑞斯法官（George Jeffreys）：詹姆斯二世時期的首席大法官，在審理一六八五年的叛亂案件時，將七百多名叛亂份子送上絞架，因而得到「絞刑法官」（the Hanging Judge）的惡名。

把剩下七顆球全部送進球袋，冠軍獎盃便手到擒來。

地下室裡擠滿了各個階級的警察，有些人坐在電暖器上，有些人坐在階梯上。弗雷德傾身瞄準黃球的時候，人群鴉雀無聲。威廉看著黃色、綠色、褐色和藍色的球一一入袋後，便接受了自己與冠軍擦身而過的事實，因為弗雷德只要再打進粉紅色和黑色的球，就能贏下這場比賽。

弗雷德先瞄準好目標，才擊出母球。但是他擊球有點太大力，儘管粉紅色的球朝中袋滾去並消失在洞口，白球最後卻靠在檯面邊緣，一個對職業選手而言也很棘手的位置。

弗雷德彎下身時，所有人都摒住了呼吸。他花了點時間對準最後一顆球，如果他成功擊球入袋，就能以七十三比七十二分勝出，讓他成為第一個蟬聯七年的冠軍。

他又直起腰來，顯然十分緊張，再次在球桿上抹了一點巧克粉，試著讓自己在回到撞球檯上之前冷靜下來。他彎下腰、伸出手指，聚精會神地擊出母球。他緊張地看著黑球朝底袋前進；他的幾名支持者在一旁加油打氣，但是令他們失望的是，滾動的黑球在距離球袋邊緣幾英寸時戛然而止。人群中傳來重重的嘆息，因為他們知道威廉接下來要打的這一球太簡單了，連新手都能輕易擊球入袋，他們已經接受榮譽榜上即將寫上新的名字。

挑戰者威廉深深吸了一口氣，然後瞥向榮譽榜，看見一九七七年、一九七八年、一九七九年、一九八〇年、一九八一年和一九八二年旁邊，都是弗雷德金光閃閃的名字。但是一九八三年不會是他了，威廉一邊在球桿上抹巧克粉一邊想著。他覺得自己像是將在幾分鐘後成為世界冠軍的史蒂夫．戴維斯。

他準備將最後一顆黑球擊入球袋時，瞄見了站在球檯另一端的弗雷德，看起來已經接受現實，表情十分落寞。

威廉俯身伏在球檯上，瞄準兩顆球，完美無瑕地擊出母球。他看著黑球碰到球袋的邊緣，搖搖晃晃地在洞口轉了一圈，最後停在洞口一個令人心癢難耐的位置上，沒有落進球袋。所有人都目瞪口呆，不敢相信地倒抽一口氣。這個小子因為壓力太大而搞砸了。

弗雷德沒有浪費第二次機會，他將最後一顆球送進球袋，以七十三比七十二贏下這一局、贏下這場比賽時，整間地下室便傳出震耳欲聾的歡呼聲。

他們兩人握了握手，幾名警察圍了過來，拍拍他們的背說「做得好」、「真的是差了那麼一點」，還有「運氣真背啊，威廉」。威廉站在一旁，看著弗雷德從警司手中接過獎盃，在眾人更激昂的歡呼聲中高高舉起。

一個穿著體面雙排釦西裝的長者，在兩位選手都沒有注意到的情況下，悄悄溜出地下室、走到警局外，要司機載他回家。

他聽到所有關於那個年輕人的評論都是貨真價實的，而他已經迫不及待，讓華威克警員加入他在倫敦警察廳總部的團隊。

4

華威克警員走出聖詹姆士公園地鐵站時，從對街首先映入眼簾的，便是新蘇格蘭場[10]代表性的旋轉三角立柱。他的目光中帶著驚嘆和敬畏，彷彿是充滿抱負的演員第一次踏進國家劇院，或是第一次走進皇家學院的藝術家。他豎起衣領抵擋刺骨的寒風，加入了早起出門工作的旅鼠群之中。

威廉跨越百老匯街，往前走向倫敦警察廳總部，一棟長年籠罩在骯髒與犯罪之中的十九層建築。他給門口的警察看了識別證，隨後前往接待櫃台。一位年輕女子對他露出微笑。

「我是華威克警員，我與霍克斯比大隊長有約。」

她的手指劃過上午的行事曆，逐行查看。

「啊，是的。大隊長的辦公室在六樓，走廊的盡頭。」

威廉謝過她後便走向電梯間，他看見擠在電梯前的人群後，便決定走樓梯上去。他走到二樓，看到緝毒組，便繼續往上走。他在三樓經過詐欺組，四樓是凶案組，最後終於抵達六樓，那裡是洗錢組、藝術與骨董組。

他推開一扇門，走進一條又長又亮的長廊。他發現距離預約的時間還有一陣子，便慢慢走過長廊。聖朱利安永遠不變的真理，就是寧可早幾分鐘到，也不要遲到一分鐘。他經過的每一個房間，都亮著熾熱耀眼的燈。打擊犯罪是沒有時間休息的。有一扇門半開著，威廉看見房間盡頭的牆上掛著的那幅畫時，摒住了呼吸。

兩名男子和一名年輕女子，正在仔細檢視那幅畫。

看起來年紀較長的男人，操著一口鮮明的蘇格蘭口音說道：「幹得好，潔琪，這是妳個人的大獲全勝。」

她回道：「謝謝長官。」

比較年輕的男人指著那幅畫說：「希望這能讓福克納至少蹲六年牢。天知道我們到底等了多久才抓到這個混蛋。」

比較年長的那位說：「同感，侯甘偵緝警員。」他轉身時看見威廉站在門口，便嚴肅地問道：「有何貴幹？」

「沒事，謝謝長官。」

10 新蘇格蘭場（New Scotland Yard）：即倫敦警察廳總部。一九六七年時遷移至百老匯街的十九層玻璃帷幕大樓，二〇一六年遷移至位於維多利亞堤岸路的新古典式五層建築。

弗雷德曾警告過他，在你還是警員的時候，看到所有活人都要叫「長官」，這樣你就不會錯得太離譜。「我只是在欣賞那幅畫。」比較年長的男子正要關門的時候，威廉補充了一句：「我看過原作。」

三位警察旋即轉身，仔細打量起這位不速之客。

年輕女子面帶慍色說道：「這就是原作。」

威廉說：「不可能。」

她身旁的同仁質問：「你怎麼能夠肯定？」

「原作之前由肯辛頓的菲茲墨林博物館收藏[11]，但是幾年前被偷走了，至今還沒破案。」

女子斬釘截鐵地說道：「我們已經破案了。」

威廉回道：「我不這麼認為，林布蘭在原作上的簽名是在右下角，簽署他的姓名縮寫『RvR』。」

三位警察都看向畫布的右下角，但是完全沒看見任何姓名縮寫。

年紀較長的那位說道：「菲茲墨林博物館的館長提姆．諾克斯等一下會過來，小子，我想我會更信任他的判斷。」

威廉說：「當然，長官。」

年輕女子問道：「你知道這幅畫值多少錢嗎？」

威廉走進房間，更仔細地打量畫作。他想，最好別告訴她奧斯卡．王爾德是如何評論價值和價錢之間的差異。

他說：「我不是專家，但是我認為大概值兩百到三百英鎊。」

年輕女子問道：「那原作呢？」她已經不如先前那麼有自信。

「我毫無頭緒，不過地球上的每一間大型美術館和藝廊，都會想將這樣的傑作收入囊中，更別說是那些數一數二的大收藏家，錢對他們來說根本不是問題。」

比較年輕的警探問：「所以你對原作的價值沒有概念？」

「沒有，長官。保存得如此完好的林布蘭作品，在市面上十分罕見，最近一幅拍賣成交的作品，是在紐約的蘇富比拍賣行售出的。」

比較年長的警察說道：「我們知道蘇富比拍賣行在哪裡。」毫不掩飾他話語中的挖苦。

威廉說：「那你們就該知道，那幅畫的成交價是兩千三百萬美元了。」不過他馬上就後悔自己說了這番話。

「我們都很感謝你的意見，小子，但是別在我們這裡耽擱太久，我確定你有更重要的事

11 菲茲墨林博物館為作者虛構的場景。

要做。」他一邊說，一邊朝門的方向點點頭。

威廉想要從容優雅地退出房間，當他退回長廊上時，只聽見身後的門重重地關上。他看了一眼手錶，七點五十七分。他快步朝長廊盡頭走去，一點也不想遲到。

他敲響那扇以金色字母寫著「傑克．霍克斯比大隊長ＯＢＥ[12]」的大門，進門時看見坐在櫃台後方的祕書。她停下打字的雙手，抬頭問道：「華威克警員嗎？」

威廉緊張地回答：「是。」

她手指向另一扇門說道：「大隊長在等你，請直接走進去。」

威廉又敲了一次門，他等了一下，直到聽見門內傳來一聲「請進」。

一個穿著體面的中年男子從書桌後方起身，他有著足以看穿人心的藍眼睛和布滿皺紋的額頭，因此讓他顯得更年長了一些。霍克斯比握了握威廉伸出的手，然後指了指書桌另一側的一張椅子。他打開一個資料夾仔細看了看，然後開口：「我先問問，你與御用大律師朱利安．華威克爵士有什麼關係嗎？」

威廉的心一沉，開口回答：「他是我父親。」並且猜想這場面試可能要提早結束了。

霍克斯比說：「他是我非常敬佩的人物。從來不打破規則、從來不曲解法律，但是仍然能夠為嫌疑最重的騙子辯護，彷彿他們是聖人一般，而且我想他在職業生涯中不會遇到太多聖人的。」威廉緊張地乾笑幾聲。

霍克斯比顯然不是個想浪費時間寒暄的人，他繼續說道：「我想要見見你本人，因為你在警探考試中的成績名列前茅，而且是大幅超越其他人。」

威廉甚至還沒意識到，這表示自己通過警探考試了。

「恭喜你。」大隊長補了一句，然後說道：「我也注意到你是個碩士，卻選擇不加入快速升遷計畫。」

「確實沒有，長官。我想要……」

「證明自己，我就是這樣的。如你所知，華威克，如果你要成為警探，就得轉調到另一個轄區。因此我決定讓你去佩克漢[13]，在那裡開始瞭解這份工作。假如你表現得好，我兩年後會再見見你，到時候我會決定你是否已經準備好加入倫敦警察廳總部，面對十惡不赦的罪犯，或者你應該繼續待在其他更遠的分局，繼續學習經驗。」

威廉擠出一個微笑，身體往後靠在椅背上，沒想到卻被大隊長的下一個問題嚇了一跳。

「你真的非常確定自己想要當警探嗎？」

「是的，長官，從八歲開始就想了。」

12 官佐勳章（OBE）：大英帝國勳章（Order of the British Empire）的第四級勳章。

13 佩克漢（Peckham）：位於倫敦東南區，在七〇年代是犯罪頻仍的貧困街區，菜鳥警察被派駐至此，猶如在台灣當兵抽到海陸。

「你將要面對的，可不是你父親遇到的那種白領罪犯，而是地球上最壞的人渣。我們會預期你有能力處理所有事情，從自殺到無法再忍受遭到伴侶虐待的孕婦，再到尋找一個不比你大幾歲、手臂上插著針頭的年輕癮君子。坦白說，你可能無法每天晚上都好好睡一覺，而且你的薪水會比特易購超市的經理還少。」

「我父親也說過一樣的話，長官，而他也沒辦法說服我放棄。」

大隊長站起身。「那麼就這樣吧，華威克。我們兩年後再見。」他們再次握了握手，這場面試就結束了。

威廉說：「謝謝長官。」他輕輕關上身後的門之後，最想做的一件事就是高高躍起，大吼一聲「哈利路亞」，不過他看見辦公室外有三個人直勾勾地盯著他。

他稍早時見過的較年長的警察問他：「你的姓名和職等？」

「華威克，長官。威廉·華威克警員。」

較年長的警察對那名年輕女子說道：「請確保華威克警員待在這裡，巡佐。」然後敲響大隊長的辦公室門，走了進去。

霍克斯比說：「早安，布魯斯，我聽說你距離逮捕邁爾斯·福克納只剩最後一步了。這個時機正好，還不算太遲。」

「確實如此，長官。但那不是我來找您的原因……」這是威廉在門關上前聽見的最後幾個字。

他問那名年輕女子：「他是誰？」

「拉蒙特偵緝督察組長。他率領藝術與骨董組，直接向霍克斯比大隊長回報。」

「妳也是藝術與骨董組的嗎？」

「沒錯。我是羅伊克羅夫特偵緝巡佐，組長是我的上司。」

「我惹麻煩了嗎？」

「你麻煩可大了，警員。這麼說吧，我很慶幸我不是你。」

「但我只是想幫忙……」

「多虧了你的幫忙，你憑一己之力就搞砸了一場為期六個月的臥底行動。」

「怎麼會呢？」

羅伊克羅夫特偵緝巡佐回答：「我想你很快就會知道了。」此時門正好打開，拉蒙特偵緝督察組長走了出來，怒氣沖沖地盯著威廉。

他說：「進來吧，華威克。大隊長還有其他話要跟你說。」

威廉忐忑不安地走進霍克斯比的辦公室，猜測著自己大概要回到街上繼續當巡邏警員了。原本面帶微笑的大隊長變得一臉陰沉，這次甚至沒有打算跟五六五LD警員握手。

他說：「你真是個麻煩鬼，華威克。我現在可以告訴你，你不必去佩克漢了。」

5

弗雷德和威廉走出分局，準備開始夜間巡邏時，弗雷德說道：「今天是你穿這身制服的最後一天。」

威廉回道：「除非我不是當警探的料，那樣的話我馬上就要回來巡邏了。」

「少來，你一定會大大出名，變成家喻戶曉的人物。」

「這都多虧了你，弗雷德。我從你身上學到關於現實世界的事情，比我在大學裡學到的多太多了。」

「那是因為你之前的人生都被保護得太好了，唱詩班的，不像我。所以你是要去哪個單位？」

「藝術與骨董組。」

「我以為那只是有太多閒錢和閒時間的人培養的嗜好，不是犯罪。」

「對於知道怎麼鑽法律漏洞的人來說，這可以是非常有利可圖的犯罪。」

「多說一些，讓我長長見識吧。」

威廉說：「有一種騙局是這樣進行的，專業罪犯會去偷畫作，但是他們不打算出售。」

弗雷德說：「我沒聽懂，為什麼要去偷一個不打算賣，也不打算交給銷贓人的東西？」

「保險公司有時候寧可跟中間人打交道，也不願意支付全額賠償。」

弗雷德說：「穿著亞曼尼西裝的銷贓人？那麼要怎麼抓他們？」

「必須等到他們太過貪心，保險公司不想給錢的時候。」

「感覺要做很多書面工作，難怪我永遠當不成警探。」

威廉問：「今天晚上要去哪裡巡邏？」因為他很清楚，弗雷德不總是會完全遵照每天的指令。

「現在是星期六晚上，我們最好去巴頓社區看看，確保薩頓家和塔克家沒有蠢蠢欲動想動手打架。酒吧關門前，我們再回到拉斯康路看看，說不定可以在你上街巡邏的最後一晚，讓你逮捕一個喝醉鬧事的傢伙。」

雖然與弗雷德一起巡邏了兩年，威廉對他的私人生活卻幾乎是一無所知。不過他也沒什麼資格抱怨，因為他自己也藏了很多祕密，但既然這是他們倆最後一次一起巡邏，他決定問弗雷德一件時常令他感到困惑的事。

「你一開始為什麼想成為警察？」

弗雷德沉默了很久都沒有回答，彷彿他打算忽視這個問題。過了一陣子，他才終於回答：「既然我再也見不到你了，唱詩班的，我就告訴你吧。首先，我不是一開始就想當警察。與其說是打算，不如說是意外。」

此時他們轉身進入通往巴頓社區後門的巷子，威廉並沒有答腔。

「我出生在格拉斯哥的出租公寓，我父親幾乎一輩子都在領救濟金，所以母親是我們家唯一的收入來源。」

「她是做什麼的？」

「她是酒保，不過她很快就發現，提供其他服務能賺的多得多。問題就是，我到現在依然不確定，自己是不是那其他服務的產物。」

威廉沒有發表意見。

「但是她年老色衰後收入就變少了，更糟的是如果她星期六晚上回家時，沒有帶回足夠的錢讓我父親再買一瓶威士忌，或者再把錢押在一匹只會得第四名的老馬上，他就會賞她一個黑眼圈。」

弗雷德說完便沉默不語，威廉則想到自己的父母，他們星期六晚上通常會出門吃晚餐和看戲。他發現自己還是很難理解會家庭暴力的人是什麼樣子。他從來沒有聽見父親在母親面前大聲說話過。

「倫敦距離格拉斯哥很遠。」威廉又開啟話題，希望能了解更多。

弗雷德回道：「對我來說不夠遠。」他用手電筒照向一條小巷，看見一對小情侶驚慌失措地逃走時，忍不住咧嘴一笑。「我十四歲時離家，跳上第一班願意讓我上去的貨船。我十八歲的時候已經看過大半個世界，最後到了倫敦。」

「你是在那時候加入警隊的嗎？」

「不，我當時還把他們當作敵人。我有幾個月的時間在超市補貨，之後成為公車售票員。我不久後就覺得這份工作很無聊，決定加入軍隊或警隊。如果警隊沒有先面試我，我現在可能就是將軍了。」

「或死了。」他們走進巴頓社區時，威廉回道。

弗雷德說：「當警察殉職的機率跟在現代軍隊的死亡機率差不多。我這二十年來已經失去七位同僚，還有太多人在值勤的時候受傷和殘廢。在軍隊裡的話至少知道敵人是誰，而且可以殺死他們。我們要面對藥頭、持刀罪犯和幫派交火，但是社會大眾通常都不想知道。」

「你大可選擇更簡單的生活方式，為什麼還在做這份工作？」

弗雷德說：「我們或許生活在截然不同的世界，唱詩班的，但是我們有一個共通點——我們都有點反骨，但是我們至少都在做命中注定的工作。老實說，我做過的每一份工作，都沒有當警察一半的刺激感和收穫。」

「收穫？」

弗雷德回答：「我不是指金錢上的收穫，雖說如果加上加班費，其實也不算太差。Deprehendo Deprehensio Vitum.，意思是加班打擊犯罪。」

威廉笑到停不下來，弗雷德又補充：「別擔心，我只會這一句拉丁文。這份工作最令我享受的是，絕對不會有兩天是一模一樣的。而且更重要的是，這是我的地盤，住在這裡的每一個人我幾乎都認識。他們或許不是和樂融融的大家庭，但他們是我的家人，雖然我在茶水間裡從來不承認，但是我總喜歡假裝自己創造了什麼改變。」

「你有兩個嘉獎可以證明。」

「更別說我那三個停職紀錄了，但是我再過幾個月就要高掛警棍退休，所以我不會再做什麼踰矩的失控行為了。我可不想做什麼影響到退休金的事。」他們走出巴頓社區時，他又補充了一句。

威廉說：「今天晚上好安靜。」

「他們看到我們過來了，就像老鼠一樣溜進最近的下水道消失了。等我們一走開，他們就會再次出現。不過，我們可不希望你最後一晚的巡邏惹出什麼麻煩，對吧，警探？」

威廉笑出聲來，正準備問另一個問題時，弗雷德看著馬路對面說道：「真是個傻老太太，但是我想她是真的搞不清楚。」

威廉猜測他又要說出一番自己琢磨出來的智慧箴言，雖然他還參不透弗雷德打算說什麼。

弗雷德說：「二十三號，柏金斯太太。」

威廉說：「兩個星期前被人入室搶劫，我沒記錯的話是一台電視和一台錄影機。」

弗雷德說：「滿分十分，你得到五分了，再得五分吧。」

威廉盯著二十三號的房子，卻沒有任何頭緒。

「你看到什麼？唱詩班的？」

「兩個空紙箱。」

「這告訴了你什麼？」

威廉試著像抓賊專家一樣思考——只有像弗雷德這樣，可以在犯罪發生前就敏銳嗅到的人物，才能擁有這個稱號。

弗雷德誇張地大大嘆一口氣。「柏金斯太太的保險公司肯定付了賠償金，所以她開開心心地買了全新的電視和錄影機。但是她不知道的是，竊盜犯通常會在幾個星期後回到犯罪現場，因為他們很清楚那裡可能會有一組全新的電視可以偷。而她現在就是在大肆宣揚這件事。所以壞人只要等她某天晚上出門拜訪她的朋友，住在九十一號的卡西迪太太，然後趁機闖進去偷第二次就好了。」

威廉問：「我們該做些什麼呢？」

「偷偷地跟她說，建議她銷毀證據。」弗雷德一邊說，一邊敲響二十三號的大門。柏金斯太太幾乎馬上就應門了，弗雷德解釋完為什麼會有兩個警察站在她家門口後，她便匆匆忙忙地撤走那些紙箱，向他道謝之後又想請他們喝茶。

「妳人太好了，柏金斯太太，但我最好走了。」他扶了一下頭盔向她致意，兩人便繼續巡邏。

他們往前走了幾碼後，弗雷德問道：「你什麼時候開始新工作？」

「我要先到義大利度假兩個星期，十月一日再到倫敦警察廳總部報到。」

「聽說義大利有很多美女。」

「她們大多數都有框。」

「有框？」

「金色的畫框。」

弗雷德大笑幾聲。「我從來沒去過義大利，甚至沒去過倫敦警察廳總部，但是我聽說那裡有倫敦大都會區最棒的司諾克室。」

「我會回來告訴你是什麼樣子……」

「你永遠不會回來的，唱詩班的。我想你已經爬上一個非常長的梯子，而蘭比斯警局只是你的第一階。但是要注意的是，你往上爬的過程中會遇到許多條毒蛇，他們巴不得把你送回下面一階，而且其中許多條蛇還會穿著藍色的制服。」說到這裡時，他推了推一間商店的大門，確保門有鎖緊。

威廉悄悄笑了一下。他沒有一次值班是空手而回，他永遠都能從弗雷德身上學到東西。

「晚安，雅各。」

「哈囉，弗雷德。」

威廉往下一看，看見一個男人盤腿坐在人行道上，手裡抓著只剩半瓶的威士忌。他第一次巡邏時，弗雷德就教他分辨四種喝醉的人：沉睡者，喝個酒就醉得不省人事，待他們醒來之後就會回家；無害者，他們通常會沉湎在自己的傷痛中，幾乎不會惹什麼麻煩；戀愛者，他們會想帶你回家，試穿你的制服；還有攻擊性很強的，他們總想找人打架，而且覺得警察是他們可以過招的對象。弗雷德在十步之外就能分辨對方是哪一種醉鬼，尤其是想打架的那一種，他們的下場大多是在牢房裡度過一晚，隔天早上變得判若兩人。這四種類型的酒鬼威廉都遇過，多虧了弗雷德的判斷和強壯的右臂，他身上只有一兩個瘀青可以拿來誇口。

威廉問：「他是哪一類？」

「沉湎在自己的傷痛裡。熱刺隊今天肯定是輸球了。」

「你怎麼知道？」

「他們贏球的時候，雅各就好端端的，但是如果他們輸了，他就會變得自暴自棄。」

他們轉向走到拉斯康路，看見幾個當地人從馬堡紋章酒館走回家。

弗雷德說：「真是太令人失望了，市議會下令掃蕩後，拉斯康路就不再是原本的樣子了。我原本希望我們可以遇到藥頭，甚至是愛告密的藍尼，這樣一來，你最後一晚的巡邏就能留下深刻的回憶了。」

威廉說：「反正我們可以逮捕她。」他指著一個穿著黑色皮革短裙的女孩，她正透過搖下的車窗跟汽車裡的男子說話。

弗雷德回答：「有什麼意義？她只會在牢裡待一晚，隔天早上付完罰金，明天晚上就會回來繼續拉客了。我想抓的不是那些女孩，而是利用她們賺錢的皮條客。尤其是其中一個。」

駕駛從後視鏡看到兩名警察後，立刻踩下油門開走了。他們繼續緩緩地往城鎮中心走去，弗雷德一路上跟威廉說了許多生動有趣的故事，有些他已經聽過了，不過值得再聽一次，其他的他就不確定是否在這幾年內加油添醋了不少。

威廉正要問弗雷德退休後有什麼計畫時，他的老前輩突然抓住他的手臂，將他拉向最近的門廊，友善的好鄰居警察叔叔，突然就變身成發現罪犯的警察大人。

弗雷德說：「我們今晚走運了。」他朝前方點點頭，一個身材魁梧的男人正掐著一個女孩的脖子，女孩看起來驚恐萬分。「我追捕那個混蛋很多年了，不必向他宣讀他的權利，等他被關進牢裡之後再說。」

弗雷德抽出警棍，從他們藏身的陰影中跳了出來，朝那個攻擊者跑過去，其他女孩一看見他過來，立刻像鴿子一樣朝四面八方逃竄。威廉跟在後面，很快就超越了老前輩，因為他不僅比威廉年長三十歲，更沒有在學校畢業前贏得一百碼賽跑冠軍。

那個惡棍四下張望了一番，看見威廉朝自己跑過來後便鬆開手，女孩跌坐在地上開始嚶嚶啜泣。此時威廉看見他手上的刀子，但是他與對方只有幾步之遙，便一鼓作氣往前撲向惡棍。他壓低身體，恰好撲中男人的膝蓋下方，兩人便一起摔在人行道上。威廉回過神來時，男人已經重新站起來了。刀子朝他猛刺過來時，威廉本能地舉起手保護自己。他記得的最後一件事，是刀鋒刺進他胸膛時的震驚心情。

「警察倒下！警察倒下！拉斯康路需要緊急支援！」弗雷德對無線電大吼，隨後往攻擊者猛撲過去。

＊＊＊

他睜開眼睛。他眨了眨眼，四下張望這個陌生的房間。他的父母和姊姊都站在床邊，一名他不認識的高階警官站在門口。從兩邊的肩章上各有三個星章來看，他是一名督察組長。

威廉對家人露出一個虛弱的微笑，他試著坐起身，卻只能勉強移動幾英寸，他此時才突然意識到，自己的胸口纏著厚厚的繃帶。他重重地躺回床上。

「弗雷德還好嗎？」是他虛弱地說出的第一句話。

現場似乎沒有一個人願意回答這個問題。那名警察最後終於往前走了幾步，開口說道：「我是卡斯伯特督察組長，我對此感到很抱歉，華威克警員，但是我必須問你星期六晚上發生了什麼事，因為如你所知，除非我們有足夠的證據起訴嫌犯，否則我們不能拘留他們超過二十四小時。」

威廉說：「當然，先生。」然後再一次試著坐起身。

督察組長打開一個褐色大信封，拿出幾張不同人的黑白照片，其中一個人的臉是威廉一輩子都不會忘記的。

卡斯伯特問他：「這是你們星期六晚上試圖逮捕的人嗎？」

威廉點點頭，然後說：「但是你們為什麼要來問我，弗雷德不是可以親自指認他嗎？」

卡斯伯特督察組長沒有說話，而是默默地將照片放回信封裡。

＊＊＊

即使是市長每年舉辦的耶誕音樂會，都鮮少讓聖麥可和聖喬治教區教堂坐滿人，但是今天，早在唱詩班進入中殿之前，教堂就已經擠得水洩不通，所有人都一個挨一個坐在長椅上。女王英勇勳章受獎人弗雷德．葉慈警員獲准舉行完整儀式的警察葬禮，教堂門口站了一排身穿制服的儀隊。

靈車由騎警護送，弗雷德的棺材上披著代表倫敦警察廳的藍色和銀色旗幟，上面放著女王英勇勳章和一個銀色獎盃。教堂裡面，高階警官都坐在前排，至於那些找不到座位的人，能夠站在最後一排就已經很滿足了。坐在輪椅上的威廉由父親推著經過走道，所有與會者都起身向他致意。教區執事引導他們到為他保留的第一排位置。

他是一位英勇的……

威廉一直強撐著情緒，直到八名現役警察扛著棺材緩緩地走過通道，往聖壇前進，他才終於忍不住淚水。教區牧師站在祭壇上往下看，帶領弗雷德的轄區內的居民開始禱告，其中許多人鮮少，甚至是從來沒有參加過教會活動。他們都前來致意，儘管其中一些人連弗雷德的中間名都不知道。威廉環顧四周，在哀悼的人群中看見柏金斯太太的身影。

成為朝聖者……

群眾跪下來祈禱時，威廉低下頭，想起弗雷德說過的話：「我總喜歡假裝自己創造了什麼改變。」他真希望弗雷德在這裡，親眼見證自己創造的改變。

弗雷德的同僚和朋友慷慨激昂地唱著聖歌，威廉知道弗雷德一定會十分感激，雖然他可能會說總警司的悼詞實在言過其實了。總警司提起他的兩個嘉獎時，威廉彷彿可以聽見弗雷德在一旁輕輕地笑了幾聲。「那我被停職的事呢？」他彷彿聽見他這麼說。

牧師說完最後的禱告詞後，所有哀悼群眾都起身，扶靈的警察重新扛起棺材，沿著通道走向教堂外的墓穴。威廉試著在棺材經過時站起身，但是他一直掙扎著站不起來，直到接待巡佐和警司過來協助他。

當晚回到家後，他父親表示就算威廉不想當警察了，也不會是一件丟臉的事。他很確定他的同僚一定能理解。「你可以去夜校攻讀法律，然後加入我的事務所，你在那裡還是可以打擊犯罪，而且白天在法庭裡打擊犯罪，比晚上上街更安全。」

威廉知道父親說得一點也沒錯，但是他還是決定聽取弗雷德的意見：

我們或許生活在截然不同的世界，唱詩班的，但是我們有一個共通點——我們都有點反骨，但是我們至少都在做命中注定的工作。

6

霍克斯比大隊長坐在主位，宛如董事會的主席一般，而另外三名董事都在等他開始會議。

「我要先歡迎團隊的新成員，雖然華威克偵緝警員作為警探的經驗不算豐富……」威廉心想，這個說法真是客氣。「……他在藝術領域卻算是個專家，因為這是他在大學的主修科目。事實上，他甚至為了加入倫敦警察廳而捨棄攻讀博士。所以我希望他的專業知識能帶來一點改變，最終幫助我們將邁爾斯．福克納繩之以法。布魯斯。」他轉向負責這起案件的高階警官，「你也許可以為我們更新一下最新進度。」

拉蒙特偵緝督察組長面前放了幾本卷宗，但是他不需要打開來看，因為大部分的內容都已經深深烙印在他的腦海中。他直直盯著華威克偵緝警員，因為他沒有更新的資訊能告訴另外兩位同仁了。

「這七年來，我們一直想抓住這個，依照各個標準來看都是犯罪大師的竊盜犯，而他至今都還是領先我們一步。邁爾斯．福克納擬定了一套幾乎不會失敗的機制，讓他得以偷走藝術鉅作、大賺一筆，表面上又沒有違反法律。」威廉心中已經浮現幾個問題，但是他決定不要打斷自己的新上司。

「首先，你要理解的是，比爾……」

「我叫威廉，長官。」[14]

拉蒙特皺皺眉頭，繼續說：「你要理解的是，假如你看過《龍鳳鬥智》[15]這部電影，那你應該整個忘掉。那完全是虛構的。我同意確實很有娛樂效果，但是不論如何都是虛構的。邁爾斯・福克納可不是史提夫・麥昆。他不是純粹為了享受樂趣而偷竊，把絕世藝術品藏在地下室裡，花上幾個小時獨自品味欣賞。那種故事是給去看電影的人看的，好讓他們想像一下，愚弄我們在波士頓的警察同仁是什麼樣子，與恰好是案件保險經紀人的美女同床共枕又是什麼感覺。不過電影中確實有一個人與現實生活有一些雷同之處，那就是保險經紀人——只是在我們這件案子中，見到的通常是做無聊文書工作的中階主管，那種每天晚上六點要回家跟老婆和兩個孩子吃飯的中年人。更重要的是，他不會是福克納的同夥。」

霍克斯比問道：「跟得上嗎？華威克？」

「可以，長官。」

「那你應該就知道，拉蒙特偵緝督察組長接下來要說什麼了。」

「福克納從藝廊或收藏家手上偷走價值不斐的藝術品，為的是與保險公司談交易，因為保險公司願意支付比保險賠償少非常多的金額。」

拉蒙特補充：「通常只有賠償金的一半，但是就算只有一半，福克納還是能賺到一筆可觀的數目。」

威廉說：「他再怎麼聰明，都不可能自己完成如此複雜的操作。」

「沒錯。他身邊有一個規模很小而且高度專業的團隊，不過我們每次抓到他的同夥，他們都守口如瓶，不肯透露半個字。」

羅伊克羅夫特偵緝巡佐補充：「有一次，我們甚至當場抓到兩個竊盜犯。但是搶劫案發生時，福克納正在蒙地卡羅睡得香甜，還有妻子證實他的不在場證明。」

威廉問：「他的妻子也是他最信任的同夥之一嗎？」

霍克斯比回答：「她曾經為他掩護過幾次，但是我們最近發現福克納有外遇。」

威廉說：「那目前還不是犯罪。」

「沒錯，但要是她發現……」

「你們沒辦法讓其中一個被逮捕的成員倒戈，達成認罪協商嗎？」這是威廉的下一個問

14 譯註：比爾（Bill）是威廉（William）這名字常用的暱稱之一。威廉表達了自己並沒有使用比爾這個小名。

15 《龍鳳鬥智》（The Thomas Crown Affair）：一九六八年電影，史提夫麥昆飾演英俊的竊盜犯，費唐娜薇飾演保險公司調查員。

題。

拉蒙特回答：「根本沒辦法，福克納與他們兩個之間存在不成文的契約，上面可沒有不履行條款。」

霍克斯比接過話頭繼續說：「他們都被判六年有期徒刑，而他們的家人都受到妥善的照顧，雖然我們始終無法將那起犯罪與福克納連繫起來。參與菲茲墨林博物館盜竊案的第三個犯人嘴巴被縫住，就是為了提醒他，成為汙點證人會面臨什麼後果。」

「但是如果福克納是銷贓人……」

拉蒙特說：「從福克納的報稅紀錄來看，他是一名農夫，住在漢普郡一棟有九間臥房的大宅裡，房屋周圍是三百英畝的土地，只養了幾頭牛，但是從來沒有上市場賣過。」

「但是，想必得有一個人負責與保險公司交涉吧？」

拉蒙特回答：「福克納把那項工作交給他的另外一名追隨者，布斯．華生御用大律師。他每次都代表一個不知名的客戶交涉，不管我們對他施多大的壓力，他總是用幾句話提醒我們律師的保密義務。」

「可是假如布斯．華生知道自己正在與罪犯打交道，根據他的職業義務，他不是應該舉報……」

霍克斯比打斷他：「我們在這件案子裡面對的不是你父親，華威克，而是一個因為專業行為失當而受到大律師公會關切過兩次的傢伙，他兩次都差一點點被取消律師資格。」

威廉說：「但是他依然在執業。」

霍克斯比回道：「沒錯，不過他現在很少上法庭了，因為他找到一個根本無須離開事務所便能收取高昂費用的方法。只要有一件重要的藝術作品被偷了，保險公司打的第一通電話都是給布斯·華生先生，他們都要請他當中間人，這可不是巧合。然後就會出現大驚喜，畫作幾天後就會毫髮無傷地出現，保險公司便能順利結案，通常都不必驚動到我們。」

威廉說：「我覺得最難以置信的是，福克納每一次作案都天衣無縫，這聽起來簡直跟《龍鳳鬥智》一樣宛如虛構。」

霍克斯比說：「沒錯，至少有一家比較知名的保險公司拒絕承擔責任，如果被偷的美術館或藝廊又沒有資源提供懸賞金，福克納可能就會拿著那幅畫進退兩難。」

威廉說：「如果真是如此，那麼菲茲墨林博物館那幅被偷的林布蘭畫作，可能還流落在外。」

「除非福克納已經毀了那幅畫，確保盜竊案絕對不會追到他身上。」

「不會有人毀掉林布蘭的作品吧？」

「等到你親眼見到那個人之後再下定論也不遲。我們面對的可不是藝術愛好者，而是一個只要能脫身，連自己母親都能出賣的人。」

威廉記取這個教訓，接著問道：「我們對福克納還有什麼了解？」

這次換羅伊克羅夫特偵緝巡佐打開一份卷宗說道：「一九四二年出生於七橡樹，獨生子，父母是房地產經紀人和美髮師。不過他對高爾夫俱樂部的朋友說的是另一個版本。十一歲獲得哈羅公學的獎學金，在學最後一年贏得學校的藝術大獎。從哈羅公學畢業後，他進入斯萊德藝術學院，不過很快就意識到儘管他是當屆表現最亮眼的學生，按照校長在畢業生報告中的說法，他還是不足以憑著當藝術家維生。校方建議他考慮從事教職，而他並沒有聽進他們的建議。」

拉蒙特接過話頭繼續說：「他離開斯萊德藝術學院後，就明白自己想要在藝術界扮演的角色。但是他需要再累積一些經驗，才能開創自己的一番天地。於是他進入西區某間首屈一指的藝廊，成為實習生，在那裡瞭解到藝術品是多麼有利可圖，尤其是對願意不擇手段的人而言。幾年後他被開除，原因我們不太確定，但是我們知道，沒有其他美術館和藝廊願意僱用他了。他有一段時間徹底銷聲匿跡，直到考陶德美術館的薩爾瓦多．達利作品失蹤，而那是在藝術與骨董組成立的很久之前。」

威廉問：「你們為什麼認為他參與了那起竊盜案？」

霍克斯比回答：「我們在監視器畫面上看到的，他在畫作失竊前一個月用照相機拍下那幅畫，而他之後再也沒犯過這種錯誤了。」

「不論如何，他那一次肯定是賺了不少錢，因為他從那之後又銷聲匿跡，直到七年前從菲茲墨林博物館偷走林布蘭的作品。但是那一次，布斯．華生沒辦法與保險公司達成協議，那似乎是他至今唯一一次失手。不過他偷竊畫作的手法，應該連《龍鳳鬥智》的主角湯瑪斯．克朗都會佩服得五體投地。」

威廉並沒有打斷他。

「星期六下午，菲茲墨林博物館關門後不久，一輛警車出現在館外。兩個打扮成警察的人進入博物館，聲稱警報響了，隨後用棍子攻擊門口的接待人員，把他綁起來。十分鐘之後，他們就把林布蘭的畫夾在手臂下，大搖大擺地從正門走了出來。」

「警衛呢？」

「他們說當時正在頂層巡邏，一直到半個小時後才到一樓回報情況，那時候是下午四點四十八分。」

威廉問：「四點四十八分是關鍵嗎？」

拉蒙特說：「真機靈。」

「那天下午是英格蘭足總盃曼聯和利物浦的比賽，ＢＢＣ一台全程直播，四點四十六分吹響終場哨音。」

威廉問：「電視在哪裡？」

拉蒙特回答：「在地下室的員工餐廳裡，我懷疑福克納非常清楚這一點，因為盜賊抵達時，正好吹響下半場開始的哨音，我們後來發現兩名警衛都是曼聯球迷，我毫不懷疑福克納早已連這些事都摸透了。」

霍克斯比補充：「如果說魔鬼藏在細節裡，那他就是魔鬼本人。」

羅伊克羅夫特偵緝巡佐說：「這下子你知道我們面對的是什麼人了，高度專業、組織縝密的罪犯，只要每隔幾年偷走一幅巨作，就可以過上安逸富裕的生活，而且幾分鐘之內就能完成做案。」

威廉說：「我一定是遺漏了什麼細節，為什麼布斯．華生不在福克納偷走林布蘭畫作不久之後，就與保險公司談妥賠償金額？」

「菲茲墨林博物館的投保金額低得可憐，這是許多一流藝廊和美術館現在面臨的問題。他們收藏的畫作和雕像這幾年來價值飆漲，而他們無法負擔符合實際價值的保險金。」

拉蒙特此時插嘴：「不過，這一次挫敗會讓福克納學到一個教訓，那就是不要去投保金額太低，或者沒有足夠資源提供懸賞金的藝廊偷竊。」

霍克斯比問：「還有什麼問題嗎？華威克？」

威廉回道：「有的，長官。我們現在知道你們以為是原作的林布蘭畫作，實際上是複製品。」

潔琪問：「你想說什麼？」顯然還是對自己的失誤感到十分懊惱。

「那幅複製品一定是某個人畫的。」

拉蒙特猜測：「或許是福克納畫的？畢竟他一開始就是藝術系學生。」

「如果斯萊德藝術學院對他的才華評價正確，那麼就不是他。不過這並不表示他找不到足以勝任這份工作的畫家，他們很有可能是斯萊德藝術學院的同學。」

拉蒙特說：「假如真是這樣，找出那個人的工作就非你莫屬。」

霍克斯比大隊長看了看手錶，說道：「同意。你還有問題嗎？華威克偵緝警員？」

「只有一個問題，長官。你們怎麼拿到這張複製品的？」

「我們說服一位地方治安法官，說我們合理懷疑福克納可能持有一幅從菲茲墨林博物館偷走的重要藝術作品。他簽發搜索票之後，我們當晚就突襲了福克納的住所。在你出現之前，我們一直以為這次是大獲全勝。」

「你們在他家的時候，有機會研究他其餘的收藏嗎？」

拉蒙特回答：「有，而且沒有一幅作品在我們的失竊清單上，他還提供了所有其他作品的購買收據。」

「所以他還會把不義之財再次投資在藝術品上，這讓我更確信他不會毀掉林布蘭的畫作了。」

霍克斯比闔上卷宗時說道：「別在這件事上賭上你的退休金。這就是最新的進展，而且應該不需要我提醒各位，這不是我們手頭上唯一一件正在調查的案子，所以別忽視其他擺在你們桌上招灰塵的案件。我要向廳長解釋為什麼會有額外支出已經夠困難了，多給幾個人定罪，就算是寥寥幾人也好，總是大有幫助。比起逮捕真正的罪犯，這個政府似乎對數字更有興趣。所以我們快回去工作吧。」

桌邊的每一個人都收拾好自己的資料夾，往門口走去。但是威廉還沒走到門外，霍克斯比就叫住了他：「我跟你說幾句話，華威克。」

大隊長一直等到門關上之後，才再次開口。

「威廉，我知道你很聰明，你的同事們也知道你很聰明，所以你不必一直提醒他們，你如何將他們以為的勝利變成了一場災難。假如你有一天想坐在我這個位置上，就別再花時間激怒與你共事的人了。我建議你時不時去問問他人的建議，不要總是給別人建議。你也許該在司諾克室多花點時間，畢竟你在蘭比斯的時候，司諾克對你是百利而無一害。」

威廉想起他父親說的話。他是個不容小覷的人物。

他低著頭，安安靜靜地走到門外。他慢慢地走過長廊時，滿腦子都想著大隊長說的話。他還沒去過倫敦警察廳總部的司諾克室。他回到與兩位同仁共用的辦公室時，看見他的桌子上放了兩個資料夾。他拿起寫著「邱吉爾」的資料夾看到一半時，羅伊克羅夫特偵緝巡佐出現在他身邊。

他問道：「巡佐，妳覺得我應該從哪個案件開始？」

潔琪說：「說一下是哪些案件。」

「溫斯頓．邱吉爾還是月塵？」

「月塵應該很好解決。那個教授顯然不是罪犯，說句老實話，那是美國大使館的昂德伍次長反應過度了。但是我們可不想引發外交危機，所以你最好小心一點。」

「邱吉爾呢？」

「邱吉爾就比較有挑戰性了，但是就像獵鷹提醒我們的，現在看重的是數字，所以你一定要逮到那個罪魁禍首、起訴他。雖然我猜他最後只會被判六個月緩刑，但是至少能多一筆紀錄。更重要的是，我很確定你還沒忘記，你現在要憑一己之力找到那個仿造林布蘭畫作的人，希望以此順藤摸瓜找到福克納。給你一個建議，比爾。」她語氣尖銳地說道：「獵鷹辦公室門縫裡透出的光熄滅之前，你想都別想先回家。」

威廉重新打開月塵案的資料夾，說道：「謝謝妳的建議。」讀完整起案件的所有細節後，他不得不同意潔琪的看法，教授或許很天真，甚至應該受到責備，但是他絕對不是罪犯。

大笨鐘敲響六下時，威廉認為此刻打電話給美國大使館的昂德伍次長已經太晚了，因為他顯然不必等到獵鷹辦公室裡的燈光熄滅就可以回家了。

7

「可以幫我接查克·昂德伍先生嗎？」

「請問是哪裡找？」

「倫敦警察廳總部的威廉·華威克偵緝警員。」

「我看看次長有沒有空。」

威廉等了好久，久到他不禁懷疑電話是不是已經掛斷了。話筒裡終於傳來聲音。

「華威克？」

「沒錯，長官。」

「羅伊克羅夫特偵緝巡佐呢？」

「現在由我接手案件，長官。」

「還有比偵緝警員更低的職等嗎？」

「只有見習警察，長官，我不久之前也是其中一員。」

「如果我拿不回月塵，你就會回到他們的行列了。」

「我正在處理，長官，但是我得問您幾個問題。」

「怎麼又來了！」

「美國政府一開始是不是將一小瓶月塵作為禮物，送給曼徹斯特大學的法蘭西斯．戴寧教授？」

「沒錯，但是有條件的。我們清楚表明絕對不能將月塵轉贈給其他人，而且不論如何都不能出售給第三方。」

「當時有白紙黑字寫下來嗎？」

「當然有，而且我們有文件可以證明。但是現在，我相信你很清楚，有一位奇斯．塔伯特博士將那瓶月塵委託蘇富比拍賣。」

「我確實知道，長官，我面前就擺著拍賣圖錄。」

「那麼你就會在第三十一頁看見第十九號拍賣品，一瓶月塵，罕見，由參與阿波羅十一號任務的尼爾．阿姆斯壯先生帶回地球。」

威廉說：「但是，已故的戴寧教授在遺囑中將那瓶月塵留給塔伯特博士。」

「這不是他能決定的事，華威克偵緝警員，我已經明確告訴過羅伊克羅夫特偵緝巡佐了。」

「您說的一點都沒錯，長官。但是我想您一定明白，我們必須遵循法律規定。」

「看來整個過程會非常緩慢，雖然我們的法律團隊明明可以隨時提供你們幫助。」

「這是個好消息，長官，因為我們都不想破壞兩個國家之間的特殊關係，對吧？」

「別諷刺了，華威克，把我的月塵拿回來就對了。」

電話掛斷了。威廉坐在旋轉椅上轉過身，看見潔琪對他咧嘴一笑。

她說：「你會漸漸喜歡他的，不過昂德伍是那種把英國當成他們其中一個小州的美國人。他很快就會開始提醒你，德州幾乎是整個英國的三倍大。如果你不希望發生重大外交危機，我建議你趕快拿回他的月塵。」

威廉回道：「我記住了，但是還有一件要事，我要怎麼拿到前往曼徹斯特的火車票呢？」

「你去一樓找差旅部的瑪威絲，不過我要先警告你，如果你覺得昂德伍的脾氣很硬，他在瑪威絲面前也只是一隻小綿羊。她能作主的話，就連女王出門都只能搭商務艙，我們這種人就只配在引擎室裡鏟煤。」

「感謝妳的警告。」

＊＊＊

「瑪威絲……」

「你得叫我沃特斯女士，年輕人。你至少要是個督察組長才能叫我瑪威絲，再來一次。」

威廉說：「抱歉，沃特斯女士，我想……」

「姓名、職等和部門？」

「華威克，偵緝警員，藝術與骨董組。」

「你想怎樣？」

「我想當廳長。」

沃特斯女士說：「再回答一次。」不過她這次至少擠出了笑容。

「到曼徹斯特的來回車票。」

「你這趟旅途的目的是什麼？你要在曼徹斯特待多久？」

「我要去大學一趟，希望當天來回。」

「那你就得搭七點四十二分從尤斯頓站出發的火車，平日最後一班回程火車是晚上十點四十三分出發。如果你沒搭上，就要在第十二月台的長椅上過夜了。你可以申請一餐的支出，花費不得超過兩英鎊八十便士，你可以在二三二勤務表上報帳，但是我要看收據。」沃特斯女士寫下一張到曼徹斯特皮卡迪利的公務乘車證。「你要到大學去的話，就要搭一四七號公車，你還要帶一把雨傘。」

「雨傘？」

「你顯然從來沒去過曼徹斯特。」

※　※　※

「早安，華威克先生。」在櫃台接待他的年輕女子說道：「我是梅蘭妮・克羅爾，需要什協助嗎？」

「你們在七月十七日要辦一場拍賣……」

「請問你要我們撤下幾號拍賣品呢？」

「妳怎麼知道……」

「警察不會來蘇富比委託拍賣物品的。」

威廉露出微笑。「第十九號拍賣品，參與阿波羅十一號任務的尼爾・阿姆斯壯帶回來的一瓶月塵。」

克羅爾小姐查看圖錄後說道：「奇斯・塔伯特博士提供的，他出示了一份遺囑證明月塵是留給他的。」

「美國大使館說月塵歸他們所有，他們說如果你們拍賣那瓶月塵，他們就會把所有人都告一遍。」

「我們可不希望發生這種事對吧，華威克先生？」

威廉說：「如果法律確實站在塔伯特博士那邊，我就不會太擔心。」

「即便如此，訴訟可能還是會持續很多年。」

「上司要我在幾天內解決這起案件。」

「是嗎？好，如果塔伯特博士願意簽署標準授權書，我們會很樂意地交出月塵，讓你還給美國人。我們就祈禱塔伯特博士不是芬利．艾厄斯第二吧。」

「我能請教芬利．艾厄斯是誰嗎？」

「他在一九四九年為了一幅價值一百英鎊的畫作控告我們，我們到現在還在等法院判決誰才能合法擁有那幅畫。」

威廉問：「怎麼會這樣？」

「因為那是一幅現在價值超過一百萬英鎊的透納作品。」

＊＊＊

隔天早上搭著轟隆作響的火車往曼徹斯特前進時，威廉又一次仔細讀了月塵案的資料，但是並沒有新的收穫。

他的思緒回到那幅失竊的林布蘭畫作上，以及他該如何查出畫了複製品的藝術家叫什麼名字。他深信如果要創作出這樣一幅以假亂真的複製品，一定要看著原作才畫得出來。威廉依然不敢相信任何就讀過斯萊德藝術學院的人，會銷毀一幅堪稱國家寶藏的藝術品，但是他隨後又想起獵鷹說的話──「等到你親眼見到那個人之後再下定論也不遲。」

威廉早已從頭到尾讀過福克納的檔案，儘管他鮮少公開露面，他卻從來不會錯過新的詹姆士·龐德電影首映會，他也收藏了第一版伊恩·佛萊明原著小說。威廉最近在《每日郵報》上讀到一篇報導，內容是《雷霆殺機》[16]將在一個月後於歐狄恩劇院舉行首映。他該怎麼樣才能弄到一張票呢？就算他拿到票了，他也不覺得沃特斯女士會認可這是合理支出。

他的思緒回到塔伯特博士身上。他打了一通電話，得知教授將於十一點在地質學系的演講廳發表演說。威廉不禁好奇塔伯特是怎麼樣的人，他一想到美利堅帝國傾全國之力，威嚇一個來自英格蘭北方的無辜地質學教授，就忍俊不禁。他知道自己支持哪一方。他把卷宗放回公事包，拿起最新一期的皇家藝術學院雜誌，但是他翻了幾頁之後，就決定等到回程時再看。

火車於十點四十九分停靠在曼徹斯特皮卡迪利站時，威廉是第一批在剪票口前遞出車票的人。他小跑步經過一整排計程車，跑到最近的公車站，加入等車的隊伍。幾分鐘後，他搭上一四七號公車，在大學門口外下了車。沃特斯女士怎麼會知道該搭哪班公車呢？他看到一群學生從容不迫地穿過大門，用著他成為警察後就已經徹底忘記的悠閒步調走進校園時，忍不住露出微笑。他問了其中一名學生怎麼走到地質學系，最後遲到了幾分鐘，不過他並不是來聽演講的。他爬上階梯走到二樓，從後門進入演講廳，融入幾十來個全神貫注聆聽塔伯特博士演講的學生當中。

威廉坐在後排，仔細打量著台上的講者。塔伯特博士的身高絕對沒有超過五呎，他那一頭濃密的黑色鬈髮，看起來並沒有常常接觸到任何刷子或梳子。他穿了一件燈芯絨夾克和格子襯衫，打著細繩結領帶。他黑色的長袍上沾滿了粉筆灰。他的嗓音清晰而堅定，充滿權威，偶而才往下瞥幾眼他的筆記。

威廉全神貫注地聆聽塔伯特訴說，在一九七〇年代初期發現了全新的化石之後才終於反駁了單一物種理論，他陶醉其中，因此當十二點的鈴聲響起，表示這場演講結束時，他不禁感到十分失望。他等到所有學生都離開，塔伯特博士開始收拾筆記時，才從容地走下中央通道，來到這位犯罪大師面前。

16 雷霆殺機（A View to a Kill）於一九八五年在倫敦首映。

塔伯特抬起頭，隔著國民保健署眼鏡端詳威廉。

他開口問道：「我認識你嗎？」威廉掏出他的警察識別證，塔伯特此時抓住了面前木頭長桌的邊緣。「我以為我已經繳清違規停車的罰金了。」

「我很確定你已經繳了，先生，但是我還是得問你幾個問題。」

塔伯特焦躁地扯著長袍說道：「當然沒問題。」

「我想先請教一下，你怎麼會得到那一小瓶月塵？」

塔伯特不敢置信地問：「就是為了這件事嗎？」

「沒錯，先生。」

「那是已故的戴寧教授送給我的禮物，他在遺囑中表明要留給我。他提出對於月球表面結構的新發現後，美國人便將月塵送給他。」

「他為什麼會把這麼重要的歷史文物留給你呢？」

「他撰寫那篇論文的時候，我是他的研究助理，他退休之後，我接替他成為系主任。」

「我很抱歉告知你這件事，塔伯特博士，但是美國人想拿回他們的月塵。」

「他們憑什麼說那是他們的？月球又不是美國人的。」

「沒錯，但是他們確實用阿波羅十一號帶回了月塵，而戴寧教授一定是忘了，自己簽署過一份禁止他出售或轉贈月塵給第三方的協議。」

「如果我拒絕給他們呢？」塔伯特的聲音中似乎多了一點信心。

「那麼美國人就會展開法律程序，我想他們的口袋應該比你深得多。」

「他們為什麼不在蘇富比拍賣時買下那瓶該死的月塵就好？」

威廉說：「我承認那確實是很簡單的解決方式，但是他們對於自己擁有月塵深信不疑，而蘇富比已經把拍賣品從圖錄中撤下來了。月塵現在被鎖在一個高度警戒的金庫裡，你敢相信嗎？」

塔伯特爆笑出聲，他用扭曲的食指指著威廉，差強人意地模仿起克林·伊斯威特：「來啊，成全我吧！[17]」

「先生，假如你願意簽署這份授權書，我就能從蘇富比那裡拿回月塵還給美國大使館，這下就一石二鳥，解決我們倆的麻煩了。」

「你知道嗎，華威克先生，如果我是百萬富翁，我就會跟美國佬單挑了，即使那些月塵恐怕只值幾千英鎊。」

「我會支持你的，但是我覺得我們還是會輸。」

「你說得沒錯，所以我要在哪裡簽名？」

17　譯註：此為克林·伊斯威特在電影《撥雲見日》（Sudden Impact）中的經典台詞：Go ahead, make my day!

威廉打開公事包，拿出三分一模一樣的文件放在桌上。

「這裡、這裡和這裡。」

塔伯特仔細讀了文件，最後才在三條虛線上簽名。

威廉說：「謝謝你，先生。」隨後將兩份文件收回公事包，將第三份文件交給塔伯特。

塔伯特問：「你有時間與我共進午餐嗎？」他脫下長袍時揚起了一片粉筆灰。

「如果你知道哪一間酒吧能讓我花不超過兩英鎊八十便士的話。」

「我想我們有更好的選擇。」

❊　❊　❊

回尤斯頓站的火車上，威廉查看起塔伯特博士的簽名。他與教授在教職員餐廳享受了一頓美妙的午餐，他發現教授也同樣熱愛藝術，他滿心支持的一位當地藝術家，還是他大學時認識的朋友。塔伯特博士以五十英鎊的價格，在沙福買了一幅勞瑞描繪後街的畫作，那個價格對當時的他而言已經難以負荷，現在更是絕對買不起了，不過他向威廉坦承，他並沒有賣掉那幅畫。

威廉問：「那麼有鑑於我的薪水，我現在應該關注哪些藝術家呢？」

「黛安娜・盎菲德、克雷吉・艾奇森和席尼・哈普利，他們都會參加皇家藝術學院的夏季展。」威廉記下了這幾個名字。

吃過午餐後，威廉開玩笑地建議他們用黑潭海灘的沙子換掉月塵，因為他確信那個美國次長根本分不出差別。塔伯特笑了出來，不過他說史密森尼的地質學專家一定分辨得出來，儘管他可能根本沒去過黑潭。

威廉終於打開皇家藝術學院雜誌，看看接下來要舉辦哪些他絕對不能錯過的展覽。他圈起三個中意的展覽，將日期記在日記本上——畢卡索：早期畫展、霍克尼：非加利福尼亞不可，還有皇家藝術學院的年度夏季展，他會去看看塔伯特博士推薦的三位藝術家。但是他翻了一頁，看見菲茲墨林博物館館長提姆・諾克斯博士，將在兩個星期後發表演說介紹博物館的歷史，還會舉行導覽活動時，便將剛才看到的展覽都拋到九霄雲外。一張票五英鎊，只有五十人能入場。他很好奇，不知道這在沃特斯女士眼中算不算合理開銷。不論如何，他都不能錯過。

威廉當晚輾轉難眠，儘管睡在他身邊的只有一個上了鎖的公事包。他很想撕碎那兩份授權書，但是他知道，美國人最後還是會得償所願。

＊　＊　＊

翌日早晨，威廉沒有直接到倫敦警察廳總部，而是搭地鐵到綠園站，再走到新龐德街。他在拍賣行外站了許久，才終於等到門房在九點整開門。

梅蘭妮．克羅爾仔細研究塔伯特博士的簽名，跟出售文件上的簽名比對之後，才願意交出第十九號拍賣品。她接著離開幾分鐘，從保險櫃中取出那一小瓶月塵。

威廉看見那個小瓶子時，他簡直不敢相信自己的眼睛。那比他的小指頭還小。他用一張衛生紙把瓶子包好，再放回盒子裡。他又簽了更多份文件後才終於離開，前往格羅夫納廣場。他十五分鐘後走上美國大使館的階梯，見到櫃台的陸戰隊警衛，表示他想見昂德伍先生。

「你有預約嗎？先生？」

他一邊說「沒有」，一邊掏出他的警察識別證。

陸戰隊警衛在電話上按了三個按鍵，對方接聽後，他轉達威廉的請求。

「次長正在開會，但是他今天下午四點可以見華威克先生。」

威廉說：「告訴他我拿到他的月塵了。」

他聽見一個聲音說：「叫他上樓。」

威廉搭電梯到五樓，看見次長已經站在長廊上等他。他們先握了手，昂德伍接著說：

「早安，警探。」但是他一直等到關上辦公室門，才再次開口：「以英國人來說，你的動作挺快的。」

威廉沒有答腔，而是打開公事包，拿出那個小盒子。他打開盒子，慢條斯理地攤開衛生紙，像魔術師一般變出那一小瓶月塵。

「就這樣？」昂德伍不敢置信地問道。

威廉回答：「沒錯，長官。」說完便將那個引來一堆麻煩的罪魁禍首交給對方。

昂德伍說了聲「謝謝」，將盒子放在桌上。「假如出現其他問題，我一定會再連絡你。」

威廉回道：「不會的，除非有人偷了你們的核彈頭。」

8

「我能申請五英鎊的公款，參加菲茲墨林博物館的藝術講座嗎？」

沃特斯女士問：「跟你正在調查的案件有直接關聯嗎？」

「是也不是。」

「決定好再講。」

「是，那確實與我正在調查的一樁犯罪有關，但是我必須承認，我不論如何都會去。」

「那麼就是無關，還有什麼事嗎？」

「妳能幫我弄到一張詹姆士．龐德新電影的首映會門票嗎？」威廉說完後，靜靜等待沃特斯女士情緒爆發。

「這跟你正在調查的案件有直接關聯嗎？」

「對。」

「你想坐哪一排？」

「妳在開玩笑吧？」

「我從不開玩笑的，偵緝警員。哪一排？」

「邁爾斯．福克納後面一排，他是……」

「我們都知道福克納是誰，我看看有什麼辦法。」

「但是妳怎麼……」

「別問。如果你沒有其他事就請離開。」

※ ※ ※

威廉提早了幾分鐘到菲茲墨林博物館。他駐足在亞伯特親王彎道上，欣賞這棟位於倫敦帝國學院後方的帕拉底歐風格建築。他非常清楚，自從林布蘭畫作失竊之後，出於安全考量，現在每一次都只有五十人能同時進館參觀。他設法拿到了當晚演講的第四十七張門票，要是晚了半小時，很可能就賣光了。

他給門口穿著制服的警衛看了門票，對方指示他走到三樓，與一小群正在交頭接耳的藝術愛好者會合，等待全國首屈一指的文藝復興時期權威諾克斯博士到來。

威廉很期待這場演講，暗自希望館長對失竊的林布蘭有一套理論。

六點五十九分，一名年輕女子走到人群面前，拍了幾下手引起眾人的注意，然後說道：

「晚安，各位先生和女士。我是貝絲・雷恩斯福德，是博物館的研究助理之一。」她等到人群鴉雀無聲之後，才繼續說：「我很抱歉地告知各位，諾克斯博士的喉嚨嚴重發炎，幾乎無法開口說話，他對各位深感抱歉。」

人群中傳來清晰可聞的埋怨聲，其中兩個人轉身往出口走去。

「不過，館長確信自己幾天後就能完全康復，如果你們下星期四晚上回來，就可以聽到他的演講。至於下星期無法到場的人，我們會全額退還入場費。如果有人想留下來，我很樂意帶你們欣賞藏品。」她又補充一句：「不過別擔心，就算你們留下來聽導覽，還是可以退費。」這一番話引起了一陣陣笑聲。

五十個人組成的小團體很快便縮減到只剩下十二個人，威廉是其中一個留下的人。他的眼睛一直離不開眼前這位代替館長過來導覽的人。在她一頭削得俐落的紅褐色短髮下，是一張不需要太多脂粉妝扮就讓人想多看兩眼的鵝蛋臉。但是最令他著迷的不是那張臉，或是她那曼妙苗條的身材，而是她講述著四周那些穿著黑色緊身褲和荷葉領的荷蘭男人時，充滿感染力的熱情。她指向第一幅畫時，威廉瞥了一眼她的左手，非常高興地看見她的無名指上沒有戒指。儘管如此，他心想，這樣一個美人一定也有男朋友了。但是他要怎麼打聽呢？

一雙深褐色的眼睛閃閃發光的貝絲說道：「菲茲墨林博物館是經濟學大師雅各・凡哈森

的夫人的心血結晶。她是一名了不起的女性，在丈夫過世後，開始收藏荷蘭和法蘭德斯[18]藝術家的作品，收藏量僅次於荷蘭國家博物館和冬宮博物館[19]。為了紀念丈夫，她在遺囑中將所有收藏贈予國家，放在他們結婚四十三年來居住的宅邸中展示。」貝絲轉身，帶領身後的一小群人走到下一個展覽間。她在一幅年輕男人的肖像畫前停下腳步。

她開口說道：「法蘭斯・哈爾斯，一五八二年左右出生在安特衛普。他最受讚譽的作品是《笑容騎兵》，可以在華萊士收藏館看到這幅畫。」

威廉試著把注意力放在哈爾斯身上，但是他隨後便決定下星期四再來一趟，因為他很確定諾克斯博士不會如此令他分心。他繼續跟著貝絲的腳步，直到她停在一個空蕩的巨大鍍金畫框前，下方的小說明牌上寫著一個傳奇人物的名字：「林布蘭，一六〇六至一六六九」。

她語帶尊敬地說道：「林布蘭的曠世巨作《布商公會理事》原先掛在這裡，直到七年前被人偷走。遺憾的是，畫作至今仍下落不明。」[20]

18 法蘭德斯（Flemish）：荷蘭和比利時一帶的歷史通稱。
19 冬宮博物館（Hermitage Museum）：位於阿姆斯特丹，原為聖彼得堡冬宮博物館的分館。二〇二三年因俄烏戰爭爆發後與俄羅斯切割，更名為H'ART博物館。
20 譯註：《布商公會理事》（The Syndics of the Drapers' Guild）實際上收藏於荷蘭國家博物館，且原畫右下角的作者簽名為「Rembrandt f. 1662」，RVR為小說杜撰情節。

「博物館有提供懸賞金尋找畫作嗎？」一個聽起來有波士頓口音的聲音問道。

「沒有，很不幸地，凡哈森夫人從來沒想過有人會偷走她收藏的傑作，可能是因為當時她只花了六千元買下那幅畫。」

一個比較年輕的聲音問道：「畫作現在值多少錢？」

貝絲回答：「那幅畫是無價之寶，而且不可取代。我們一些比較浪漫的人堅信畫作還在某處，布商公會的理事們總有一天會回到自己合法的歸屬。」

貝絲說完後，現場響起稀稀落落的掌聲，她接著說：「林布蘭是個有野心的人，曾經是最炙手可熱的荷蘭黃金時代畫家。可惜的是，他的生活入不敷出，大部分的財產都拿去拍賣還債了，包括幾幅重要作品。他差一點破產，也差一點在監獄度過餘生。林布蘭在一六六九年過世後，被埋葬在貧民墓園，他的作品有超過一世紀的時間都不再受到歡迎。但是凡哈森夫人對他的才華深信不疑，付出許多努力重建他的名聲，讓世人認可他是荷蘭藝術大師中的佼佼者。世界各地的藝術鑑賞家都長途跋涉過來欣賞《布商公會理事》，因為這是公認林布蘭最傑出的作品之一，凡哈森夫人更大方透露這就是她最喜愛的收藏。」

貝絲和她那群小小的聽眾走向下一幅畫，超過導覽時間後，她仍在繼續回答所有人的問題。她最後以揚．斯汀的《迦南的婚禮》作結，稱讚他是「說故事的藝術家」。她最後問道：「還有人有問題嗎？」

威廉決定等所有人都離開後再問他的問題。「真是精彩的解說。」他說道。

貝絲回道：「謝謝，你有什麼問題嗎？」

「有，妳有空一起吃晚餐嗎？」

她沒有馬上回答，但最後還是說了一句：「恐怕不行，我已經有約了。」

威廉笑著說道：「好吧，這是難忘的一晚，謝謝妳，貝絲。」

他轉身離開時，聽見她在背後說道：「但是我明天晚上有空。」

※　※　※

威廉隔天早上抵達辦公室時，看見桌上那疊卷宗的最上面黏了一張黃色的便利貼。

緊急——打給莉茲，〇一七三五三〇〇〇。

他問潔琪：「這是怎麼回事？」

「我只知道獵鷹說很緊急，你必須一字不漏地記下莉茲說的話，寫成一份報告交給他。」

「遵命。」威廉說完便開始撥號。不久之後，電話那頭傳來一名女子的聲音。

「請問有何貴幹？」

「我是倫敦警察廳總部的華威克偵緝警員，我要回莉茲的電話。」

「你知道莉茲姓什麼，或是在哪個部門工作嗎？」

「不知道，我只知道有急事要找她，她在等我回電。」

「這裡是白金漢宮電話總機，先生。我們只有一位莉茲[21]，我不覺得她現在有空接電話。」

威廉滿臉通紅地說道：「真是抱歉，我想必是打錯電話了。」他一掛斷電話，潔琪和拉蒙特督察組長都哄堂大笑。

潔琪說：「我很確定她會回電的。」

拉蒙特說：「對了，獵鷹接到美國大使打來的電話，感謝我們歸還月塵。做得好，小子，你現在或許該解決溫斯頓．邱吉爾的案件了。」

威廉打開標示著「邱吉爾」的資料夾，試著聚精會神，前一晚的事卻在他腦中揮之不去。他已經想不起來，上一次有年輕女子如此令他魂牽夢縈是什麼時候的事。他今晚鐵定會在七點之前離開辦公室，即使大隊長辦公室的門縫裡仍然透出亮光。

他集中思緒，開始研究這個小偽造犯為了增加收入而想出的巧妙騙局。威廉讀到最後一頁時意識到，自己如果想將這傢伙逮個正著，就必須到西區走訪好幾家書店。他告知了正忙著尋找一名國際珠寶盜賊的拉蒙特偵緝督察組長，他準備用土法煉鋼的方式實際走訪調查，可能沒辦法在下班時間前回來。

威廉決定從皮卡迪利路上的哈查茲書店[22]開始，他們的書店經理——他再次確認經理的名字——彼得．吉第是第一個報警的人。

他離開倫敦警察廳總部，往林蔭大道走去，他經過白金漢宮的時候，忍不住對自己想打電話給莉茲的行為感到困窘無比。他沿著聖詹姆士街走到皮卡迪利路上，走進那間驕傲地展示三個皇家認證徽章[23]的書店。威廉問櫃台的女子，他能不能見吉第先生。

書店經理查看過威廉的警察識別證後，帶領他上到五樓的辦公室，給了他一杯咖啡。

威廉坐下來，打開筆記本問道：「你一開始為什麼會懷疑？」

吉第先生承認：「我一開始並沒有懷疑，畢竟邱吉爾是政治人物，在大量的著作上簽名也是合理的。不過，一整套《第二次世界大戰回憶錄》六冊都有簽名，還是滿罕見的。但是我後來在海伍德山書店看到一套，一星期後又在麥格斯書店看到另一套有簽名的書時，我就開始懷疑了。」

21 譯註：即伊莉莎白二世（Elizabeth II）。
22 哈查茲書店（Hatchards）：英國最古老的書店，成立於一七九七年。
23 譯註：皇家御用保證由王室成員頒發，哈查茲書店的三個皇家認證由伊莉莎白二世、菲力普親王和查爾斯王子（現為查爾斯三世）頒授。

威廉問：「你想得起來那個賣書給你的人是什麼模樣嗎？」

「可以說是非常普通。六十到六十五歲、一頭灰髮、腰有點彎、中等身高，還有重得不得了的口音。事實上，就是哈查茲書店最常見的顧客。」

威廉露出微笑。「我想他沒有說他的名字吧。」

「沒有，他說不想讓孩子們發現他賣掉傳家之寶。」

「但是你得開支票給他吧？」

「一般情況下是如此，但是他堅持拿現金。他在我們打烊前幾分鐘才過來，顯然很清楚收銀機裡放滿了錢。」

「一套沒有簽名的書賣多少錢？」

「如果每一冊都保留原裝書衣，就是一百英鎊。」

「有簽名的套書呢？」

「三百英鎊，書況良好的話可以賣到三百五十英鎊。」

「請問你付給他多少錢？」

「兩百五十英鎊。」

威廉說：「所以那個人可能用一百英鎊買了一套沒簽名的書，加上六個簽名後，淨賺一百五十英鎊，顯然不像火車大劫案[24]賺那麼多。」

「我同意。」吉第顯然不覺得有什麼好笑。「但是如果顧客發現我們賣出偽造品，媒體藉機大肆報導，我們可能會失去皇家認證。」

威廉點點頭。「你覺得他會再回來嗎？」

「不可能，他不會冒險在同一間書店故技重施。而且老實說，外面有太多間書店了，夠他招搖撞騙好幾年。」

「你覺得我應該從哪裡開始？」

吉第說：「我可以給你一個清單，告訴你哪些書店專賣作者簽名初版書。」他邊說邊打開書桌抽屜，遞給威廉一本窄窄的小冊子。

威廉道了聲謝謝，便開始翻看。

吉第經理送威廉去搭電梯時說道：「別擔心，一英里的範圍內至少有十二間。」

華威克偵緝警員接下來的時間，都在一家家書店之間奔波走訪，很快就發現邱吉爾仿冒犯可說是非常勤勞。他要不是在買書，就是在賣書，簡直可說是政府會積極鼓勵的「家庭手工業」。

24 譯註：威廉暗指一九六三年八月八日發生的著名火車劫案，十五名劫匪搶劫從格拉斯哥開往倫敦的皇家郵政火車，最後得手兩百六十萬英鎊。

每一間書店的經理都向他保證，如果看到一個符合描述的男人賣給他們一整套有邱吉爾簽名的《第二次世界大戰回憶錄》，就會立刻通知他，但是他們也認同吉第的看法，就是他不太可能再次出現在同一間店。

威廉前往下一間書店前都會交代：「如果他出現了，就打到倫敦警察廳總部找我，電話是二三〇一二一二，我的分機是二一五〇。」

威廉始終沒有放棄打聽，直到六點整時最後一間書店的門在他背後關上。他搭地鐵到維多利亞站，接著小跑步回到特倫查德公寓。他迅速地沖了個澡，換掉制服，一反常態地花很多時間挑選要穿的衣服。他最後選擇了藍色西裝外套、白色開襟襯衫和灰色長褲，猶豫一番後決定不要繫上學校的舊領帶。

他關上大門時才意識到，如果不想遲到，他就得搭計程車；這是一筆沃特斯女士絕對不可能同意的支出。計程車將他送到富勒姆路上的艾蕾娜一號餐廳門口，此時距離約定時間還有七分鐘。

餐廳領班自我介紹後，威廉對他說：「這是一次很特別的約會，吉諾。事實上是第一次約會，所以我可能需要你的幫忙。」

「交給我吧，華威克先生，我把你們安排到安靜的包廂。」

威廉悄聲說道：「哦天啊，她來了。」

「啊，小姐。」吉諾微微欠身，然後端起她的手。「華威克先生已經到了，正在他平常坐的位置等您。」

威廉倏地起身，試著不盯著她看。她穿著一件簡單俐落的一字領黃色洋裝，長度剛好在膝蓋下方，配上一條粉綠色絲巾，胸前的翡翠項鍊頗有畫龍點睛的效果。

吉諾為她拉開椅子，威廉則等著貝絲坐下。

貝絲坐定後說道：「這想必是你經常光顧的餐廳。」

「不，我是第一次來，是朋友推薦給我的。」

「但是服務生說……」

威廉承認：「我五分鐘前才認識他。」此時吉諾走了回來，為兩人遞上菜單。貝絲哈哈大笑起來。

「華威克先生，您的飲料還是老樣子嗎？」

威廉問：「老樣子是什麼樣子？」吉諾看起來一頭霧水，直到威廉又說了一句：「貝絲知道我從來沒來過了，你推薦什麼？」

「美麗的小姐……」

「吉諾，不用這麼浮誇。」

「您難道不覺得她很美嗎？」

「是沒錯，但是我不希望她在前菜上來前就嚇跑了。」

貝絲將目光從菜單上移開。「別擔心，我不會嚇跑的，至少在主菜上來前不會。」

「您想喝什麼呢？小姐？」

「一杯白酒，謝謝。」

威廉說：「請給我們一瓶弗拉斯卡蒂。」他想起一款父親點過的白酒，儘管他完全不知道要花多少錢。

吉諾點完餐後，貝絲問道：「我要叫你威廉還是比爾？」

「威廉。」

「你是在藝術界工作，還是很愛逛美術館？」

「兩者皆是。我很早以前就熱愛逛美術館，但是我現在在倫敦警察廳總部的藝術與骨董組工作。」

貝絲一度看起來有點遲疑，隨後才開口：「所以你來菲茲墨林博物館只是為了工作。」

「直到我遇見了妳。」

「你比吉諾還糟糕。」

威廉問：「那妳呢？」

「不，我才沒有比吉諾糟糕。」

「不，我不是指……」威廉試著解釋，這才痛苦地意識到自己多久沒有約會了。

「我知道你是什麼意思。」貝絲調侃他。「我在杜倫大學讀藝術史。」

「我就知道我讀錯大學了。」

她問：「那麼你讀哪一所？」此時吉諾端著兩晚熱氣騰騰的義式起司蛋花湯走回來。

「國王學院，也是讀藝術史。妳從杜倫大學畢業後呢？」

「我到了劍橋大學，博士論文是外交官畫家魯本斯。」

「我差一點要攻讀博士，研究罪犯畫家卡拉瓦喬。」

「這就能解釋你為什麼最後成為警察了。」

「妳畢業之後直接到菲茲墨林博物館工作嗎？」

「對，那是我從劍橋畢業後的第一份工作。昨天晚上是我第一次帶領導覽，想必是糟糕到不能再更明顯了。」

「妳的表現非常棒。」

「勉勉強強而已，如果你下星期去聽提姆．諾克斯的演講，就會發現簡直是天壤之別。」

「我無法想像在最後一刻代替上司上場是什麼樣的感受。」

「嚇死人了。所以，我能不能問問，我那失竊的林布蘭畫作有沒有什麼新進展？」

「你的林布蘭？」

「沒錯。菲茲墨林博物館的每一個員工都認為自己是《布商公會理事》的主人。」

「我感同身受，但是過了七年，所有的線索恐怕都已經斷了。」

「你該不會這七年來都在追查這起案件吧？」

威廉承認：「我其實才開始查案不到七個星期，但是我有信心，林布蘭下個月底之前就會回家了。」

貝絲沒有笑。「我還是寧願相信畫作還在某個地方，總有一天會回到博物館。」

吉諾收走他們的空碗時，威廉說：「我同意妳的看法，但是部門裡沒有人同意我。」

貝絲詢問：「他們都認為畫作已經被銷毀了嗎？我實在不敢相信會有人這麼庸俗無知。」

「就算能因此躲過好幾年牢獄之災也是嗎？」

「這表示你知道是誰偷的囉？」

威廉沒有答腔，直到吉諾端著他們的主餐再次出現，他才鬆了一口氣。

貝絲說：「抱歉，我不該問的。但是如果有我幫得上忙的地方，請儘管告訴我。」

「有一件事妳或許能給我一點建議，我們最近找到一幅仿冒得唯妙唯肖的《布商公會理事》，妳知道有什麼人專門畫這種畫嗎？」

貝絲承認：「這不是我擅長的領域，我都與已故的藝術家打交道，而且只鑽研荷蘭或法蘭德斯畫家。但是我想你已經去過諾丁丘的贗品藝廊了？」

威廉說：「我從沒聽過。」他忘了自己現在不是在值勤，便把手伸向外套口袋摸索筆記本。

「他們有好幾位藝術家，可以仿冒出任何你想得到的大師的作品，已故的或在世的都可以。」

「那樣合法嗎？」

「我不知道，那是你該知道的事吧。」貝絲咧嘴一笑。「但是如果你不是每分每秒都在追查我的林布蘭，那麼你一定是在調查更重大的案件。」

「偷走一小瓶月塵的盜賊，還有幾套有邱吉爾簽名的《第二次世界大戰回憶錄》。」

「你能再告訴我更多嗎？」

威廉告訴她塔伯特博士和那位美國次長的事時，貝絲一直笑個不停。他提到偽造的溫斯頓·邱吉爾簽名套書時，她甚至提供了一點建議。

「你或許該去找沒有簽名的套書，這樣就可以領先仿冒犯一步了。」

威廉說：「好主意。」他決定不告訴她，那正是他一整天在做的事情。「也許我們應該更常見面，因為妳天生就是當警探的料。」

「而你顯然應該在菲茲墨林博物館開講座。」

兩人都哈哈大笑。

威廉說：「第一次約會總是很彆扭。」

貝絲露出溫暖的微笑問道：「這是第一次約會嗎？」

「我希望是。」

吉諾問：「要咖啡嗎？」

威廉並沒有注意到時間的流逝，直到貝絲悄聲對他說：「我想服務生想回家了。」

他環顧四周，發現整間餐廳只剩下他們兩個顧客，便立刻請服務生過來買單。

他問：「妳住在附近嗎？」

「我住在富勒姆，跟一個朋友一起住在公寓。但是別擔心，我可以從這裡搭公車回家。」

威廉看了看帳單後說道：「我付不起公車票了，我能陪妳走回家嗎？」

吉諾為他們開門時說道：「希望我們很快會再見到妳，小姐。」

「我還沒決定好呢。」貝絲也對他咧嘴一笑。

他們過馬路時，威廉握住她的手，而他們一直天南地北地聊著，直到抵達貝絲的家門口，他彎腰吻了她的臉頰。她準備用鑰匙開門時，他問道：「妳願意跟我一起去贗品藝廊嗎？」

她問：「你有下班的時候嗎？華威克偵緝警員？」

「只要我有任何一丁點機會找到妳的林布蘭，我就不下班，雷恩斯福德小姐。」

9

原則很簡單。假如電話鈴聲響了就接起來，像排班的計程車那樣。詳細記錄之後，再向拉蒙特偵緝督察組長報告，他會決定誰接手那起案件——假設真的有案件可查。

他們接到的電話通常是一般民眾打來的，說家裡的小紀念品被偷了，想知道警方打算怎麼辦。你得向他們解釋，大部分的入室盜竊都是由地方警局處理，由於藝術與骨董組只有四名警探，所以沒辦法追查所有案件。不過，霍克斯比大隊長一直不厭其煩地提醒他們，在一個老太太眼中，她丟失的維多利亞時期胸針就和皇家珠寶一樣貴重，而且對許多報案人而言，這是他們唯一能與警方直接連絡的方式。

他告訴威廉：「你掛掉電話前，一定要確保對方既高興又滿意，而不是多了一個認為警方跟自己不同陣線的人。」

威廉接起電話。

話筒那一頭的人談吐得體：「抱歉打擾了，我希望自己沒有浪費你的時間。」

威廉說：「如果您認為有人犯罪，就不會浪費我的時間。」

「那就是問題，我不是十分肯定確有犯罪發生，但是確實啟人疑竇。」

對方古雅的用詞讓威廉不禁露出微笑，他拿起筆問道：「我能先問您的名字嗎？先生？」他知道大半的報案民眾聽到這個問題後都會掛斷電話。

「傑瑞米．韋伯。我在市中心的倫敦銀庫[25]工作，你或許沒聽說過我們。」

「有一次放假時，我父親帶我去那裡買母親的生日禮物。我永生難忘。那裡一定至少有二十四個攤位，都是亂糟糟……」

「三十七間店。」韋伯說：「我是今年的倫敦銀庫協會主席，這就是我打電話來的原因，有幾名會員告知我一個問題。」

「什麼問題？」威廉問道，隨後又補充：「慢慢說，韋伯先生，另外請不吝提供所有細節，不論是感覺多麼不重要的細節。」

韋伯說：「謝謝。倫敦銀庫協會的成員主要都是做銀器買賣的生意，從維多利亞時代的茶匙到餐桌上的中央擺飾，應有盡有。我想你一定知道，銀製品現在一定要有純度標誌，得到金屬鑑定機構認可，才能稱為純銀。除非商品有正當的純度標誌，不然沒有一個正經的收

25 倫敦銀庫（London Silver Vaults）：一八八五年時為法院巷保險庫（The Chancery Lane Safe Deposit），現為倫敦的銀器與珠寶市集。

藏家會購買。」

威廉繼續拿著筆，他知道韋伯先生遲早會按著自己的步調講到重點。

「這一個月來，有一位先生經常造訪銀庫，他只想購買至少有一百年歷史的銀製品。不管那是喬治五世的加冕勳章，還是學校跳遠比賽的冠軍獎盃，他都不在意。其中一個標誌章會註明生產日期，我的幾名同行都發現這位先生總是先用擴大鏡查看製造年份，接下來才對物品本身有興趣。」

「擴大鏡？」

韋伯說：「抱歉，那是一種小型放大鏡，通常是珠寶工匠和鐘錶匠使用的。」

威廉說：「了解。」儘管他還是不太確定事件接下來的走向。

「另一件令我的同行起疑的事，是他總是用現金付款。」

「是大面額紙幣嗎？」

「不是，財政部最近發布防範洗錢的指示後，我們對此都很警覺。我說得有道理嗎？警官？」

「有道理，韋伯先生。您知道那位男士的名字嗎？」

韋伯說：「這就是重點，我們總是會記下每一位顧客的姓名和住址，但是這個人給了我們好幾個名字，而且每一次留的地址都不一樣。」

威廉突然之間感到興味盎然。「有沒有哪個攤商可能知道他的身分？」

「其中一個老闆說他認得他，但是不確定是在哪見過的，他也聲稱自己不記得他的名字。」

「您說『聲稱』，這表示您不相信他的話。」

「幾年前，那個攤商因為經手贓物被判了六個月監禁。觀護部門要求我們給他第二次機會，我們只能心不甘情不願地接受。但是我們警告過他，如果他再次違法亂紀，我們就會把他驅逐。」

「他叫什麼名字？」

「肯．艾波苑。」

威廉寫下這個名字。「有鑑於您在這個行業的經驗，韋伯先生，您覺得這位神祕人為什麼要買這麼多舊銀器呢？」

「一開始，我猜測是為了洗錢，但是他一直回來購買。所以除非他很愚蠢，否則這一點也沒道理。我接著想到的是他是不是想融化銀器，但是那也不合理，因為最近銀價一直下跌。所以我承認，我完全是一頭霧水。不過，為了謹慎起見，我們的董事會成員認為我應該告知你一聲。」

「我非常感激您，韋伯先生。我會向長官報告你們的擔憂，並且盡快通知您。」

威廉掛斷電話後的第一件事不是向拉蒙特報告，而是搭電梯到地下一樓，因為國家警察資料庫的電腦在那裡。一名看起來比他還年輕的警員輸入肯．艾波苑這個名字，不久之後就列印出他的前科紀錄。資料顯示艾波苑確實因為接收贓物被監禁六個月。威廉很高興地看見他沒有其他犯罪紀錄，他被釋放之後連一張違停罰單都沒有收過。

威廉拿著那張逮捕紀錄回到辦公室。拉蒙特正在講電話，但還是對威廉招了招手，示意他坐到旁邊的椅子上。威廉知道長官正在協助國際刑警組織，調查一個以迦納和杜拜為活動據點的鑽石走私集團。拉蒙特掛斷電話後，將注意力轉移到威廉的報告上。

威廉報告完畢後問道：「您覺得他有什麼意圖呢？長官？」

「不知道，但是你要做的第一件事是查出神祕人的身分，因為在查出這件事之前，我們都只是在黑暗中胡亂摸索。」

「我該從哪裡開始？」

「追查你唯一的線索，到銀庫去找艾波苑談一談。但是一定要十分謹慎，他會對自己坐過牢的事很敏感，尤其是其他攤販都在旁邊做生意的情況下。試著表現得像一名顧客，不是警察。」

「明白了，長官。」

「還有，威廉，你怎麼還沒逮捕邱吉爾仿冒犯？」

「他躲起來了，長官。但是他如果重出江湖，我一定會逮住他，然後狠狠地給他大刑伺候。」

拉蒙特露出微笑，回頭繼續處理他的鑽石走私犯。

※ ※ ※

威廉非常清楚銀庫的位置，但是出發之前，他先打給父親問他是否有空共進午餐，因為他需要問問他的建議。

朱利安爵士回答：「我可以撥一小時給你，但是不能再多了。」

「我也只有午休一小時，爸。喔對了，我只能付您兩英鎊八十便士。」

「我接受你這少得可憐的費用，雖然這跟我平時一小時的收費有著天壤之別。我們一點鐘在林肯律師學院的入口外見面吧，你之後再說說你們的員工餐廳有沒有比我們好。」

威廉離開總部，搭上公車前往市區。沿著法院巷往北走一小段路後，他來到倫敦銀庫。接待區的牆面上列出了所有攤販的名字。肯・艾波苑先生的攤位是二十三號。

威廉順著大階梯走到地下室，看見一個長長的房間，兩側的攤位一個挨一個緊緊相連。他很想停下腳步，仔細欣賞幾個吸引他目光的精美銀器，但是他不能分心，他得找到第二十三號攤位。

威廉看見攤位上方的名字，此時艾波苑正在向顧客展示一個糖罐。威廉走到對面的攤位，拿起一個婦女參政權鬥士造型的銀製胡椒罐，仔細端詳起來。他暗自思忖，這真是最適合葛蕾絲的耶誕禮物。他準備詢問價錢時，艾波苑的顧客正好慢吞吞地離開，他便往對面艾波苑的攤位走去。

「早安，先生。要找什麼特定的東西嗎？」

威廉悄聲說道：「找一個人。」隨後掏出他的警察識別證。

艾波苑的防衛心很重：「我沒有做錯事。」

「沒人說你做錯事，我只是想問你幾個問題。」

「是關於那個買舊銀器的傢伙嗎？」

「猜對了。」

「我沒什麼能告訴你的。我是在彭頓維爾遇到他的，但是我不記得他的名字。我努力這麼多年是為了忘掉那段日子，而不是重新經歷一次。」

威廉說：「我了解，但是如果你記得任何關於那個人的事情，年齡、身高、任何明顯的特徵，都可以幫上大忙。」

艾波苑看向遠方，彷彿在試著召喚出那個人。「平頭、五十到五十五歲，身高超過六英尺。」

「你知道他為什麼坐牢嗎？」

「不知道。監獄裡的金律就是千萬別問其他獄友犯了什麼罪，也千萬別暴露自己入獄的原因。」威廉將這個道理輸入自己的記憶庫。艾波苑沉默了半晌才補充道：「他的右手前臂上有個小小的刺青，是一顆寫了『安琪』的愛心。」

「這非常有幫助，艾波苑先生。」威廉說完遞給他一張名片。「如果你想到其他事情，請打電話給我。」

「我不必告訴其他人你來過吧？」

威廉說：「我只是一名顧客。」他隨後走到對面的攤位，詢問婦女參政權鬥士造型的胡椒罐多少錢。是他一星期的薪水。

威廉身邊有一堆時鐘滴滴答答地走動，足以提醒他應該在十五分鐘後與父親見面，他知道如果自己沒有準時抵達，他老人家就要開始吃前菜了。

他跑上階梯，一路跑到街上，往右轉後繼續奔跑。他在十二點五十六分抵達林肯律師學院的入口，看見父親在廣場的另一頭朝大廳邁步前進。

朱利安爵士問道：「什麼風把你吹到這裡來了？」他帶著兒子走過一條掛滿傑出法官肖像的長廊。

「工作和興趣，吃午餐的時候再解釋。首先，媽媽還好嗎？」

「她很好，她要我轉達她的愛。」

「葛蕾絲呢？」

「一如往常地怪。她正在為一個拉斯塔法里主義者辯護，他有五個妻子和十四個孩子，還想聲稱自己是摩門教徒，所以不能因為一夫多妻受到法律懲罰。她當然會打輸官司，不過她也從沒贏過就是了。」

兩人走進餐廳時，威廉說：「也許她有一天會讓您眼睛一亮。」

「這是自助餐，拿一個餐盤吧。」他父親說道，彷彿根本沒聽見他說的話。「不論如何，千萬別拿肉品。沙拉通常比較安全。」

威廉拿了一盤香腸佐薯泥，又拿了一個糖漿塔，兩人隨後走到餐廳另一端的餐桌旁。

朱利安爵士拿起鹽罐時問道：「你只是來看看我，還是想問我的建議？因為我每小時的收費是一百英鎊，現在已經開始計時了。」

「那麼您就得從我的零用錢裡扣了，因為我有幾件事情想請教您的看法。」

「說吧。」

威廉花了一點時間，解釋他今天早上為什麼走訪了位於同一條路上的銀庫。

聽威廉說完來龍去脈後，他父親說：「有意思，所以你現在得查出那個神祕的買家是誰，以及他為什麼要融化一百年多年前製造的銀器。」

「可是我們甚至無法確定他的意圖。」

「除非他是一個有怪癖的收藏家，不然何必如此？但如果他真的是個收藏家，就不必留下不同的名字和地址了。」

「還有其他想法嗎？父親？」

朱利安爵士一直等到喝完最後一口湯才開口：「硬幣，一定是硬幣。」

「為什麼？」

「必定會是比原先的銀器還要值錢許多的東西，不然根本沒有道理。」朱利安爵士把空湯碗推到一邊，開始進攻沙拉。「你還有什麼問題？」

「您認不認識一位名叫布斯．華生的御用大律師？見過的話，您對他有什麼評價？」

朱利安爵士的聲音首次透露出嚴肅：「我們上流社會從不提起這個人的，他可是很樂意把法律扭曲到斷裂的程度。你怎麼會提到他？」

威廉開口：「我正在調查他的其中一個客戶……」

「那麼這段對話就到此為止，我一點也不想要跟那個人一起上法庭。」

「這可真不像您，老爸。您很少說同行的壞話。」

「布斯．華生不是我的同行，我們只是剛好擁有相同的專業。」

「您怎麼會如此厭惡他？」

「一切都從我們在牛津大學，他想競選法律學會主席開始。老實說，我太樂意支持他以外的所有候選人了。我推薦的人當選主席後，布斯・華生把他的失利全怪在我頭上，我們從那之後就再也沒有好言好語地說過話了。事實上，他就在那裡，在餐廳的另一頭。他一個人吃飯，你只要知道這個就夠了。別看他，不然他會以非法侵入罪告你。」

威廉問：「您現在在為誰辯護？」他想換個話題，同時又無法抗拒地往餐廳另一頭瞄去。

「一個把妻子大卸八塊，又把幾個身體部位寄給岳母的奈及利亞廚師。」

「所以您不會幫他脫罪囉？」

「根本沒機會，感謝老天。事實上我正在考慮放棄當謀殺案辯護律師，阿嘉莎・克莉絲蒂擱筆的時間正是時候。」

「什麼意思？」

「白羅從來都不必面對DNA證據，這讓律師幾乎無法為客戶提出合理的辯護。不，我未來打算專注在詐欺和誹謗案。審理時間更長、延聘費更優渥，而且還是有一半的勝率。」

他說完後用餐巾紙抹了抹嘴巴。

威廉看看手錶後說道：「我該走了。」

「好的，不過你得先告訴我你的社交生活如何，因為你母親一定會問我。」

「比較值得期待了，我認識了一位算是特別的人。事實上，我今天晚上又要和她見面了。」

「我可以告訴你母親嗎？」

「請您一個字都別提，不然她就會邀請我們兩個星期天一起吃午餐，我還沒辦法讓貝絲準備好面對那種考驗。」

朱利安爵士說：「我一定『保密到家』。」接著被自己這個差強人意的雙關逗得哈哈大笑。

他們走出餐廳時，威廉忍不住又瞄了布斯．華生一眼，他正在享用糖漿塔。

兩人走到中庭時，朱利安爵士說：「很高興見到你，兒子。」

「我也是，爸爸。」威廉面帶微笑，看著父親大步離開。他真的欠他太多了。

10

威廉回到總部後的第一件事，就是向上司報告他與艾波苑的見面情形。

拉蒙特說：「他提供的資訊中，只有一件或許是有用的，你察覺到了嗎？」

「刺青？」

「答對了，因為如果你找到安琪，我們或許就能按圖索驥，找到那個神祕買家。」

「不過我們唯一的線索只有一個刺青。」

「那樣或許就夠了。」

「為什麼？」

拉蒙特坐在椅子上往後一靠。「你要像罪犯一樣思考，小子，不要像個唱詩班小弟。」

一陣短暫的沉默後，威廉說：「彭頓維爾。」

「思路正確，但是你要找彭頓維爾的什麼人談談呢？」

「典獄長？」

「不，以我們需要的資訊來說，官階太高了。」

威廉一臉茫然，又一次等待拉蒙特拯救自己。

「你說艾波苑只在彭頓維爾待了三個星期，就被轉移到福特低戒備監獄了。」

「沒錯，長官。」

「他在那段期間有三次探監機會，所以你得去查出有沒有叫安琪的人，在艾波苑還在彭頓維爾時去探過監。假如她去過，獄方就會有她的詳細資料。」

「我們還得期望，她還是他的女朋友。」

「這應該不成問題，對罪犯來說，刺青就像我們的婚戒一樣，是一種承諾。況且我們得面對現實，目前就只有這一條線索。你去跟負責探監事務的三級監獄官談談，他叫雷斯利·羅斯，官階比你高。一定要代我向他問好。」

威廉回到座位上，搜尋彭頓維爾皇家監獄探監事務官員的電話。接通後，話筒另一頭傳來鏗鏘有力的咆哮：「羅斯。」

「午安，長官。我是華威克偵緝警員，我在上司拉蒙特偵緝督察組長的建議下打電話給您。」

「大傻蛋。」

「您說什麼？長官？」

「所有認為兵工廠能贏下英格蘭足總盃的白痴都是大傻蛋。偵緝警員，有何貴幹？」

「一九八一年，有一個名叫艾波苑的犯人被關在彭頓維爾監獄，肯・艾波苑。他只在那裡待了三個星期，從四月九日到四月三十日，之後就轉移到福特監獄了。」

「他怎樣了？」

「他在那裡時，有一個他不記得名字的囚犯……」

「或是他不想記得。」

「……可能有一個女朋友來探監，我們知道她叫做安琪。」

「你們為何這麼肯定？」

「艾波苑記得在那男人的右臂上看到刺青，是一顆紅色的愛心，上面寫著『安琪』。」

「你的偵查工作做得很不錯，年輕人。雖然希望不大，但是我查到後會通知你。」

「謝謝您，長官。」

「替我向布魯斯問好，告訴他星期六沒希望的。」

「什麼事情沒希望？長官？」

「兵工廠打敗熱刺。」

「所以您想必支持托特納姆熱刺囉？」

「倫敦警察廳總部果然還是只招募最聰明和優秀的人才，所以你支持哪一隊呀？」

「富勒姆，長官。而且請容我說一聲，你們最近還沒打敗過我們。」

「那我也得說一聲，警員，那是因為我們已經好幾年沒跟你們比賽了。你們如果還在乙級聯賽掙扎，我們就不可能對決。」電話開始嘟嘟作響。

威廉整個下午都在寫報告，內容是他與艾波苑的談話，以及與彭頓維爾三級監獄官羅斯的那通電話。他決定省略那些譏諷和關於兵工廠的內容，五點半剛過就將「淨化」過的版本，擺在拉蒙特偵緝督察組長的桌上。

威廉打算在六點前溜走，這樣就能準時抵達菲茲墨林博物館，聆聽提姆・諾克斯延後到這個星期的講座，之後再與貝絲共進晚餐。

他正準備離開時，電話鈴聲響了。潔琪接起電話。

「找你的，比爾。」她將電話轉接到威廉的分機。他露出微笑，心想著電話那一頭應該會傳來羅斯三級監獄官快活的嗓音。

「華威克偵緝警員嗎？」一個他不太認得的聲音說道。

「沒錯，請問你是？」

「我是馬丁，我在切爾西的約翰桑多書店工作，你上星期來過我們店裡。你找的那個人回來了，但是他這次來賣的是狄更斯的初版書。」

威廉舉起手，表示所有有空的警官都應該接起分機聽這通電話。

「請再說一次你們的地址好嗎？」

「黑地坡道上，靠近國王路。」

威廉說：「繼續跟他交談，我馬上過去。」

他掛斷電話時，拉蒙特告訴他：「有一輛警車在外面等你。快去吧。」

威廉跑出辦公室，一步跨兩階衝下樓梯，從正門衝出去時看見一輛引擎轟隆作響、副駕駛座門敞開的警車。威廉還沒關上門，駕駛就一腳踩下油門，鳴起警笛、閃起警示燈。

「丹尼・艾夫斯。」駕駛一邊加速前進，一邊伸出左手，另一隻手仍穩穩握著方向盤。顯然不必告訴他目的地。

威廉說：「威廉・華威克。」他已經明白，如果另一名警察沒有說出自己的職等，那麼他大概就是警員。事實上，大部分的倫敦警察廳駕駛都認為自己是一流賽車手，首都充其量就是一級方程式賽車道，只是多加了行人這個挑戰罷了。

艾夫斯切進維多利亞街，在傍晚的車潮中靈活地鑽進鑽出，往國會廣場前進。他經過國會時闖了紅燈。雖然威廉也曾經鳴笛出勤過幾次，但是每當他看見所有汽車、廂型車、卡車和公車都閃開讓他們通過時，他還是覺得自己像個狂野美夢成真的小男生。他們抵達切爾西橋路口的紅綠燈時，艾夫斯減慢了速度，絲毫不理會禁止右轉的標示，直接右轉將整趟車程縮短了幾分鐘。他沿著切爾西橋路往史隆街加速前進，這條路在尖峰時間總是特別繁忙。他恰好在紅燈亮起時抵達史隆廣場，絲毫沒有減速地滑進公車道。他們往左急轉彎，經過彼得瓊斯百貨公司，繼續順著國王路往前開，艾夫斯此時關掉警笛，但是仍然亮著警示燈。

「我們可不希望讓他知道我們來了，對吧？這是電影裡的警察經常犯的錯。」

他轉進黑地坡道，威廉看見一個年輕人站在書店外朝他們招手。他立刻跳下車，朝那個人奔去。

「你剛好錯過他了，我沒辦法讓他繼續待在店裡。那個穿著米色雨衣的就是他，他往史隆廣場走去了。」

威廉順著他指的方向看去，只瞥見一個男人在街角拐彎離去。

威廉拔腿追上，同時朝馬丁喊道：「謝了！」他的目光持續搜索前方的人群，但是沒有警笛的幫助下，他還得一邊閃開行人。接著，他看見了穿著米色雨衣的男人。威廉正準備抓住他時，看見他一手推著嬰兒車，另一隻手牽著一個小孩。

威廉又向前跑去，但是每邁開一步就失去更多信心，直到他看見另一個身穿米色雨衣的男人走進史隆廣場地鐵站。他抵達票閘時掏出警員證，但是他沒有給驗票員太多查看的時間，便直接往前衝去。他看見男人往電扶梯走去，但是隨後又消失了。威廉無視傍晚的通勤人潮衝下電扶梯，就在他快要追上男人時，對方往右一轉，走向綠線往東行駛的那一側月台。

地鐵在尖銳的剎車聲中停下時，威廉來到人潮洶湧的月台上。他左顧右盼一陣，看見那個男人在距離他約五節車廂遠的地方上車。車門即將關上時，威廉跳上最近的一節車廂，抓緊扶手讓自己站穩，試著喘過氣來。地鐵在下一站停車時，他立刻跳下車，但是並沒有看見穿著米色雨衣的男人。他像西洋棋盤上的國王，一次只前進一步，趁每一次停車時往下一節車廂前進。

穿著雨衣的乘客並沒有下車，列車停了四站之後，威廉終於來到那個男人隔壁的車廂。他坐在靠近車頭的座位上，隔著車廂連接門的窗戶，仔細打量他的獵物。男人正在翻看《倫敦標準晚報》，列車停靠在下一站時，他連頭都沒有抬一下。這會是一場漫長的旅途。

待男人摺好手中的報紙準備下車時，列車已經停了二十一站，威廉有十分充裕的時間確認他並沒有跟錯人。六十到六十五歲，灰白的頭髮，腰有點彎。他不必聽他說話的口音，就知道這是哈查茲書店經理向他描述的顧客。

男人終於在東達根漢站下車。他走出車站時，威廉保持一段距離尾隨在後。他起初還可以躲藏在人群中，但是隨著路上的行人開始變得稀疏，他只能將兩人之間的距離越拉越遠。他本想馬上逮捕男人，但是他得先查出他的住處，才知道要去哪裡尋找證據。

男人轉進一條僻靜的小路，停在一扇小柵門前。男人打開門鎖、消失在屋內後，威廉直直走過去，看見門牌號碼是四十三號。威廉走到街道盡頭後，在腦中記下蒙克賽路，思索一番後不情願地做出結論，那就是先向拉蒙特偵緝督察組長回報，拿到搜索票之後再進他的房子搜查，應該是比較明智的作法。他很有自信，不久之後米色雨衣男就逃不掉了。

威廉轉身朝車站走去，內心湧起勝利的喜悅，但是沒過多久，他的心情便急轉直下。他查看手錶，七點二十一分。貝絲一定在想他人到底在哪裡。

他一路跑回車站，但是他孤伶伶地站在冷颼颼的月台上等待下一班列車時，他清楚知道，自己不可能準時抵達肯辛頓聽諾克斯博士的演講了。威廉搭車前往達根漢時，他的腎上腺素飆高，每分每秒都很專注，因此他當時並未察覺每一站之間的顛簸彷彿永無止境。列車終於在八點十五分停靠在南肯辛頓站。威廉衝上電扶梯一路奔向瑟洛路，但是他抵達菲茲墨林博物館的入口時，看見博物館已經漆黑一片。

他緩緩地朝貝絲家走去，一路上不斷思考，該如何解釋他為什麼沒能準時去聽演講。他走到她家門口時，已經差不多把自己準備好的說詞背得滾瓜爛熟了。

他在門口佇足一會兒，才輕輕敲了兩下門環。不久後，門打開了，一個高　英俊的年輕男子問道：「有什麼事嗎？」

威廉突然覺得不太舒服。

他脫口而出：「我想見貝絲。」此時一個穿著浴袍、頭髮上包著毛巾的身影出現。

貝絲說：「進來吧，威廉。我迫不及待想知道你為什麼放我鴿子。我能不能推測是因為你找到林布蘭的畫了？」她又對那個年輕男子說：「趁我吹頭髮的時候，傑茲，你可以帶威廉到客廳坐坐，給他點東西喝嗎？雖然說我覺得不該請他喝一杯啦。」

11

威廉隔天早上走進辦公室時，拉蒙特問：「你有及時趕到書店嗎？」

「有的，長官。」

「你逮捕他了嗎？」

「沒有，長官。」

「為什麼？」

「我追上他的時候，他已經搭上往東達根漢站的地鐵。我決定先查出他住哪裡，今天早上再回來申請搜索票。」

拉蒙特說：「傻瓜，你應該當場逮捕他，直接進去搜查他家。我們就祈禱你不必向獵鷹解釋，他為什麼會一夜之間消失吧。」

「他哪也去不了，長官。」

「你怎麼能確定呢？偵緝警員？你是警察，又不是算命師。他有發現你在跟蹤嗎？」

「應該沒有，長官。」

「你就祈禱他沒發現吧，因為你給了他非常充裕的時間銷毀證據，甚至還有充足的逃亡時間。」

威廉覺得自己像個犯了錯的中學生，因為作業沒有寫好而被校長罵得狗血淋頭。

「我還想問一下，小子，你為什麼還穿著跟昨天一樣的衣服？」

「我睡過頭了，長官，因為我不想遲到，所以手邊抓到什麼衣服就直接穿上了。」

「這也是你沒刮鬍子的原因嗎？」威廉低下頭。拉蒙特說：「好吧，希望她值得你這麼做，因為你已經惹上夠多麻煩了。我告訴你接下來該怎麼做。你先回家洗個澡、刮鬍子、換衣服，一小時內回來，我到時候就會拿到嫌犯住家的搜索票了。你和羅伊克羅夫特偵緝巡佐去達根漢逮捕嫌犯、起訴他，盡可能收集所有證據，確保案件上法庭時，我們可以成功拿下這個混蛋。你接下來要押解他到當地警局，他可以在那裡一直待到明天早上去找治安法官的時候。還有，華威克，如果他逃走或銷毀證據了，你就得去向大隊長交代，到時我可能不得不建議在街上巡邏久一點會對你有益無害。趁那個老傢伙還沒壽終正寢，你最好趕快動起來。」

回到維多利亞的路途上，前一天晚上發生的事情，一直在威廉腦中揮之不去。他和貝絲的室友傑茲一起喝了啤酒，大多時候都是傑茲在說話。他解釋自己和貝絲是大學同學，他們之間只存在柏拉圖式關係。威廉不需要聽他解釋原因。

仍然穿著浴袍的貝絲過來時，傑茲馬上就離開了。

威廉說：「妳不必為了見我而特別洗頭。」

貝絲挨著他坐在沙發上後說：「別想了，我不會放過你的，但我還是想知道你為什麼放我鴿子。」

威廉還沒說到達根漢那一段就初次吻了她，而且要不是貝絲提醒他時間已經晚了，他可能會待到吃早餐時，把追捕邱吉爾仿冒犯的故事說完。

威廉往門口走去時說道：「我明天要去贗品藝廊，妳要和我一起去嗎？」

「好啊，假設你沒有被波士頓勒殺狂[26]耽誤的話。」

不久之後，威廉抵達倫敦警察廳總部時，在廁所裡待了幾分鐘，盡可能讓自己更人模人樣一點。他徒勞的努力，顯然沒能逃過拉蒙特的眼睛。

他回到特倫查德公寓的小房間後沖了澡、刮了鬍子，換上乾淨的衣服。他在一小時內回到自己的座位上，此時拉蒙特已經從嫌犯位在達根漢的住址查出他的身分——西瑞・安赫斯特。他也從地方治安法官那裡拿到了搜索票。

他告訴威廉：「潔琪會陪你一起去，因為你顯然需要一個保母牽著你的手。為了你好，我們最好祈禱安赫斯特先生還沒溜之大吉。」

威廉開了一輛警車，沿著堤岸一路向東朝達根漢前進，而他的保母就坐在副駕駛座上。

撇除偶爾幾次在倫敦警察廳總部一樓的熱門酒吧坦克喝酒，與團隊培養感情的時間之外，這是他們第一次長時間獨處。他還是沒找到司諾克室在哪裡。

在他們開車穿越東區的路途中，威廉得知潔琪離過婚，有一個叫蜜雪兒的女兒，還有一個通情達理的母親，讓她得以從事自己熱愛的工作。

威廉沒有提到自己的父母和姊姊，但是他告訴潔琪，自己隔天打算走訪諾丁丘的贗品藝廊，同行的還有菲茲墨林博物館的一名研究助理。

「她就是你今天早上遲到的原因嗎？」

威廉轉頭看向窗外，然後回答：「對。」

「那麼就希望她通情達理吧。」

「什麼意思？」

「比起其他職業，警察更容易與伴侶分手。我還是很愛前夫，但是他已經厭倦永遠不知道我何時會回家的日子，即使我已經確定會回家。所以他找了一個總是能準時回家吃晚餐，而不是只能回家吃早餐的對象。對了，最好讓老大知道你明天打算去贗品藝廊。」

「為什麼？我明天休假耶。」

26　波士頓勒殺狂（Boston Strangler）：一九六〇年代在波士頓勒殺十三名女性的連環殺手。

「即使如此，他還是不喜歡聽到二手消息。」

威廉說：「謝謝妳的建議。」他們此時已經開到達根漢。

威廉在這四十分鐘內對潔琪的認識，遠遠超過了一個月來知道的一切。

他們停在蒙克賽路四十三號門前時，威廉問：「他不在家的話要怎麼辦？」

「那我們就等到他出現為止。警察的工作很大一部分就是閒晃打發時間。」

他們往門口走去時，威廉問：「妳敲還是我敲？」

「你。你才是案件負責人。」

威廉敲門時內心緊張無比，隨著時間一秒秒過去，他忍不住開始擔心最糟的情況發生了。正當他準備轉身回到車上時，門打開了。

「是西瑞．安赫斯特先生嗎？」

「是。」那個男人露出和藹的微笑說道：「請問有何貴幹？」

「我是華威克偵緝警員，這位是我的同事羅伊克羅夫特偵緝巡佐。」他們掏出各自的警察識別證，安赫斯特的笑容瞬間煙消雲散。「我們能進去嗎？先生？」

他的聲音冷淡許多：「當然可以，請進。」他帶兩人走進客廳，但是並沒有請他們坐下。他問道：「有什麼事嗎？」

「我們收到倫敦幾間書店的通報，說你賣給他們有溫斯頓．邱吉爾簽名的《第二次世界大戰回憶錄》套書。」

「我不知道這樣是犯罪。」

潔琪堅定地說道：「如果那是你的簽名，不是溫斯頓爵士的簽名，那就是犯罪了。」

威廉說：「我也得告知你一聲，我有搜查這棟房子的搜索票。」

安赫斯特瞬間面無血色，癱倒在沙發上。有那麼一瞬間，威廉以為他要昏倒了。

接下來兩個小時裡，威廉和潔琪都在執行任務，其中一個人一直待在客廳裡，安赫斯特在這段時間內始終安安靜靜地坐在沙發上。威廉很快便明白，羅伊克羅夫特偵緝巡佐已經做過搜索工作非常多次。

客廳中央的書堆從一個鼴鼠丘的大小，逐漸堆得像山一樣高，安赫斯特此時問道：「你們想喝杯茶嗎？」

威廉回答：「不了，謝謝。」他將兩瓶水人牌黑色墨水放在幾張橫線紙旁邊，那幾張紙上都寫滿了好幾行溫斯頓．邱吉爾的簽名。

潔琪總算滿意自己的工作成果而停手時，他們面前已經堆滿了這次破獲的各種珍寶，包括一套六冊的邱吉爾《第二次世界大戰回憶錄》，其中三冊已經簽了名，此外還有路易斯．卡洛爾、蒙哥馬利元帥和艾森豪總統的著作，都尚未簽名。不過，其中的最大獎是一本初版《小氣財神》，書上有查爾斯．狄更斯的簽名。

潔琪將所有物品分別放進證物袋並貼上標籤後，威廉逮捕了安赫斯特先生，宣讀他的權利。

安赫斯特焦慮地問：「我要坐牢了嗎？」

「現在還不會。但是你要跟我們到達根漢警局走一趟，你會在那裡接受偵訊，可能還會被起訴。羈押巡佐接下來會決定你能不能保釋。為保險起見，我建議你打包一袋過夜行李。」

安赫斯特渾身抖個不停。

威廉和潔琪押解他到當地警局，將他登記在案，再把證據袋交給值班的巡佐。安赫斯特被起訴後一言不發，只詢問了他能不能打電話給事務律師。他按下指紋、拍了照，威廉和潔琪簽字確認後便回到倫敦警察廳總部。

威廉歸還警車鑰匙後，在接待櫃台與潔琪會合，一起搭電梯到六樓。他們走進長廊時，威廉發現大隊長的門縫中仍然透出光線。

「妳覺得他是不是即使不在，還是會開著燈？」

潔琪回答：「就算是這樣我也不意外，但是我們不可能會知道的。」

他們走進辦公室時，拉蒙特正在講電話，他一掛斷電話，便往後一靠到椅子上，聽兩人的報告。

他們說完後，拉蒙特說：「你很幸運，威廉，以後別再犯這種愚蠢至極的錯誤就對了。也別忘了，你這起案件的工作還沒結束。如果安赫斯特不認罪，他們就會傳喚你出庭作證。」

威廉說：「他一定會認罪的，證據多得不得了。」

「這你可不能肯定，我還沒空告訴你我輸掉多少勝券在握的案子。不過我必須承認，這起案件看起來的確滿有把握的。對了，彭頓維爾的羅斯監獄官打來了，要你回電給他。」

威廉回到座位上後靜靜地坐了一會兒，千頭萬緒在他腦海中盤旋。先是安赫斯特，再來是貝絲，最後羅斯將其他思緒全擠了出去。他拿起電話，撥通彭頓維爾皇家監獄的號碼，要求與羅斯三級監獄官通話。

「羅斯。」

「我是華威克，長官，回您的電話。」

「你走運了，華威克偵緝警員。」威廉連忙打開筆記本。「有三個叫安琪的女子在一九八一年四月九日到四月三十日之間，來彭頓維爾探監過。分別是安琪．歐伯里、安琪拉．伊布拉辛和安琪．卡特。[27]」

27 安琪（Angie）也是安琪拉（Angela）的暱稱。

「我想記下三名女子的詳細資料，長官。」

羅斯說：「不需要，因為其中一個安琪拜訪的囚犯還在彭頓維爾，另一名囚犯是黑人，我想他如果是黑人，艾波苑一定會說。第三名囚犯則是被釋放剛滿一年。」

「他叫什麼名字？」

「耐心點，年輕人。你可能有興趣的那一位就是個小壞蛋，名叫凱文．卡特，他住在巴恩斯塔波。如果你不知道的話，那個地方在德文郡。他白天是雕刻工，晚上則是竊盜犯。現在輪到你來證明，你配不配得上你的職稱了。」

「我馬上開始調查，長官。」

「你有沒有代我向你的長官問好？」

「當然有，長官。」

「他怎麼回應？」

「我想您最好親自問他，長官。」

「這麼糟啊。」羅斯說完便掛斷電話。

威廉將自己與羅斯三級監獄官的對話寫成一份詳細的備忘錄，然後交給上司。

拉蒙特讀完報告後問道：「整張紙上最值得注意的是哪一個詞？」

「雕刻工。」

拉蒙特說：「你學得很快，不過卡特和巴恩斯塔波兩個詞緊追在後。」他坐在椅子上轉了半圈。「潔琪，妳最好也過來。」

等羅伊克羅夫特偵緝警探坐定，兩人都將不能少的圓珠筆拿在手上，把筆記本攤開後，拉蒙特才開口繼續說。

「你們倆至少要在西南部待上幾天，緊緊盯著卡特。我要你們查出他的意圖，以及他究竟在銀庫買來的銀器上刻了些什麼。還有，他以前總是偷東西，現在為什麼突然開始買東西了。他沒有那麼多錢，所以一定是有人資助他，但是是誰呢？」

潔琪問：「你希望我們什麼時候出發？長官？」

「越快越好，除非你們有什麼要事不得不留在倫敦？」

威廉說：「我可能有，我最近認識了菲茲墨林博物館的一名研究員，雖然我沒有掌握更多林布蘭竊賊的資訊，但是她建議我走訪諾丁丘的贗品藝廊，我打算明天早上去。」

拉蒙特粗聲問道：「為什麼？」

「我想去碰碰運氣，或許能看見林布蘭複製品的畫家畫的其他作品。」

拉蒙特說：「值得一試。你就帶那名年輕女子一起去，尤其是假如她是你今天早上遲到的原因。」

潔琪壓住嘴角的微笑。

拉蒙特：「那就這麼決定了，你和潔琪星期一早上第一件事，就是開車到巴恩斯塔波。」

威廉問：「我能問問鑽石走私案的進展嗎？長官？」

「別跟我嘻皮笑臉，偵緝警員，否則你可能剛好趕得上回蘭比斯值夜班。」

＊＊＊

克萊兒遞出一份標示「私人」的卷宗，說道：「我這裡有一個有意思的案件，妳或許會有興趣。」

葛蕾絲花了一點時間，研究她的事務律師[28]對案件的評估，接著開口：「但是法官一定不會允許這種情況吧？」

克萊兒說：「有一個先例是海佛斯法官允許他的一對兒女出庭，其中一個代表檢方，另一個代表被告。不過前提是被告同意這樣的安排。」

葛蕾絲又讀了一遍逮捕紀錄後，她承認：「這不是我的強項，但老實說我確實難以抗拒這個挑戰。而且我敢說，我父親不會反對的。」

克萊兒試探地問道：「妳告訴他我們的事了嗎？」她試著不讓自己聽起來很緊張。

「我還沒細說。」

「妳會說嗎？」克萊兒慨歎一聲，又補充一句：「我在牛津字典裡查『反動思想』這個詞時，看見妳父親的名字出現在註腳裡。」

葛蕾絲大笑幾聲。「我把妳的一切都告訴我母親了，她真的非常支持我。她問妳星期天願不願意一起來吃午餐，讓爸爸自己想通？」

「妳覺得妳父親更願意舉薦誰加入蓋瑞克俱樂部[29]，大屠殺兇手還是女同性戀？」

「大屠殺兇手吧，我也不確定。」葛蕾絲說完便將卷宗放在床頭桌上，關掉電燈。

---

28 事務律師（instructing solicitor）：負責在前期與客戶接觸、溝通，協助大律師（barrister）蒐集、準備出庭所需的證據以及文書。

29 蓋瑞克俱樂部（Garrick）：一八三一年成立的紳士俱樂部，成員都是政商名流。

12

他們倆一起坐在開往諾丁丘的公車上層。

貝絲問道：「你有沒有什麼計畫，華威克偵緝警員，還是我們就即興發揮？」

威廉坦承：「就即興發揮吧，希望我們搭上回程的公車時，我已經知道是誰畫了那幅林布蘭失竊畫作的複製品。」

「你有沒有查到關於那間美術館的有趣資料？」

「藝廊是在十二年前由麥坎和札克．奈特兄弟檔創立的，起初是肖像畫藝廊，但是他們後來發現沒什麼賺頭，所以開始製作沒有簽名的名畫複製品，賣給沒錢買原畫，但是又想以千分之一的價格將曠世鉅作掛在自家牆上的顧客。從那時起，他們的事業才一飛沖天。妳呢？」

「我向藝術界的朋友打聽，很多人都不贊同那間藝廊的存在，雖然其中一兩個人還是承認，他們確實讓許多生活困頓的藝術家得到合理的收入，不然那些人真的走投無路了。有一些複製品的水準顯然不同凡響，但是我還是寧可擁有原作。」

「那麼妳就得偷一幅，或者嫁給一個富可敵國的人。」

貝絲回道：「兩者都不是很必要，我已經與全世界最傑出的幾名藝術家生活在一起，而我的新男友基本上就是個窮光蛋，所以看來沒有太大的希望。」

「但是妳說的藝術家大多是已經作古的荷蘭人，所以你的男朋友一定很有勝算吧。」

「除非他找到我的林布蘭。」

「妳是因為這樣才想跟我約會嗎？」

「提醒你一下，是你想跟我約會。而且我們第二次約會時，你甚至沒有出現。」

威廉牽起她的手說：「我已經聽過說教了。」

「很好，我希望你在找到我的林布蘭之前，別動任何想離開藝術與骨董組的念頭。」

「我短時間內不會離開的，但是我如果通過巡佐考試，幾年內可能就會轉調到別的部門。」

「在我的林布蘭回到他的畫框裡之前，你哪裡都去不了，不然我就要把我的愛給任何接替你的人了。」

「那他可真是個幸運兒。不過，假如我們查到是誰畫了《布商公會理事》的複製品，我們距離搞清楚原畫發生什麼事就更進一步了。」

公車停了下來，威廉往旁邊一站，讓貝絲走在前面。

貝絲走下階梯時說道：「現在很少男人會做這件事，我迫不及待想見到你的父親了。他一定是一位老派的紳士。」

威廉承認：「我一直把他那個樣子視為理所當然，直到最近才開始感激和欣賞。」

兩人都走下公車後，貝絲說道：「你應該聽聽馬克·吐溫對他父親的看法。『我十四歲的時候，我父親實在太愚昧無知了，我根本無法忍受這個老頭在身邊。但是我二十一歲的時候，我對於他這七年來的長進感到十分驚訝。』」威廉哈哈大笑，貝絲問：「你知道要往哪裡走嗎？」

威廉說：「不知道，但是我看見一個應該知道怎麼走的人。」他攔下一名路過的警察，問他知不知道艾波特路在哪裡。

「右邊第二條，先生。」

威廉回道：「謝謝。」

貝絲問他：「你當過巡邏警員嗎？」

「我在蘭比斯巡邏過兩年。」

「民眾總是像你一樣心懷感激又客氣嗎？」

威廉低聲說道：「不總是如此。」隨後垂下頭。

貝絲突然有點緊張地問道：「我說錯什麼了嗎？」

他們走到轉角時，威廉說：「你讓我想起一個老朋友，他今天早上本該上街巡邏的。」

貝絲說：「抱歉。」她牽起他的手，意識到他們對彼此還有許多不了解。

威廉說：「妳並不知道這件事。」

他們漫步走到艾波特路時，威廉看見一個在微風中擺盪的招牌。

兩人走進美術館後，貝絲對威廉耳語：「說話盡量別像個警察。」

一個穿著粉色開襟襯衫、西裝外套和牛仔褲的男子過來招呼他們。他說：「早安，我是札克·奈特，藝廊的老闆。請問你們想找什麼特定作品嗎？」

沒錯，威廉心想，但是並沒有開口。

貝絲說：「不，我們只是路過，想說進來四處看看。」

他對她露出一個溫暖的微笑：「當然沒問題，我們的藝廊有兩層樓。一樓有一些當代大師風格的傑出作品。」

威廉說：「我很驚訝這居然是合法的。」

貝絲皺了皺眉，奈特則更仔細地打量威廉。他接著將一幅畫從牆上取下，轉過來後露出畫布背面幾個黑色的大字：贗品。

「我可以向你保證，先生，如果你想移除這些字，就會把畫作毀損到無法修復的地步。」

威廉點點頭，但是由於貝絲仍在對他皺眉，他便沒有再多問。

奈特把畫掛回牆上後繼續說：「地下室則有舉世聞名的畫作，都是由才華斐然的藝術家繪製的複製品。」

「那些畫背面也有印上『贗品』字樣嗎？」

「沒有，女士。不過我們這裡的畫作都沒有簽名，而且要不是比原畫小一英寸，就是大一英寸，所以不會有專業的收藏家被騙的。兩位現在可以盡情欣賞兩層樓的展示品，有任何問題請不吝提出。」

貝絲也對他微笑說道：「謝謝你，札克。」

他們在一樓四處漫步欣賞時，威廉對於幾張複製畫以假亂真的程度感到十分驚訝。如果你想要一幅畢卡索、馬諦斯或梵谷的作品，只要付不到一千英鎊就能圓夢。甚至連霍克尼的《最大的水花》都在展示行列，他的臥室牆上也掛了這幅作品。他們欣賞一幅甚至能騙過專家眼睛的羅斯科仿冒品時，他告訴貝絲，他還是寧可用同樣的價錢購買瑪麗・費登、肯・霍華德或安東尼・格林的作品。

貝絲在他耳邊問道：「找到你要找的人了嗎？」

「還沒，但是他的作品更有可能出現在樓下。」

「你何不下樓去瞧瞧？如果奈特先生又出現，我會拖住他。」

威廉說：「好主意。」隨後便走下樓，看見另一間掛滿畫作的巨大展覽室，裡面不乏他認得的作品。透納的《被拖去解體的無畏號戰艦》售價兩千英鎊，還有凡艾克的《阿諾菲尼夫婦》，旁邊掛了一幅熟悉的哥雅的裸女畫像。

不過他看見普桑的《隨音樂節拍起舞》時，才真正倒抽了一口氣。他在華萊士收藏館見過原畫，而畫家唯妙唯肖的模仿，讓他忍不住讚嘆連連。在粗手笨腳的工匠之中熠熠生輝的稀世才華。另外幾幅複製畫確實出色，但是沒有一幅的水準可以比擬這幅畫。威廉心中毫無疑問，這就是他要找的人，但是畫作的標籤上完全沒有透露畫家的身分。

在畫作前佇足一陣後，他才不情願地回到樓上，看見貝絲正在與藝廊老闆熱絡地交談。

威廉走到兩人身邊後，奈特仍然滔滔不絕地說著：「我想妳會發現，雷諾瓦的《傘》證明了我的觀點。」威廉朝著貝絲點點頭。

她柔聲說道：「可以麻煩你費心帶我去欣賞一下嗎？」

奈特說：「請隨我來。」他完全無視威廉的存在。

貝絲從他身邊走過時，威廉在她耳邊說了「普桑」，她便隨著藝廊老闆下樓。他又一次在一樓的展示廳緩緩踱步，但是他的思緒早已飄到其他地方。

傑茲到施洛普夏郡過週末去了，威廉想告訴貝絲自己的心意，但是他擔心兩人才認識這麼短的時間，她或許還沒準備好接受長期關係，儘管他父親當年只與母親認識三個星期就求婚了，而且據說母親的回答是：「你怎麼拖了這麼久？」

貝絲和奈特下樓大約二十分鐘後，威廉開始思索自己是不是該下樓加入他們，但他還是克制住了這個想法。二十五分鐘。三十分鐘。正當他準備往樓下走去時，貝絲回來了，藝廊老闆則緊緊跟在她背後。她說：「謝謝你，札克。真是太精彩了，我很期待參加星期三的私人展覽。對了，這是我哥哥彼得。」

札克與威廉握了握手。

威廉說：「我們該走了，老妹，不然與母親的午餐約會就要遲到了。」

貝絲說：「不得不說，我實在太享受在這裡的時光，都忘記我們親愛的媽媽了。」

札克說：「妳有我的電話號碼，芭芭拉，隨時打電話給我。」

威廉假裝沒有注意到奈特打開門時，對貝絲露出的輕浮笑容。

貝絲說：「星期三見，札克。」

他們走到街上時，威廉說：「繼續走，而且要裝得像我妹妹，不是我女朋友，因為札克正在窗內盯著我們看。」

貝絲不發一語地與他保持著兄妹的距離，直到兩人在轉角拐彎。他們走到一間咖啡店後，她逕直走進最裡面的一間包廂，從街上完全看不見的位置。

威廉在貝絲對面坐下時說道：「妮兒・桂恩[30]。」

貝絲轉身背對窗戶時說：「我覺得更像是凱薩琳大帝。」

「說吧。」

她開口：「札克也是個假貨，自以為女人都對他著迷得不能自拔。所以我就順著他演戲，直到他的雙手開始不安分。」

威廉從座位上倏地站起：「我要殺了他。」

「先聽完我要說的話，你不會殺他的。我告訴他你是我哥哥後，他就無法抗拒地乘勝追擊了。」

「彼得？」

「不，是彼得·保羅。我們的母親以魯本斯為你命名，以芭芭拉·赫普沃斯為我命名，我覺得滿合適的。」

「妳真是個邪惡的女人。」

「我承認，我確實很狡猾。」

「所以妳問出了什麼？」

貝絲說：「別急。」服務生此時走到他們身邊。

30 妮兒·桂恩（Nell Gwynne）：演員，也是英王查理二世的情婦。

「麻煩給我一杯卡布奇諾。」

威廉說：「我也是。」

「我問札克《隨音樂節拍起舞》是誰畫的時，他起初守口如瓶。他告訴我藝廊很謹慎，不會透露畫家的身分，否則顧客可能會繞過他們，直接與畫家談合作。」

「妳是怎麼跨越這道門檻的？」

「我告訴他我只是個囊空如洗的祕書，就算價格只有一半，也買不起他這些美妙的畫作。他便偷偷告訴我，那名畫家現在沒辦法接案子。我假裝同情地問他：『噢，抱歉，他離開你們到其他藝廊了嗎？』他說情況比那個更複雜一點。」

「妳很樂在其中嘛，妳這個小妖精。」

「華威克偵緝警員，你再發表這種評論，我可能就要忘記我的新朋友札克說的話了。在你打斷我之前，我說到哪了？」

「情況比那個更複雜一點……」

「噢，是的。我說：『我好像不太懂你的意思，但是如果你不能說，我也能理解。』他接著就承認：『我不該告訴妳的，但是他正在坐牢。』」

「我真喜歡妳。」

「噓！」

「他為什麼坐牢？」

「他似乎想把一幅失傳已久的維梅爾畫作，賣給西區一個藝術品經銷商，結果被逮個正著。我問他：『怎麼會呢？』顯然是因為他要求的價格不夠高，讓藝術經銷商起疑，所以報警了。」

「他叫什麼名字？」

「我沒問。」

「為什麼？」

「因為我感覺札克似乎開始起疑了，所以我把話題轉到雷諾瓦身上，這就是為什麼我花這麼久時間才脫身。不論如何，對全國首屈一指的警探們來說，追查一個因為仿冒維梅爾作品而入獄的人，應該不是難事。」

「沒錯，但是札克仍然認為妳星期三會去參加他的展覽開幕式？」

「很可惜，芭芭拉沒辦法出席，或者接受他的好意，參加在米拉貝爾餐廳舉辦的餐後派對。」

「但是妳給他電話號碼了。」

「〇一七三〇一二三四。」

「那是誰的號碼？」

「哈洛德百貨公司美食街。」

「我真喜歡妳。」

13

星期天早上過了十點之後，他們才坐下來吃早餐。

貝絲想去海德公園慢跑，她說自己得減掉幾英磅的體重。威廉實在看不出她哪裡胖了，但還是同意跟她一起去。

他在另一片烤麵包上塗抹奶油時說道：「我們不需要吃午餐了，這算是早午餐。但是我得打電話給我母親，告訴他們我不去了。」

貝絲揶揄道：「如果你馬上出發，應該還趕得上。」

威廉正忙著舀起一大匙柑橘果醬，因此沒有答腔。

貝絲說：「我和傑茲通常會在星期天傍晚去看電影，就可以在合理的時間上床睡覺了。」

「這個行程很適合我，我明天一大早就要和大隊長開會。」

「聽起來很厲害。」

「他很厲害，而且負責管理四個部門。雖然藝術與骨董組是最不重要的，卻是他的最愛。」威廉咬了一口烤麵包後補充道：「我們每個月第一個星期一的早上都要開會，向他彙報目前案件的最新進度。」

「那麼你就有一大堆消息可以告訴他了，對吧？華威克偵緝警員？」

「可以確定的是，如果那個畫家被關了，獵鷹就會知道他的名字、他在哪間監獄、他的刑期有多長。」

貝絲又倒了一杯咖啡後說道：「你希望有一天可以坐上他的位置，對吧？」

「對，但是我不急。妳呢？妳想做提姆．諾克斯的工作嗎？」

「我很愛現在的工作，而且很樂意待到得到更好的職位為止。」

「我敢打賭，在我成為大隊長之前，妳就會成為泰德美術館的館長了。」

「我無法想像泰德美術館會讓女性擔任館長。」

「就算是當過學生會主席和曲棍球隊隊長的女性？」

「誰告訴你的？」

「警察絕對不會透露自己的消息來源。」

「我要殺了傑茲。」

「真可惜，我還滿喜歡他的。」

貝絲說：「他是完美的室友，乾淨、整潔又貼心，而且他的租金補足了菲茲墨林博物館付給我的微薄薪水。」

「我不知道這間公寓是妳的。」

「確實不是，是我父母親的。爸爸在匯豐銀行工作，接下來三年都派駐在香港。等他們一回來，傑茲就要離開，我就要搬回他住的那個房間了。」

或我的房間，威廉很想這麼說。

「我去洗碗的時候，你最好給你母親打個電話。電話在書房裡。」

威廉從她身邊離開，往書房走去時說道：「一日學生會主席，終身學生會主席。」他拿起電話，撥出他這輩子第一個知道的電話號碼。他希望是父親接起電話，但是話筒裡傳來的是女性的聲音。

「奈多福四一六三號。」

「嗨，葛蕾絲，我是威廉。我今天來不及回家吃午餐了，有事要忙。妳可以替我向爸媽道歉嗎？」

「有事還是有人？」

「工作上的事。」

「你真的很不會說謊，威廉。但是我不會說的，儘管我很希望你今天在這裡。」

「為什麼？怎麼了嗎？」

「爸爸今天要第一次見克萊兒，所以我很需要你的精神支持。」

「我向來都對狩獵活動沒興趣。」

「真是謝了。你下星期會回來嗎？我等不及見一見那個願意和你約會第二次的女孩了。」

「我也等不及見一見那個願意和妳約會第二次的女孩了。」

「漂亮。但我還是希望你回來。」

「妳不會有事的，葛蕾絲。別忘了，爸哼氣的時候只會噴出熱空氣，不會噴火。」

「你在那麼遠的地方，說起來當然容易。」

「不論如何，媽都會支持妳的。」

「二打一還是難分高下，三打一的話或許才對我有利一點。」

威廉說：「我在精神上支持妳。」他祝福她後才掛斷電話。他準備離開書房時，看見壁爐架上擺了一排展示香港城市天際線的明信片。內心的警察魂讓他很想翻過來看看背面，但是他忍住了。他回到廚房，看見貝絲正在洗碗。

「傑茲通常負責擦乾。」

威廉拿起一條茶巾說：「真仔細。弄好之後，我回家一趟，換上運動服去公園找妳。」

「不必了，傑茲的房間裡應有盡有。」

「我總是很好奇三人家庭過著什麼樣的生活。」

他們在公園裡跑完步後，看了《豪華洗衣店》[31]，接著一起吃了一個瑪格麗特披薩，最後回到貝絲的公寓，鑽進被子裡結束這詩情畫意的週末。

※ ※ ※

威廉隔天早上醒來時，他得從貝絲的懷抱中掙脫出來才能查看手錶。

「救命！」他從床上一躍而起，衝進浴室。這場會議若是遲到，後果他承擔不起。不論他有沒有到場，會議都會在九點開始。

他回到臥室後穿上衣服，吻了吻睡眼惺忪的貝絲。

「想在我醒來前逃跑是不是？」

「我得回家換衣服，我真的不能再遲到了。」

貝絲坐起身，伸展手臂。「你已經跟我睡過了，華威克偵緝警員，我還見得到你嗎？」

31 豪華洗衣店（My Beautiful Laundrette）：一九八五年上映的浪漫喜劇，英國電影學院將它評為二十世紀五十大英國電影。

她慨歎道，一隻手臂軟趴趴地擱在額頭上。

「可以的話，我一下班就會回來。那樣的話，我大概七點就能跟妳在一起了。」

「不錯，到時候可以大家一起吃晚餐。傑茲可以下廚，你負責洗碗。」

威廉坐在床上，將她擁入懷中。「那妳負責什麼？」

「讀普魯斯特的書。」

威廉起身準備離開時說道：「對了，我姊姊迫不及待想見妳。」

「為什麼？」

「有點複雜，我晚上再跟妳細說。」

「一定要找到我的畫，華威克偵緝警員！」是威廉關上臥室房門前聽見的最後幾個字。

威廉一走到街上，就看見二十二號公車停了下來，他剛好來得及在公車開走前跳上車。

「該死的。」他說。

售票員說：「年輕人，你說什麼？沒必要在我的車上說這種話吧。」

「抱歉，我忘記告訴女朋友，我今天要去巴恩斯塔波了。」

「那麼你顯然上錯公車了。」

＊＊＊

霍克斯比在主位坐下時說道：「我很抱歉上個月沒有花太多時間在各位身上。你們想必都知道上星期在南安普敦查獲大量毒品的消息，兩百英磅的古柯鹼，逮捕六名嫌犯。」

現場所有人都用手拍起桌面表示慶祝。霍克斯比說：「是不用這麼歡欣鼓舞，我們逮捕的六個人都只是小蝦米。真正的大魚還在法國南部的海灘上做日光浴，而最大一條的鯊魚寸步不離他位於哥倫比亞的莊園，甚至連那裡的警察都領他給的薪水。我們能做的，就只有嘗試攔截下一艘船的貨物，再抓住一批小蝦米，而我們對於數量有多少仍然毫無頭緒。你們應該都要很感激自己不在緝毒組。」

獵鷹往椅子上一靠，頭轉向右邊問道：「布魯斯，我不在的這段時間，你有什麼進展？」

拉蒙特說：「我的問題跟你的差不多，長官，只是把毒品換成鑽石。有人用貨船將鑽石原石從迦納運往杜拜，之後又送到孟買去賣掉換成現金。如此一來就能避開進口和出口稅，同時把梅費爾[32]的房價越炒越高。」

霍克斯比說：「罪犯總是想住在奉公守法的國家，這樣他們更容易經營自己的事業。」

拉蒙特繼續說：「我也和你一樣，長官，只抓到一些小蝦米，在他們眼中，坐幾年牢不

32 梅費爾（Mayfair）：英國倫敦房價最高昂的地區。

過是賺大錢的必經之路。」

霍克斯比做出結論：「難怪現在犯罪在全球經濟中占了百分之十五，還在持續增長。還有其他事要報告嗎？布魯斯？」

「有的，長官。我想華威克偵緝警員在林布蘭畫作失竊案上可能有所突破，細節就交給他詳說吧。」

威廉說：「經過進一步調查後，我們……」

「我們？」霍克斯比打斷他。

「感謝菲茲墨林博物館一名研究助理的協助，我們查到可能畫了林布蘭複製品的畫家。」

「名字？」

拉蒙特說：「艾迪．李，他曾試著賣給西區某間美術館一幅仿冒的維梅爾作品。當時那起案件是我負責的，他已經在彭頓維爾坐牢兩年了。」

霍克斯比問：「華威克，你為什麼覺得林布蘭的複製品是李畫的？」

「我在諾丁丘的贗品藝廊看到一幅他的作品，長官。他有著罕見的才華，但是儘管如此，我還是覺得除非他看過原作，否則他不可能畫出這麼高水準的作品。」

霍克斯比說：「但他可能是花了五英鎊，在菲茲墨林博物館買了印刷版的《布商公會理事》。」

「沒錯，不過，假如他只有印刷版可以參考，絕不可能像這樣複製出原畫栩栩如生的細節、鮮明的色彩和林布蘭的才華，因此我認為原畫可能沒有被摧毀。」

拉蒙特臉上沒有一絲笑容：「但是可能性還是該死的低。」

霍克斯比問：「李還要坐多久的牢？」

拉蒙特說：「四年多，長官。而且我認為他可能說溜了嘴，透露福克納的下一個目標了。」

霍克斯比說：「願聞其詳。」

「彭頓維爾的蘭利三級監獄官昨天打電話來，告訴我他一直在監聽艾迪・李每個星期與妻子的通話，但是直到上個星期五才聽到值得回報的內容。」

大隊長說：「你正在吊我們的胃口，布魯斯。」

拉蒙特唸出李對妻子說的原話。

「『那幅畫怎麼樣了？』『你可以告訴他我完成《海灘上的女人》了。』『趕在最後一刻完成。』」

威廉說：「那是畢卡索藍色時期的作品。」

霍克斯比說：「我他媽的才不管什麼時期，原畫在誰手上？」

拉蒙特說：「布魯克斯夫婦，作品目前掛在他們位於薩里的鄉下宅邸。」

「我猜掛不久了，我們現在知道福克納打算重出江湖，必須查出他何時要出手。」

潔琪說：「我可能知道答案。」她看起來對自己挺滿意的。她停頓了一下才繼續說道：「『趕在最後一刻』就是線索，長官，因為布魯克斯夫婦兩個星期後就要去度假。儘管他們會離開十幾天，但是只有一個晚上房子裡才會一個人都沒有。」她這次停頓了更久。

拉蒙特說：「繼續說，巡佐。」

「布魯克斯夫婦有一名司機大衛．克蘭，還有一名廚師愛希。他們都住在布魯克斯宅，但是夫婦倆不在時，廚師都會放假。」

「司機呢？」

「那兩個星期間，克蘭從早到晚都會待在宅邸內，除了二十三號星期一晚上，切爾西要在主場迎戰利物浦。」

霍克斯比說：「我大概懂了，但是再補充一下細節。」

「克蘭有季票，而且從未錯過一場切爾西主場賽事。球賽七點開踢，所以他大概五點鐘會離開宅邸，午夜前應該不會回去。」

拉蒙特問：「宅邸的警報器完善嗎？」

「都是最先進的，長官。不過從最近的警察局過去大概要二十分鐘，當地警察抵達之前，壞人們會有充足的時間偷完畫，再開回高速公路上揚長而去。」

「偵查工作非常傑出，巡佐。」

潔琪回道：「謝謝長官。」

拉蒙特說：「這次不同於以往，我想我們或許領先福克納一步了。」

霍克斯比說：「我們就祈禱他沒有領先我們兩步吧。不論如何，先準備好二十三日的行動計畫概要，布魯斯，我們這次的目標是把他們當場逮個正著。不過，我們還是需要一些具體的成果，讓廳長別再跟我嘮嘮叨叨了。所以，在你們離開之前，華威克，邱吉爾案和舊銀器案的最新進展如何？」

威廉回答：「西瑞・安赫斯特，那個邱吉爾簽名偽造犯，這個星期要在史內斯布魯克皇家法院接受審判。我們預計他會被保釋，接下來幾個月內再上法庭。我猜他會認罪。」

拉蒙特說：「永遠別先入為主。」

霍克斯比問：「銀器案呢？」

拉蒙特接過話頭：「結果是我們的熟人之一，凱文・卡特，他進出監獄的頻率，好比瑞士製咕咕鐘的布穀鳥一樣。雖然我們不確定他這次有什麼意圖，但是有一件事是確定的——他不可能用自己的錢買那麼多銀器，這遠遠超過他的財力了。羅伊克羅夫特偵緝巡佐和華威克偵緝警員今天會去巴恩斯塔波，他們會盯著卡特，想辦法查出他想做什麼。」

該死，這是威廉今天早上第二次想說這兩個字。他得打電話到博物館找貝絲，雖然他知道她的上司一定不樂見。

「隨時向我彙報。」霍克斯比說。

「還有，布魯斯，我建議等華威克偵緝警員從巴恩斯塔波回來後，你和威廉就馬上去彭頓維爾一趟。現在先回到林布蘭案：布斯．華生御用大律師每天都打電話到我的辦公室，要求我們歸還他客戶的複製畫。」

拉蒙特說：「還不行。」

霍克斯比問：「為什麼？」

「因為如果我或潔琪出現在福克納家門口，我們連鐵門都進不去。但是假如我們派一個缺乏經驗、乳臭未乾的年輕警員送畫過去，或許還有機會走進他的家門。」

霍克斯比說：「有道理，但是為什麼現在還不行？」

「福克納買了一張下星期一飛到蒙地卡羅的英國航空機票，他至少會離開一個月。」

「你怎麼確定？」

「他是個墨守成規的人，他每年十二月都要去他位在蒙地卡羅的房子，很少在一月底前回來。」

「那你怎麼知道他搭哪一班飛機？」

「英國航空的保全主管以前在倫敦警察廳工作，他總是會及時通知我，長官。」

潔琪說：「還有其他有意思的事，長官，他這次不會與妻子同行。坐在他隔壁的人，她的機票是用同一張美國運通卡買的，上面的名字是雪柔．貝茲小姐。」

霍克斯比說：「可能是他的祕書。」

潔琪說：「我不覺得她的專長是打字，長官。」她將一張貝茲小姐身穿比基尼的照片遞給對面的大隊長。

現場爆出一陣陣笑聲，但是團隊很快便恢復秩序，霍克斯比說：「所以華威克帶著林布蘭的複製畫出現在福克納位於漢普郡的家門口時，他早就已經到蒙地卡羅了。」

拉蒙特說：「沒錯，長官，但是他的妻子會留在漢普郡。」

大隊長又看了一眼貝茲小姐的照片後說道：「很好，因為我覺得福克納夫人或許會比她的丈夫更通情達理一點。」

14

威廉發動汽車時說道：「我真的惹上大麻煩了。」

潔琪一邊繫上安全帶一邊問道：「是惹到獵鷹還是拉蒙特？」

「更糟，是貝絲。我告訴她我今晚會準時回去吃晚餐，結果我現在要和另一個女人去巴恩斯塔波。」

潔琪說：「我想這需要一打玫瑰花才夠，而我剛好認識一個人可以解決你的問題。」

他們剛經過伯爵宮沒多久，潔琪便說：「停車。」

威廉說：「但是這裡畫雙黃線，而且交通管理員老是想找我們的碴。」

「我們只停幾分鐘，而且不管怎麼說，這都是警察的公務。」

潔琪走下車，威廉不太甘願地隨著她走進一間花店。

潔琪說：「一打玫瑰，而且一定要新鮮的，不然我就以假冒花藝師逮捕你。我們還需要送花服務。」

花藝師花了點時間一朵朵挑選玫瑰，之後問了送花對象的名字和地址。

威廉說：「貝絲．雷恩斯福德，地址是亞伯特親王彎道的菲茲墨林博物館。」

潔琪說：「雷恩斯福德……雷恩斯福德……為什麼好像在哪裡聽過這個名字？」

花藝師遞給威廉一張卡片和一支圓珠筆，問道：「你想寫幾句話嗎？」

抱歉，突然有事要忙，今天晚上趕不過去了。威廉X[33]

潔琪撕掉卡片，說道：「我以為你喜歡這個女孩，你這樣好像是寫信給妹妹，告訴她你得了流行性腮腺炎。再寫一次。」

想妳。我今天晚上會打電話解釋。愛妳的威廉XX

「不算好很多，但是我剛剛瞥見交通管理員了，所以我們最好趕快離開。」

花藝師說：「一共是兩英鎊。」

威廉遞給他兩張鈔票。

「謝謝你，麥克。」

他們跑回車上時，花藝師說道：「我的榮幸，潔琪。」

他們開上往西的高速公路後，威廉問：「我們到巴恩斯塔波後，有什麼計畫？」

「首先，我們要找到卡特的家，然後住進附近的一星旅館或小客棧。」

33 譯註：信末署名的X代表親吻，X的數量表示兩人的親密程度。

威廉從來沒有執行過跟監任務，於是他問：「我們要注意什麼？」

「訪客，尤其是顯然不是當地人的訪客。我是不覺得幕後大人物會特地跑來巴恩斯塔波讓我們稱心如意，但是我們要拍照記錄每一個進出他家的人，等我們回到總部後，就跟我們的罪犯照片資料庫比對，看看有沒有一樣的人。」

「還有嗎？」

「停在房子附近的每一輛車，或是任何可疑車輛的車牌，我們之後可以上國家警察資料庫查詢。還有，別預設我們要找的人會把車停在卡特家正門口。警察的偵查工作沒這麼輕鬆的。」

「我們要分頭還是一起行動？」

「這取決於我們能不能躲在車裡監視房子，而且不會被發現。不論如何，都需要長達好幾小時的耐心監視，而且無法明確知道進展如何。」

「妳覺得我們查得出他的意圖嗎？」

潔琪說：「不太可能，不過應該會出現一兩個驚喜，到時候就要隨機應變了。」

「誰決定我們什麼時候可以回到倫敦？」

「拉蒙特。」

「那我們可能要困在這裡一輩子了。」

潔琪哈哈大笑。「應該不會啦。別忘了，他還要等你跟他一起去彭頓維爾訊問艾迪・李。而且你還要把那幅林布蘭複製品送回福克納在鄉下的房子。」

兩人在車上保持了一段時間的沉默，但是氣氛並不尷尬。

「拉蒙特有家人嗎？」

潔琪說：「他經歷三次災難：三個前妻、五個小孩。他的那三段婚姻分別維持了六年、三年和一年，我不確定目前這任妻子還能維持多久。天曉得他怎麼有辦法負擔贍養費，像我們其他人這樣偶爾談個戀愛省錢多了。」

威廉笑了起來。「那獵鷹呢？」

「他與喬瑟芬結婚超過三十年，還有三個已經成年的女兒，他對她們言聽計從。」

威廉說：「我還真想親眼看看。」他隨後又提到：「你也有一個女兒。」他希望潔琪已經自在到可以與自己交心了，但是她並沒有答腔。他往左邊撇瞥了一眼，發現她已經睡著了。不論何時何地、不管累不累，只要有機會就睡一下覺，她對他耳提面命夠多次了。

潔琪不想再回答更多問題，所以她閉上眼睛。威廉加入團隊沒幾天，她就知道他註定會有更高的成就。遠遠高過她夢寐以求的一切。

當她還是一名年輕警員時，舉報了一個會將手放在她大腿上的督察，這對於她的升職沒有任何幫助。因為女兒出生而休假六個月也無助於她的職涯，只保證了她回到工作崗位後，再一次成為巡邏警察。但是這一切都沒有阻止她。

然而，當羅伊克羅夫特女士在一個高階警官的離婚案中被列為共同被告後，當地警局的大隊長便建議她，該考慮提早退休了。她沒有說自己才三十四歲，而且無意放棄這份她熱愛的工作，因為她很清楚他們不能開除她。她屹立不搖，但是也接受了現實，偵緝巡佐或許是她能達到的最高職等了。

威廉不一樣。他或許很天真，人生經歷有點太順遂，但是等她帶他認清現實世界，這個罪犯不會說請和謝謝的世界後，她確信他將會一飛沖天，迅速向上晉升。但是假如他遇到能力較差，十分樂意讓他背黑鍋的同事，她還是得照看著他，畢竟他身為一個公學的好學生，是不會打小報告的。

威廉終有一天成為廳長時，潔琪很好奇他是否還會記得她的名字。

威廉維持在中間車道上，以穩定的速度往前開，以免吵醒她。不久之前，他的心思飄回了貝絲身上。她能夠忍受一個這麼不可靠的男朋友多久呢？他打算一抵達巴恩斯塔波後就打給她，解釋他為什麼無法與她共進晚餐。

舊銀器、失竊的林布蘭作品，以及如何進入福克納家和見到他的妻子，這幾件事一直在他腦中徘徊不去，儘管有關貝絲的事會時不時冒出來打斷他的思緒。

威廉一開下高速公路，潔琪便醒了過來，馬上開始查看腿上的地圖，說道：「往市中心開。」彷彿她這一路上都沒有睡著。「左轉進入卡特住的街道上，我會在適當的時機告知你。」

開了幾英里後，潔琪說：「下一個路口左轉，經過九十一號時放慢速度。接著在第一個路口右轉，確定停在一個夠隱蔽的地方。」

他們經過桑樹大道九十一號時，潔琪仔細觀察了那棟雙併房屋[34]和門口那一塊方形的小花園，但是她注意到的並非房子本身。威廉右轉，停在一輛大廂型車後方。

潔琪下車伸展了一下手臂，然後看向地平線。她問：「你也看到了嗎？」

威廉往她指的方向看去。「妳說山丘上那棟大房子嗎？」

「羅馬人會占據那個位置建造碉堡，才能夠緊緊盯著敵人。」

「但是距離很遠欸。」

潔琪一邊走回車上一邊說：「沒錯，但是那裡能夠環視整個城鎮，包括卡特家。不過我們不是羅馬人，所以就祈禱那是一間旅館吧。」

威廉沿著蜿蜒的山路緩緩開上山丘時，眼睛一直盯著那棟建築物，直到他看見一個招牌寫著「海景旅館」，旁邊的箭頭指著一條長長的車道。

34 譯註：兩棟房屋共用一面牆壁的住宅。

潔琪說：「現在我們需要的，就是接下來幾天都沒人住在正面那個有大凸窗的房間。你負責去交涉，我就在旁邊很文靜地看著。」

威廉停車時喃喃自語道：「這倒是第一次。」

櫃台的年輕女子招呼道：「午安，需要什麼嗎？」

威廉問：「我們想知道俯瞰海灣的那個房間能不能住。」

「安妮女王套房嗎？我確認一下，先生。」她花了一點時間查看旅客登記簿，接著說：「是空房，不過只有兩天，星期三已經有人預訂了。」

威廉問：「多少錢？」

「一晚三十英鎊，含早餐。」

威廉遲疑了。潔琪說：「我們要住。」接著在他簽名登記前對他耳語道：「史密斯夫婦。」

接待員遞給他一把鑰匙，然後說道：「門房會把行李送到您的房間，史密斯先生。」

威廉不禁好奇，這些年來有多少對史密斯夫婦住過安妮女王套房。不過顯然沒有一個人的目的跟他和潔琪一樣。

他們搭電梯到頂樓，看見房門已經打開，門房拿著他們的行李恭候多時。

他帶兩人參觀完房間後問道：「先生，還需要什麼嗎？」

威廉說：「不用，謝謝。」隨後給了他五十便士，他很確定沃特斯女士不會讓他報這筆小費的帳。

門房關上門時，潔琪早已拿著望遠鏡看向窗外。

「職業殺手都找不到比這更好的視野。」她一邊說，一邊聚焦在卡特家的前廳。

「拉蒙特看到套房的價格不會火冒三丈嗎？」

「我們兩手空空回到倫敦的話才會。」

威廉一臉羨慕地看著雙人床說：「我睡沙發。」

潔琪說：「沒有人會睡在沙發上。我們要從早到晚輪班，這樣一來既不會讓卡特離開我們的視線，又都能睡到覺。你現在繼續盯著房子，我去向當地警局報告，讓他們知道我們要做的事。還有，別把餅乾吃光了，因為我們不會用到客房送餐服務。」

威廉坐進一張舒服的椅子，將望遠鏡對焦在卡特家。他好不容易辨認出停在車道上的富豪汽車車牌，便記了下來。他的視線轉移到花園角落的一間大棚屋，又回到房屋，看見前廳出現一個人影。只有一個人坐在火爐邊看報紙，他心想那必定是卡特。此時一個女人走進房間，開始吸地。她是安琪嗎？卡特看完最後一頁後摺起報紙，站起身來撥撥爐火，隨後離開房間。過了一陣子，正門打開了，他走過草坪，打開棚屋的門鎖後走了進去。他又一次消失在威廉的視線中。

威廉一聽見背後的房門打開，便立刻轉身。他知道不可能是潔琪。一名女傭說：「抱歉，先生，需要我整理房間嗎？」

威廉迅速站起來，確保望遠鏡藏在她看不見的地方，然後說：「不用，謝謝。」房門關上後，他違背潔琪的命令，小口小口地啃起一片餅乾，之後才回到崗位上。他的注意力回到棚屋上，卻只能勉強辨認出一個工作檯，還有一個蹲下的人影在忙著做某件事情，但是在做什麼呢？

大約一小時後，卡特從棚屋內走出來，回到房子裡。他走進家門沒多久便回到前廳，再次坐進他的扶手椅。

威廉逐漸明白，為什麼潔琪說他們會經歷永無止境的無聊時光，卻只會得到一點點收穫。他只盯著卡特幾個小時而已，就已經覺得無聊了。坐在扶手椅上的卡特開始打瞌睡時，威廉也很想打瞌睡。

他身後的房門再次打開，威廉一轉身就看到拿著購物袋的潔琪。

她盯著盤子上的餅乾屑問道：「看見什麼值得回報的事了嗎？」

「卡特離開房子進入棚屋，在那裡待了一小時。我想他應該在裡面做什麼東西，但是我實在看不出來是什麼。」

「那麼我們明天就得查出來了，我向當地警局的情報官簡單報告我們要做的事。他是個好人，就是對倫敦警察廳沒事先通知就跑來他的轄區有點敏感。他很清楚卡特的前科，事實上，他現在是職業罪犯了。但是他到目前為止都沒有惹麻煩，可以說是模範市民。雖然他說自己退休了，他還是有為當地一兩間學校和球隊做一些雕刻工作。」

威廉引用一句名言：「『罪犯永遠不會退休，只會變得更狡猾。』」

「獵鷹說的？」

「不，是弗雷德・葉慈。所以接下來換妳待在這裡，我去房子那裡仔細瞧瞧？」

「沒問題，卡特離開房子的話就跟蹤他。但是如果他混入了當地的人群裡，就別跟了，不然你會格格不入，變得太顯眼。」

「妳要我什麼時候回來？」

「午夜左右，你到時候可以補眠一下，由我值夜班。我留了一些三明治在車子裡給你，但是我現在真希望自己全吃掉了。」潔琪又看了餅乾屑一眼。

威廉說：「對不起，我想冰箱裡一定有一些吃的。」

「那只會讓我們花更多錢，偵緝警員，而且不用我提醒你現在不是在度假吧。」

威廉溜出房間，接著開車回到鎮上，停在桑樹大道另一側的兩輛車中間，他在這個位置可以將房子看得一清二楚。十一點剛過，他看見一樓的燈熄滅，不久後樓上的燈便打開了。二十分鐘後，整棟房子都沒入黑夜之中。

他慢慢地咀嚼三明治，每吃一口就覺得罪惡感越重。他怕自己隨時會睡著，因此想方設法保持清醒，包括背誦丁尼生的詩作《亞瑟王之死》、五音不全地唱起〈公主徹夜未眠〉，還有回想板球對抗賽史上前十高的打擊跑動率——布萊德曼九九點九四、波洛克六十點九七、海德利……

他在午夜開車回到飯店，看見潔琪已經醒來，準備換班繼續監視了。

她問：「有什麼值得注意的嗎？」

「他看了電視、吃晚餐、又看了更久的電視，十一點剛過就上樓準備睡覺。二十分鐘後，所有燈都關上了。」

潔琪說：「情況差不多都是這樣，而且輪午夜班是最糟的。很容易睡著，如果睡著了，可以確定的是等你醒來時，那輛富豪車一定不會在車道上。」

威廉遞出車鑰匙時說：「什麼都不做真是太累人了。」

潔琪離開前拋出的最後一句話是：「明天輪到你值午夜班，所以你最好睡個好覺。」

威廉脫下衣服、沖了澡，爬進溫暖的被窩。這讓他想起貝絲。該死，他還沒打電話給他，現在已經太晚了。不久後他便沉沉睡去。

15

威廉隔天早上剛過七點便醒來，沖了澡、刮完鬍子、穿好衣服時，潔琪正好值完夜班回來。他們坐在凸窗前享用一大盤培根和蛋當作早餐，眼睛一邊死死盯著房子。卡特一直到九點之後才下樓，他們完全不知道他早餐吃了什麼，因為廚房在房子的背面。

「現在呢？」

「我們回到桑樹大道，希望他在某個時間點離開家。如果是開車出門，我們就跟蹤。如果他走路，我就待在車內，你試著去查出他在棚屋裡搞什麼名堂。或許他完全是無辜的，但拉蒙特還是會想知道的。」

二十分鐘後，他們停在卡特家對面，距離他家院子的柵門大約三十碼，兩人的目光沒有一刻離開房屋正門。

又過了徒勞無功的一小時，威廉忍不住說：「這一切根本沒有意義。」兩人在此之前已經從黛安娜預計參訪倫敦警察廳總部的行程，一路聊到誰會是下一任廳長。

威廉問：「獵鷹有機會當廳長嗎？」

潔琪說：「不會是這一次，但是未來有機會，儘管他也有不少敵人。」

又一個小時悄悄流逝，威廉問：「我第一次看到那幅複製畫時，妳旁邊那個人怎麼……」

「洛斯．侯甘。」潔琪頓了一下才繼續說：「獵鷹把他送回佩克漢了。」

「我原本要去那裡的！」

「如果我們沒找到失竊的林布蘭，你還是得過去，因為洛斯已經從地表上消失了。」

「可能是被送回佩克漢後就辭職了。」

「或者可能去當臥底了。」

「我想過去當臥底。」

潔琪說：「沒用的，你看起來、聽起來和聞起來都像個唱詩班小弟。」

「洛斯是理想的臥底人選，連罪犯都以為他是罪犯。」

「還有，繼續保持專注，因為我們永遠不知道哪一秒會發生變化。」

待了第三個小時後，威廉問：「那一秒什麼時候才會出現呢？」接著，房屋正門打開了，兩人都沉默不語。

卡特拿著一個空購物袋出現。他沿著花園小徑往前走，打開柵門，往反方向走去。

潔琪說：「好，現在是我們的好機會。拿好相機，看看能不能拍到那間棚屋裡有什麼。」

「我們能證明這是正當的嗎？」

「算是吧，就說我們有正當的理由懷疑。」潔琪聽起來一點也不肯定。「我一看到他出現，就會按一次汽車喇叭。你一定要在棚屋後面躲好，等到他回到房屋裡一陣子後再出來。還有，別忘了三分鐘守則。」

「安琪呢？」

「如果她走出房子，我就按兩聲喇叭。如果她看見你我就按三聲，到時候你就拔腿狂奔，因為我們得迅速離開這個城鎮。有時候你只會有一次機會。」

威廉說：「真是輕鬆簡單，沒壓力。」他從汽車後座拿起相機，下車後走到馬路對面，眼睛不斷往四面八方看去。他小心翼翼地朝九十一號前進。一個人都沒看見，而且卡特沒有鎖上柵門。他快步走進去躲在富豪汽車後面，然後靈巧地往棚屋移動。他應該最多只在房屋正面的窗前出現了幾秒鐘。他試著開門，但是門鎖住了，他接著聽見一輛汽車開過來的聲音，便連忙彎身躲在棚屋後方，直到那輛車在路口轉彎。

他從棚屋的小窗戶往內看，只能勉強看到一張木頭工作檯和一張椅子。工作檯上散落了一些銀屑，但是屋內實在太黑了，他根本無法辨認旁邊還有什麼東西。他可以冒險使用閃光燈嗎？他將相機貼在窗戶玻璃上，開始接連不斷地按下快門，拍光一整卷底片，但是他不確定到底有沒有拍到一張有用的畫面。

他卸下底片，準備裝上另一卷時，聽見一聲汽車喇叭。是卡特，不是安琪。他一抬頭便看見潔琪開走，卡特拎著英伯瑞超市的購物袋出現在柵門前時，威廉迅速蹲下躲在棚屋後方。威廉聽見房屋正門打開又關上的聲音。男人回家後幾乎總是會直衝廁所，這個過程至少會花三分鐘。威廉要等三十秒再展開下一步：二十七、二十八、二十九、三十。他站起身，腳步輕快地穿越草坪，從富豪汽車後方繞過去，然後從柵門離開。他沒有奔跑，也沒有回頭看。

他在大約一百碼外的地方，看見潔琪坐在車裡等他，引擎沒有熄火。他一關上副駕駛座的門沒多久，她便驅車離開。

回到飯店的路上，威廉問：「你覺得他有看見我嗎？」

「沒有。我一直盯著正門，完全沒看見他們倆的蹤跡。你查出他在棚屋裡搞什麼了嗎？」

「屋內太黑了，我幾乎什麼都看不見，但是我拍光了一整卷底片，所以現在只要等著看洗出來的照片就好。」

＊　＊　＊

他們開到飯店的停車場時，威廉提醒：「我們明天得搬出去。」潔琪說：「我沒忘記，我看到附近有一間民宿，但是可惜從那間民宿看不見房子，所以我們大部分時間都得待在車裡。」

他們一回到房間，潔琪便打電話給拉蒙特報告最新進展。威廉坐在窗邊用望遠鏡監視房子，一邊咀嚼新買的薑餅。卡特回到棚屋裡，威廉只能看見一隻手上下移動，他在製作什麼東西……但究竟是什麼呢？

潔琪終於掛斷電話後，他問：「拉蒙特說什麼說了這麼久？」

「我們暫時留在這裡。你繼續監視房子，我去把底片洗出來。」

威廉等她離開後，才坐在床尾打電話到貝絲的公寓。無人接聽。她還沒下班回家。他思考著是否該冒險打到博物館找她，但是否決了這個想法。

他回到窗前，再次將望遠鏡對焦在棚屋上。卡特俯身趴在桌上，手臂仍一上一下地移動。他一直到天黑之後才回到屋子裡，威廉接下來就看不見他了。接近六點的時候，潔琪雀躍地回到房間裡，臉上露出得意洋洋的神情。

「他在用模具鑄造錢幣，跟你父親猜的一模一樣。」

「哪一種錢幣？」

「除了是銀製的之外，我毫無頭緒。你明天得想辦法弄到一個。你知道怎麼開鎖嗎？」

「不知道，我想必是錯過這堂基礎課程了。」

「那就得由我出馬了。」

「在沒有搜索票的情況下？」

「拉蒙特下定決心，一定要查出卡特背後的金主，還有他們的企圖。他掛斷電話前說的最後一句話是『我受夠抓小蝦米了』。」

威廉說：「非常好，但是我們要怎麼做呢？」

潔琪說：「那是明天的問題，你現在先過去值夜班，我要趁機睡個覺。你做什麼都好，別睡著就對了。」

威廉抓了幾條瑪氏巧克力棒，又從冰箱拿了一瓶水後，才不甘願地離開飯店。沃特斯女士想必不會反對的。他彷彿聽見她說：「以後喝自來水，警員。」他驅車回到鎮上，轉進桑樹大道，停在一輛廂型車後面，他在那裡可以清楚看見卡特家的正門。

他注意到街道的另一頭有一座紅色電話亭，忍不住在心裡咒罵一聲。他還是沒跟貝絲說到話。他今天晚上本該帶她去看詹姆士．龐德的新電影，一邊緊緊盯著福克納的一舉一動，而不是在坐起來一點也不舒服的車裡冷得瑟瑟發抖，盯著一棟黑漆漆的房子。龐德不知道為什麼總能在短短幾小時內，從惡名昭彰的罪犯手中拯救世界，而威廉卻得想辦法保持清醒，監視一個小地方的壞蛋。他打開收音機。英國國教總議會正在辯論女性是否能接受聖職。他彷彿能聽見父親說，這是所有禍害的源頭，「她們接下來就會想當主教了。」下一則新聞，是關於撒哈拉以南地區采采蠅暴增的情形。他睡著了，直到聽見一個聲音播報五點整新聞才醒過來。

「早安，歡迎收聽ＢＢＣ新聞。首相……」威廉眨了眨眼、揉揉眼睛，看見對街那棟房子的頂樓亮起了燈光。他瞬間徹底清醒，心臟激烈地跳動。不久後，頂樓的燈光熄滅，一樓的燈打開了。威廉打開水瓶喝了一大口，不小心灑了幾滴水在臉上，因為他看見房子的正門打開，卡特拎著一個笨重的皮革旅行袋走出來，他先把行李袋放進後車箱，隨後爬進駕駛座。他點了三次火，才成功發動引擎。

那輛富豪汽車開出車道。威廉緩緩地將車子開到馬路對面，他沒有開車燈。卡特在道路盡頭右轉，威廉緊跟在後，不過清晨上路的車輛並不多，所以他得保持一段距離。卡特在一個圓環左轉，加入了一大清早出城的車潮。

卡特持續在高速公路上奔馳，威廉喃喃自語著：「拜託、拜託、拜託。」到下一個圓環時，威廉的祈禱起了作用，他從第三個出口離開，加入了前往倫敦的車流。

卡特一直保持在內側車道，始終沒有超過速限。他顯然不想被警察攔下，這讓威廉不禁好奇旅行袋裡究竟裝了什麼。每開一英里，威廉就更加確信卡特正在往首都前進，很可能是要見那個拉蒙特迫切想抓住的男人。但是突然之間，在沒有任何預兆的情況下，卡特開下高速公路，順著往希斯洛機場的指示牌前進，隨後停進短期停車場。

威廉停在他的上一層樓，接著尾隨卡特進入第二航廈，看見他往英國航空的櫃台走去。卡特在櫃台報到、領取登機證時，威廉就在一旁等著。他手中牢牢抓著那個皮革旅行袋，搭乘電扶梯到二樓，往出境大廳走去。

威廉迅速走向報到櫃台，給櫃台後方的女子看了自己的警察識別證。「我必須知道凱文・卡特先生要搭哪一班飛機。」

女子猶豫了一下，接著按了桌子下方的按鈕。不久之後，一個高大魁梧的男子走到她身邊。威廉又一次掏出識別證，重述一次自己的要求。

那個男人只問：「你的上司是誰？」

「拉蒙特偵緝督察組長，倫敦警察廳總部藝術與骨董組負責人。」

保全拿起電話。「電話號碼？」

「〇一七三五二九一六。」威廉祈禱拉蒙特此時在座位上。

話筒裡傳來聲音：「我是拉蒙特。」

保全將電話交給威廉，他向拉蒙特解釋自己為何在希斯洛機場。

拉蒙特說：「讓他聽電話，小子。」威廉將電話遞回去，聽保全與拉蒙特講電話，而他說的最後幾個字是「遵命，長官」。

保全點了點頭，櫃台人員便開始查看電腦，隨後說：「卡特先生搭〇二八航班到羅馬，登機門將在二十分鐘後關閉。」

威廉轉頭對保全說：「我有兩個問題。一是我必須搭上那班飛機，二是我沒帶護照。」

保全說：「幫華威克偵緝警員弄一張登機證，可以的話，把他安排在卡特後面幾排的位置。」

她敲打著電腦鍵盤說道：「我可以安排在他後方三排。」

威廉說：「那樣再好不過了。」

她印出登機證交給他。

威廉的新「保母」說：「我是吉姆．崔佛斯，跟我來，不能再浪費時間了。」

吉姆帶威廉走工作人員的通道，兩人經過一條幽暗的灰磚長廊，來來往往的人都不是乘客，只有機場工作人員。兩人快步走了很長一段路後，吉姆推開一扇門，帶著威廉離開航廈，他們看見一輛偵防車停在跑道旁邊。吉姆跳上車，開車送他到一架等待起飛的飛機旁邊。

他說完「祝你好運」，威廉便匆匆跑上階梯，走進空蕩蕩的客艙。

他在靠近最後方的座位坐下，沒有等太久便看到第一個旅客出現。卡特是最後一批上飛機的。他仍緊緊抓著自己的旅行袋，在威廉前方三排的靠窗座位坐下。

飛機起飛後，威廉終於吃了這幾天來第一頓像樣的餐點，用完餐便把握機會往後一躺，閉上眼睛。畢竟，在他們抵達羅馬之前，卡特不可能逃走的。

兩個小時後，飛機降落在達文西國際機場，慢慢滑向登機門。他們走進航廈，前往護照查驗櫃台的途中，威廉與卡特之間只隔了幾名乘客。糟了，威廉心想，他想起自己並沒有護照。不過他才往前走了幾碼，便有一名衣著時髦體面的年輕女子出現在他身旁，勾住他的手臂。

「跟我來，華威克偵緝警員。」

「但是我可能會跟丟那個人。」

「我們的兩名警官已經在尾隨卡特，你可以在出境後跟上他。」

他們走向寫著「機組人員」的閘門，那邊的工作人員顯然早已在等待他們，兩人通過護照查驗櫃台時甚至沒有減速。威廉在專人帶領下飛快走出航廈，看見一輛車已經敞開後座車門等著他時，他覺得自己彷彿是王室成員。

他謝過那名年輕女子後上了車，看見一個穿著體面米色制服的男子坐在後座，顯然正在等他。

他說：「早安，我是安東尼歐．蒙蒂中尉。我是來協助你的，需要什麼儘管開口。」

兩人握手時，威廉用義大利語回道：「Grazie（謝謝）。」

「Parla l'italiano?（你會說義大利語？）」

威廉先用英語回道：「可以勉強講幾句。」隨後又用義大利語說：「Ma poi Roma è la mia città preferita.（不過，羅馬是我最喜歡的城市。）」

他們又等了三十分鐘，卡特才從容地拎著旅行袋走出來，加入等待計程車的隊伍，此時威廉已將自己對卡特所知的一切都告知中尉了。

負責開車的義大利警察尾隨嫌犯的技巧，比威廉熟練太多了，他因此得以欣賞一些熟悉的風景：羅馬競技場、聖彼得大教堂、圖拉真柱，這些都是他學生時期的回憶，他當時會坐在擠得水洩不通又沒有冷氣的公車後排，前往不算是在市中心的青年旅館。

卡特的計程車終於停了下來，卻不是如威廉所想停在旅館外，而是在一棟屋頂旗桿上飄著義大利國旗的市政大樓前停下。

中尉說：「交給我，你待在這裡別動，我們可不希望他看見你。」他接著下了車，尾隨卡特走進去。

威廉也走下車，但只是為了伸伸腿，但是他一看見一個熟悉的人影走進建築物，便迅速往後退一步，躲在噴泉後面。他的雙眼幾乎沒有離開過正門，但是過了將近一小時後，中尉才重新出現，回來跟他一起坐在汽車後座。

不久之後，卡特也走出來，並且招了一輛計程車，但是蒙地並沒有叫司機跟上去。

蒙蒂說：「他正要回機場。」隨後又補充一句：「旅行袋已經空了。」但是並沒有多做解釋。「他們已經訂了三點十分到希斯洛機場的機票。」

威廉說：「那我應該跟他搭同一班飛機。」

「沒必要，羅伊克羅夫特偵緝巡佐會在希斯洛機場等他們。不論如何，我們都有更重要的事得做。」

「什麼事？」

「首先，你得體驗一下義大利人的待客之道。我們先去瓦拉迪耶寒舍吃午餐，再去波格賽美術館，你到時候還來得及搭五點二十分的班機回倫敦。」

「但是這筆支出沒辦法……」

中尉說：「你可是在義大利，mio amico（我的朋友），而且你剛剛以傑出的表現服務了義大利人民，因此你值得受到獎賞。而且不論如何，我們義大利人都不像你們英國人那麼計較支出。」

威廉心想，他們顯然沒有如沃特斯女士那般的角色要對付。

蒙蒂交給威廉一份看起來很正式的文件，說道：「你也許想先看看這個。」

威廉看了第一頁，然後承認：「我的義大利文沒那麼好。」

「那我就在吃午餐的時候，一句一句帶你看過去，因為我得知道你想要我們核發卡特先生申請的證照，還是說倫敦警察廳總部希望我們駁回。」

＊＊＊

威廉敲了敲大門，貝絲開門時的第一句話是：「好久不見呀，陌生人，你這次的藉口是什麼呢？」

「我去羅馬了。」

「去找另一個女人？」

「拿破崙的妹妹。」

「聽說她這個人冷冰冰的。」

「像大理石一樣[35]。」威廉說完想彎腰吻她，她卻轉身離開，所以他的嘴只輕輕拂過她的嘴唇。

貝絲說：「我還得聽聽寶琳怎麼說呢。」她帶威廉走進廚房。

35　譯註：指波格賽美術館所收藏的拿破崙之妹，寶琳・波格賽・波拿巴（Pauline Borghese Bonaparte）的臥姿大理石像。

吃晚餐的時候，他將兩人分別後發生的所有事情，一五一十地告訴她，包括在瓦拉迪耶寒舍那難忘的一餐，以及與安東尼歐·蒙蒂在波格賽美術館共度的下午。

「你應該加入義大利警察的，威廉，他們顯然有更高水準的美術館、更精緻的美食，還有……」

「但是沒有更可愛的女人。」他一邊說，一邊將她擁入懷中。

她頑皮地將他推開，然後堅決地說：「你必須先告訴我卡特到底要什麼證照。」

16

霍克斯比說：「我一接到通知就立刻召開這場會議，我聽說卡特案有進展了。」

拉蒙特說：「確實如此，長官。卡特星期三一大早就離開巴恩斯塔波，華威克偵緝警員一路跟著他到希斯洛機場，他在櫃台報到後，準備搭上飛往羅馬的航班。華威克偵緝警員在機場打電話給我，我叫他繼續跟著卡特，他只拿了一個旅行袋，所以顯然不是去度假的。接下來由華威克偵緝警員報告後續。」

威廉說：「我上飛機後，坐在卡特後方三排的位置。到了達文西國際機場後，我見到義大利特別調查組的蒙蒂中尉，他真的非常配合。卡特搭上計程車，我們尾隨他到了一間位於羅馬市中心的政府大樓。蒙蒂跟著他進去，之後他告知我，卡特在海軍總隊辦公室有預約，想要申請潛水與打撈回收證照，去探查艾巴島海岸的沉船。」

霍克斯比問：「他要找什麼？」

威廉說：「七百枚十八世紀的西班牙古銀幣。一七四一年，一艘名為派翠絲號的船隻遭遇狂風暴雨後，在艾巴島附近沉沒，五十二名乘客和九名船員全部葬身海底，船上還有一個放了銀幣和其他值錢物品的貨櫃。我這裡有當時義大利沉船管理人的紀錄資料。」他繼續說：「資料顯示：『勞合社證實，該艘船和貨櫃投保了額度一萬幾尼[36]的保險，補償金已全額支付。』」

霍克斯比說：「我大概懂了。」

「這幾年來，很多人試著尋找沉船和銀幣，卻都沒有成功。」

「而卡特認為自己的好運能夠克服重重障礙？」

潔琪說：「我不覺得他是靠運氣，長官。華威克偵緝警員在羅馬四處閒逛的時候，我回到倫敦，請我們在倫敦警察廳總部的專家，放大了他在卡特的棚屋拍下的照片。他們確認了一件事情：華威克偵緝警員絕對不是名攝影師大衛・貝利。」

所有人哄堂大笑。

「不過，其中一位專家更仔細地研究照片後，提出一個很有意思的看法。」潔琪遞給在場每個人一張卡特棚屋內的工作檯的放大照片。

霍克斯比仔細研究照片，然後問道：「我們要看什麼？」

「你們可以看見雕刻工一般會使用的設備——各種尺寸的鑿子、鋼刷，甚至是指甲銼刀。但是如果你們更仔細看，也會看見卡特正在做的事情。」她又發給大家三張放大照片，讓團隊成員看清楚工作檯上的東西。

霍克斯比說：「我覺得看起來像半克朗硬幣。」

威廉說：「尺寸相同、形狀相同，幣值不同。我拜訪大英博物館的錢幣專家後，他說他很肯定這是西班牙古銀幣，可以看見日期是一六四九年。」

「你想必也問過他，這價值多少錢了？」

「他毫無頭緒，長官，但是他建議我走訪梅費爾的迪克斯努南韋伯拍賣行，他們是錢幣估價專家。努南先生給我看了最近一冊拍賣圖錄中類似的西班牙古銀幣，成交價超過一千英鎊。」

拉蒙特說：「把那個數字乘上七百，而卡特最後能得到不只七十萬英磅。」

威廉說：「我可能知道他的意圖了。」

霍克斯比說：「說出來，華威克。」

「我猜他已經融掉最近購買的舊銀器，這幾個月來都在雕刻七百個新鑄好的西班牙古銀幣。」

潔琪說：「如果更仔細地看照片，就會發現我們在一般情況下可能會忽略的東西。」她指向其中一張照片的左下角。

36　幾尼（Guinea）：英國舊貨幣，發行於一六六三年至一八一三年。

霍克斯比說：「看起來像一桶水。」

威廉說：「我一開始也這麼想，直到我想出卡特的下一步是什麼。」

霍克斯比說：「別吊我們胃口了。」

「我猜他會盡快趕回羅馬，領取自己的證照，然後讓其他人看見他在夕陽下出海，搜尋遺落在海床上的寶藏。幾天後，他的船就會載著一個裝滿銀幣的木箱回到港口。如果更仔細地看編號二B的照片，甚至會看見那個之後要從海底打撈上來的木箱。」

過了一會兒，拉蒙特問：「那一桶水呢？」

威廉說：「是海水。」

霍克斯比說：「當然。」

拉蒙特說：「但是我以為沉在海底的寶藏，應該是歸發現地點的政府所有。」

威廉說：「沒錯，長官。但是打撈回收團隊，通常會拿到百分之五十的中間人費用，這大概就是布斯．華生會出現的原因。」

霍克斯比說：「我沒聽錯吧？」

「沒聽錯，長官。我們抵達後沒幾分鐘，布斯．華生就走進那棟建築物。」

大隊長說：「你確實把最精彩的部分放在壓軸，威廉。你知道他為什麼在那裡嗎？」

「蒙蒂說他小心謹慎地檢查了所有文件後，才讓卡特簽名。」

潔琪說：「所以這可能是福克納的其中一個事業。」

大隊長說：「布斯・華生還有其他客戶，但是我同意，很有可能是福克納，等卡特『打撈』到硬幣之後，他應該可以拿到三十五萬英磅。」

拉蒙特說：「現在知道幕後黑手是誰了，我猜卡特頂多只會得到幾千英磅。」

「怎麼說呢？布魯斯？」

「我十年來把他關起來三次，但是沒有一起案件達到這種規模。正如同蒙蒂中尉的發現，卡特申請證照尋找沉沒的寶藏時，他交給羅馬的義大利海軍辦公室超過五千英鎊的現金，雖說實際收費根本不到那個金額的一半。」

威廉說：「這就解釋了為什麼他的旅行袋從不離身，還有，根據蒙蒂的說法，為什麼他離開時旅行袋是空的。」

潔琪推測：「毫無疑問，他是希望自己的申請能夠神奇地排到所有申請人前面。」

拉蒙特說：「答對了。」

威廉說：「這個可能性很大，但是蒙蒂中尉說得很清楚，如果我們想要無限期擱置卡特的申請，甚至是駁回，只要說一聲就好。」

「布魯斯？」

「就我們所知，卡特還沒在英國的領土上犯下罪行，而我們查出他的意圖的唯一方法，就是告訴義大利那邊，我們不會阻止他們核發證照。事實上，他們越快核發越好。」

潔琪問：「這樣的話，為什麼不在卡特抵達機場前就逮捕他，沒收那些銀幣？」

霍克斯比說：「然後用那些證據起訴他？有布斯．華生替他撐腰，他會宣稱銀幣是複製品，他只是想賣了賺點小錢。除此之外，如果我們想抓到資助卡特的人，就得讓他完成整個計畫。因為不論幕後首腦是誰，一定是有想像力、膽識和足夠資金，可以策劃整個過程的人，我同意那個人現在越看越像福克納了。」

拉蒙特說：「現在得到您的同意了，長官，我會打電話給蒙蒂中尉，請他們核發證照，然後隨時告知我們最新情況。與此同時，我會與英國航空的線人連絡，卡特一預訂另一班飛往羅馬的航班，他就會打電話給我。」

霍克斯比說：「而你、蒙蒂中尉和華威克偵緝警員，將會在碼頭上等他。」

拉蒙特說：「我不能去，長官，卡特跟我太熟了。」

潔琪滿臉期待。

霍克斯比說：「那我只好犧牲一下，自己陪華威克偵緝警員去了。還有什麼事嗎？」

「只有一件事，長官。我和華威克偵緝警員明天早上要去彭頓維爾訊問艾迪．李。」

「就是華威克認為畫了林布蘭複製畫的男子？」

「是的，長官。但是我無法欺騙自己，相信我們有多大希望能從他身上套出多少資訊。

之前那些替邁爾斯・福克納工作過的人，想活命的話都不會多說一個字。」

霍克斯比說：「讓他開口就對了，他或許會說漏一些之後讓自己後悔莫及的話。還有，華威克什麼時候要把《布商公會理事》複製品送回福克納家？我會這麼問只是因為布斯・華生先生一直威脅我會遭天譴。」

拉蒙特說：「福克納星期一一早就會出發去蒙地卡羅，所以下星期哪一天都可以。」

大隊長說：「看來又是忙碌的一週，華威克偵緝警員，那我就不耽擱你了。」

17

拉蒙特和威廉乘車離開倫敦警察廳總部，前往彭頓維爾的路途上，拉蒙特說：「黑白臉警察這一招有點老套了。以我們來說，一個五歲小孩都分辨得出誰是黑臉、誰是白臉。儘管如此，我們還是得想一想，這次會面要達到的目標是什麼。」

車陣在特拉法加廣場停下來時，威廉說：「我們的首要任務，當然是弄清楚《布商公會理事》是否被銷毀了，如果沒有，現在又在哪裡。」

拉蒙特說：「那不會是我的首要任務，小子。」他的蘇格蘭口音比平常更濃重。「我想證明李和邁爾斯．福克納之間有關聯，因為我會為了把那個傢伙關進牢裡，不惜犧牲我一半的退休金。」

車子開上國王大道時，威廉心裡想著，我願意放棄所有的退休金以換取艾迪．李的天賦，不過他沒有說出自己的想法。

拉蒙特說：「所以我們來討論一下策略吧，由我丰導審訊，如果我在椅子上往後一靠，就表示由你接手。但是在那之前，你都別打斷我，因為我很清楚自己要問出什麼資訊。」

「假如他回答的方向和我們預期的不一樣，該怎麼辦才好？」

「不太可能發生。別忘了，我們面對的罪犯，會早在與我們交手之前，就把他要講的每一個字都想清楚。」

威廉又一次沒有提出任何看法。

「如果我開始跟他談條件，你就別說話，獵鷹已經很清楚地告訴我，可以退讓到什麼程度。」

車子左轉進入格雷律師學院路時，威廉問：「最壞的情況是怎麼樣？」

「就是他拒絕回答我們問的所有問題，如此一來訊問將會在幾分鐘內結束，我們就是浪費時間白跑一趟。」

兩人沉默了一陣子之後，威廉主動開口：「這是我第一次走訪監獄。」

拉蒙特露出微笑。「我的第一次呢，是一個快活的愛爾蘭人，講了他在翡翠島的故事讓我哈哈大笑。」

「他為什麼坐牢？」

「搶劫郵局，後來發現很難證明他犯案，因為他根本連櫃台都沒有靠近，而且唯一的武器是一根小黃瓜。幸好他認罪了。」

威廉央求道：「繼續說、繼續說。」

他們在彭頓維爾皇家監獄外的路口停下時，拉蒙特說：「下一次吧。」

威廉若有所思地說：「如果女王陛下不希望監獄冠上她的名義，我們也不能怪她。」

車子沿著喀里多尼亞路疾駛時，拉蒙特說：「如果她這樣想，白金漢宮也不能在她的名下了。」

威廉的目光越過高牆往內看去，看見一棟令人望之生畏的磚造建築，占據了整片景觀。

他們的車在柵欄前停下，一名身穿制服的官員站出來。拉蒙特搖下車窗，出示自己的警察識別證。

那名男子檢查完證件便說：「蘭利先生在等您，長官。請停在那裡，我會告知他您來了。」

警車駕駛開進第一個空位，然後關掉引擎。

拉蒙特對正在從手套箱拿出一本書的駕駛說道：「我不確定會待多久，麥特。但是等我們回來時，你可以告訴我連·戴頓的最新作品值不值得在放假時看。」

「這是三部曲的第三集，長官，所以我推薦您從第一集《柏林遊戲》開始看。」

他們下車時，一名三級監獄官前來迎接，他制服口袋上的名牌寫著「蘭利三級監獄官」。

「你好嗎？布魯斯？」

「沒什麼好抱怨的，雷吉。這位是華威克偵緝警員，你要盯緊他，他覬覦我的位子。」

兩人握手時，威廉說：「早安，長官。」

蘭利說：「跟我來，很抱歉安全流程這麼繁瑣，但那是B區牢房的標準流程。」

兩人都在警衛室簽名登記，隨後拿到訪客通行證。威廉在心裡計算，他們經過了五道上鎖的柵門後，才遇見第一個犯人。

「李在會客室等你們了，但是我得先警告你，布魯斯，他今天早上特別不配合。有鑑於你逮捕過他三次，我想你不會是他最想見到的人。」

威廉注意到，他們走過綠磚砌成的長廊時，罪犯不是轉過身背對他們（通常還會咒罵一聲），就是直接無視兩人。但是有一個例外，一名正在拖地的中年男子停下手邊的動作，仔細打量他。威廉覺得那個男人有點眼熟，不禁好奇是不是自己在蘭比斯當巡警的時候，曾經逮捕過這名男子。

當他們在一個巨大的玻璃方塊前停下時，威廉完全無法掩飾自己的詫異，因為比起會客室，那看起來更像一座現代的雕塑作品。他看見一個囚犯垂著頭，坐在方塊內的桌子旁，他想那一定就是艾迪·李。

拉蒙特指著玻璃方塊說道：「在你開口問之前，那是為了保護你，也為了保護他。我還是個年輕的巡佐時，曾經被指控在偵訊囚犯時揍了他。我確實想揍他，但是我沒有。」他停頓了一下。「那次沒有。」

蘭利問：「要咖啡和餅乾嗎？」

拉蒙特說：「我們先和他談幾分鐘，雷吉。」威廉和拉蒙特走進會客室，坐在李對面。李他沒有銬上手銬，也沒有監獄官站在他背後。只有沒有暴力前科的罪犯才能得到的優待。李想必是放棄了讓律師在場的權利。

威廉仔細觀察這名坐在桌子對面的囚犯。乍看之下，這名四十七歲的偽造犯與其他犯人沒什麼不同，穿著一般的藍色條紋囚服，還有破舊不堪的牛仔褲。他沒有刮鬍子，有一頭深色的頭髮和褐色的眼睛，但是最令威廉驚訝的是他的手。一個有著泥水匠雙手的男人，怎麼畫得出如此細膩的筆觸？他接著開口，透露了自己與拉蒙特來自同一片土地。

「能給我一支菸嗎？老大？」他彬彬有禮地問道。

拉蒙特將一包菸放在桌上，抽出一支交給面前的囚犯。他甚至為他點菸。這是他的第一次收買，而對方接受了。

「我是拉蒙特偵緝督察組長。」他自我介紹，彷彿兩人從未見過。「這位是我的同事，華威克偵緝警員。」李甚至看都沒看威廉一眼。「我們想問你幾個問題。」

李沒有答腔，只是吐出一大口灰色的煙雲。

「我們正在調查肯辛頓菲茲墨林博物館的林布蘭畫作失竊事件，大約七年前發生的。我們最近找到一幅複製品，合理猜測是出自你的手筆。」

李又吸了一口菸，但是仍然一語不發。

拉蒙特問：「那幅畫是你畫的嗎？」

李還是不打算回答，彷彿他根本沒聽見問題似的。

拉蒙特說：「如果你跟我們合作，你在幾個月後面對假釋委員會時，我們或許會願意幫你美言幾句。」

還是沒有任何反應。當威廉看進李那雙鬱鬱寡歡的眼睛時，他才意識到邁爾斯・福克納的魔爪伸得有多遠。

「從另一個角度來說，假如你不合作，我們也可以向假釋委員會報告。看你如何選擇。」

話已至此，似乎仍然無法動搖李的決心。幾秒鐘後門打開，一名模範囚犯端著咖啡和餅乾走了進來，他將托盤放在桌上後便迅速離開。李拿起一杯黑咖啡，丟了四顆方糖進去後開始攪拌。拉蒙特往椅背上一靠。

威廉心想，這四年來應該沒有獄警會稱呼他先生，因此他開口說道：「李先生，你顯然不想回答我們的問題，在我們離開之前，我有幾句話想對你說。」拉蒙特又往他的咖啡杯裡丟了一顆方糖。「我是藝術迷、是美術館迷，你想怎麼稱呼都可以，但是最重要的是，我非常欣賞你的作品。」李第一次轉頭看向威廉，因而從香菸末端抖落了一大塊煙灰，掉在桌子上。「你畫的那幅維梅爾的《坐在維吉納琴前的年輕女子》，確實是幅上乘之作，我很驚訝那居然沒有騙過首屈一指的荷蘭學者，特別是恩斯特・范德韋特林[37]。但是《布商公會理事》的複製畫毫無疑問是天才之作。那幅畫目前放在我們倫敦警察廳總部的辦公室裡，我實在很不甘心還給邁爾斯・福克納——他說那幅畫是他的。你沒有出生在三百年前的荷蘭真是太可惜了，要不然你一定能成為大師的徒弟，甚至自己就能成為大師。如果我能有你哪怕一丁點的才華，都不必加入警察局。」

李繼續盯著威廉看，連菸都不抽了。

「我能不能問你一個與這次調查無關的問題？」

李點點頭。

「我想破頭也想不出，你是如何調出飾帶的那種黃色色澤。」

李沉默了半晌才說：「蛋黃。」

威廉說：「對呀，那當然了，我怎麼這麼笨。」其實他清楚得很，林布蘭曾經做過實驗，用海鷗蛋的蛋黃混合顏料。

「但是你為什麼不按照林布蘭的習慣加上『RvR』簽名呢？就是因為這樣，我才發現那不是原畫的。」

李又吸了一口菸，但是他這次沒有回答，可能是害怕自己已經說得太多了。威廉又等了一陣子，才接受了李不會繼續回答問題的事實。

「謝謝，我只是想說很榮幸見到你。」

李沒有理會他，而是看著拉蒙特問道：「我能再拿一根菸嗎？」

拉蒙特說：「整包都給你吧。」他說完便轉過去對蘭利三級監獄官點點頭，表示偵訊結束了。

蘭利也走進這個玻璃箱子。「回到你的牢房，李，動作快一點。」

李緩緩地從椅子上起身，將那包香菸放進口袋，接著彎腰越過桌面與威廉握手。拉蒙特的驚訝全寫在臉上。所有人都不發一語，直到李走出審訊室。

拉蒙特說：「毫無疑問，複製品鐵定是他畫的，這讓我更加確信福克納就是偷畫賊。你有沒有注意到光是提到他的名字，李的手就開始顫抖了？恭喜你，威廉。」

「謝謝長官。」

「還有，雷吉，你還在監聽李的電話嗎？」

「沒錯。每個星期四傍晚六點鐘，而且都是打給他的妻子。」

37 恩斯特・范德韋特林（Ernst van de Wetering）：荷蘭藝術史學家，首屈一指的林布蘭權威。

威廉問：「還有提到畢卡索嗎？」

雷吉回答：「半個字都沒有。」

拉蒙特說：「當然不會了，李不會冒險重複一個訊息兩次的，所以獵鷹會決定那是否足以讓我們開始部署一次完整行動。」

威廉說：「我會。」

「你還沒坐上他的位子，小子。」

＊＊＊

他們回到倫敦警察廳總部後，威廉做的第一件事，是在電話簿S到Z的欄位尋找一個號碼。

他對接起電話的年輕女子說道：「我是華威克偵緝警員，請問艾德華．李[38]讀過斯萊德藝術學院嗎？在學期間應該是一九六〇年代左右。」

「請等我一下，華威克先生，我查查這個名字。」幾分鐘後，她又回來接電話：「沒錯，他在一九六二年高分畢業。事實上，他在那一年贏得了創校人獎，個人展的門票還銷售一空。」

「謝謝妳，這很有幫助。」威廉掛斷電話後查看了另一份檔案，確認福克納在一九六〇年至一九六三年就讀斯萊德藝術學院後，他露出微笑。弗雷德・葉慈教過他，永遠別相信巧合。

接下來的一個小時，威廉都在撰寫走訪彭頓維爾監獄的報告。將報告放在拉蒙特桌上後，他看了看手錶。雖然才五點半，但是他覺得自己可以在獵鷹辦公室的燈關掉之前離開。他抓起外套，準備偷偷溜走時，潔琪說：「祝你週末愉快，這是你應得的。」

威廉說：「謝了。」他迫不及待想見到貝絲，讓她知道她或許有機會與生命中另一個重要的男人團聚。

他回到在特倫查德公寓的房間後沖了個澡，換上比較休閒的服裝。他期待度過一個放蕩縱情的週末。不過呢，他對放蕩縱情的定義是：在艾蕾娜餐廳吃一頓大餐，喝幾杯紅酒，早上在海德公園跑一圈，晚上去看最新的電影（只要沒有警察的都好），十一點與貝絲一起鑽進被窩。

他打算走路到貝絲家，如此一來就能在路上買點花。走到她家門口時，他感覺自己心跳加速。他敲了兩下門，不久後傑茲出現在門口，看著花朵問道：「這是給我的嗎？」

38 譯註：艾迪（Eddie）為艾德華（Edward）的暱稱。

「你想得美。」

「但是貝絲週末不在。」

「什麼？我以為……」

「她要我代她道歉，突然之間有急事。她一回來就會打電話給你。」

威廉把花塞到傑茲手上，說：「那這些就送你吧。」

傑茲看著眼前絕望的求愛者轉過身，萎靡不振地慢慢踱步離開。他關上門回到起居室，將花束交給貝絲，然後問道：「妳不覺得應該跟他說實話了嗎？」

18

星期天晚上，貝絲從家裡打電話向威廉道歉，解釋她必須到醫院看一個朋友，而她不敢在他上班時打電話給他。

威廉說：「如果是重要到可以打斷我睡覺的事情，妳當然可以打電話來。」

「你明天可以來吃晚餐嗎？」

威廉說：「只要沒有其他急事就可以。」他一掛斷電話，就對自己聽起來十分刺耳的言語感到後悔。

星期一早上，威廉第一個抵達辦公室。他坐在辦公桌前，正準備打開第一個資料夾，電話就響了起來。他立刻認出電話那一頭傳來的聲音。

蒙蒂中尉說：「威廉，你說卡特一拿到搜尋派翠絲號的證照，就要我通知你。他的申請今天早上核准了，證照會寄到他家，所以這個星期內應該會收到。」

「謝謝你，東尼[39]。我會馬上告知上司。」

39 譯註：東尼（Toni）為安東尼歐（Antonio）的小名。

剛走進門的拉蒙特問道：「告知我什麼？」

「卡特的打撈證照核准了，所以他幾天內就會展開行動。」

「我會打給德文郡警察局，請他們盯緊他。我也會提醒英國航空的吉姆．崔佛斯密切注意，卡特一訂機票就告訴我們。你不是該出發了嗎？」

「出發去哪？長官？」

「你今天早上應該去史內斯布魯克皇家法院呈交證據。你星期五下午溜走後，我們接到一通電話，出乎大家意料的是，西瑞．安赫斯特提出無罪抗辯，今天早上要開庭審理。如果你不想在法官開始審理前就輸掉你的第一起案子，最好趕緊出發。」

威廉迅速從抽屜中拿出安赫斯特邱吉爾簽名案的資料夾，然後穿回外套。

拉蒙特說：「一定要把他關上二十年啊。」

威廉往門口走去時，正好出現的潔琪說：「至少二十年哦。」

搭地鐵前往史內斯布魯克的路途遙遠，讓威廉有機會複習這起案件的細節，但是他讀完最後一頁後，仍然不明白安赫斯特為何不認罪。

九點四十五分剛過，地鐵進站，威廉一走到街上，便向一個書報攤老闆打聽皇家法院怎麼走。他跟隨男人的指示前進，沒多久就看見一棟氣勢恢弘的建築物聳立在眼前。他衝上階梯，正好在十點之前推開門走進去。他查看了法院的時程表，確認安赫斯特案排定十點整在五號法庭審理。他又衝上一段階梯爬到二樓，看見一個穿著黑色長袍的年輕男子，一臉焦慮地拿著假髮來回踱步。

威廉問：「你是海斯先生嗎？」

「我是，希望你是華威克偵緝警員。」威廉點點頭。

海斯說：「我應該告訴你的第一件事，是由於安赫斯特案的通知時間很短，所以我可以申請延期審理，把開庭時間安排到晚一點。」

威廉說：「不用，我們就開始吧。那個渾蛋的說詞站不住腳的。」

「我同意，但是你的證詞可能還是至關重要，所以我先快速帶你瞭解一下我認為的重點。」

他們坐在五號法庭外的長椅上時，威廉問：「你覺得什麼時候會叫到我們？」

「我們前面還有兩場保釋聽證會，以及一個酒精執照申請審理，所以大概是十點半左右。」

海斯簡潔扼要地向威廉交代完情況後，他更加確信安赫斯特的掙扎只是白費力氣，不過他也向海斯承認，這是他第一次上法院出庭作證。

海斯說：「我相信你沒問題的。我現在得離開，為開庭做準備了。你先去旁邊晃晃，等有人叫你的名字再進來。」

威廉沒有在旁邊晃晃。他在長廊裡來回踱步，隨著時間一分一秒流逝變得越來越緊張。接著，法庭傳達員終於從裡面走出來叫他：「華威克偵緝警員。」

威廉忐忑不安地隨著他走進法庭。他頭也不回地經過被告席，沒有看被告一眼便逕直往證人席走去。

書記官遞給威廉一本《聖經》，他聽見自己宣誓的嗓音比想像中更有信心，因此稍為寬心了一點。但是海斯先生從座位上起身時，威廉心中那少得可憐的信心便消失殆盡。

「華威克偵緝警員，請告訴我們你為何開始調查這起案件。」

威廉開始述說自己如何認識哈查茲書店的經理吉第先生，以及他擔心自己可能買到一套簽名造假的溫斯頓．邱吉爾《第二次世界大戰回憶錄》。他繼續講述自己如何走訪其他間書店，其中好幾間店都曾有人來賣這套書，有幾間店買下了，最終他發現，總共有二十二冊邱吉爾的回憶錄據稱有前首相的簽名。

海斯問：「接下來呢？」

「切爾西的約翰桑多書店的助理打電話給我，告訴我嫌犯又出現了，因此我直接趕到書店，但是他正好剛離開。」

「所以你跟丟他了？」

「沒有，那個男人往史隆廣場走去時，助理向我指認他。我追了上去，距離他很近的時候，看見他走進史隆廣場地鐵站。我繼續跟蹤他，剛好在車門關上前設法和他搭上同一班車。」

「接下來發生什麼事？」

「嫌犯在東達根漢站下車，我尾隨他到一棟位在蒙克賽路的房子。我記下地址，接著搭地鐵回到倫敦警察廳總部。我隔天拿到被告家的搜索票，我在他家找到好幾本簽了名的書，包括一整套溫斯頓．邱吉爾爵士的《第二次世界大戰回憶錄》，其中三本已經簽名，還有幾張紙上寫滿了邱吉爾的簽名。」

海斯說：「這些書都在證物清單中，庭上。」他接著又轉回去面對證人。「你有沒有找到其他重要證物呢？」

「有的，先生。我發現一本初版《小氣財神》，書上有查爾斯．狄更斯的簽名。」

海斯說：「庭上，那本書也在證物清單內，您和陪審團或許會想檢視一下。」

法官點點頭，陪審團便仔細地翻看起那些書，以及那幾張寫滿邱吉爾簽名的紙，看完之後再交還給書記官。

「華威克偵緝警員，你接下來做了什麼？」

「我逮捕了安赫斯特先生，押送他到達根漢警察局，他之後被以詐欺、欺騙和偽造三個罪名起訴。」

「謝謝你，華威克偵緝警員。我沒有問題要問這位證人了，庭上。」海斯說完便坐回位置上。

試煉結束了，威廉鬆了一口氣。沒有他想像得那麼糟。他準備離開證人席時，海斯又站了起來，說：「請留在原地，偵緝警員，我想我那學識淵博的朋友[40]，可能有幾個問題想請教你。」

被告律師說：「我當然有。」她說著便從律師席的另一頭站起身。威廉不敢置信地盯著她。

「庭上，在我開始進行交互詰問前，我應該說明一下，這位證人是我弟弟。」

法官向前傾身，先仔細瞧了瞧葛蕾絲，又看看威廉，但是沒有多說什麼。

「庭上，我可以保證我的事務律師和客戶，都不介意這個非比尋常的情況。但是我學識淵博的朋友，或者證人本身，當然有可能會介意。如果他們介意，我將會自動退出，由初級律師進行交互詰問。」

海斯先生迅速站了起來：「我相信那是最簡單的解決辦法，庭上。」

法官說：「可能吧，但是我更想聽聽華威克偵緝警員的看法。」

威廉想起父親的話：葛蕾絲只接沒什麼希望的案件，而且從來沒贏過。他低聲說道：「放馬過來吧。」一臉挑釁地盯著自己的姊姊。

法官問：「你剛剛說什麼？」

「我很樂意接受我姊姊的交互詰問，庭上。」

「那麼就開始吧，華威克女士。」

葛蕾絲鞠了躬，整理好長袍後便轉身面對證人。她對他露出一個溫暖的微笑，但是他並沒有報以笑容。

「華威克警員，首先，我很喜歡你繪聲繪影地描述，你如何追著我的客戶跨越大半個倫敦，卻沒有逮捕他，隔天早上又回來第二次嘗試逮捕他。聽起來滿像滑稽警察喜劇的，我想陪審團會不禁好奇你當警探多久了。」威廉猶豫了。「別害羞，警員。是幾個星期、幾個月，還是幾年？」

威廉回答：「三個月。」

「這是你成為偵緝警員後第一次逮捕嫌犯？」

威廉心不甘情不願地承認：「對。」

「請你大聲一點，警員，我不確定陪審團有沒有聽到你的回答。」

威廉緊抓證人席的圍欄說道：「對，沒錯。」

40 譯註：英國法庭的慣用語，律師互稱對手為「Learned friend」，表示認可對方淵博的知識，展現尊重。

「我很好奇，警員，你都追著我的客戶從切爾西大老遠跑到達根漢了，為什麼不在他回到安全的家裡前先逮捕他呢？」

「我必須先拿到搜索票才能搜索他家。」

葛蕾絲說：「真是越來又有意思了，因為你大可在安赫斯特先生在東達根漢站下車的那一刻就逮捕他，帶他到當地警察局，向值班的高階警官要求行使第十八節的權利，在當天搜索他的住家。」

威廉知道她說得沒錯，但是他無法承認自己犯下如此基本的錯誤，所以他保持沉默。

「警員，我是不是能假設你讀過《一九八四年警察與刑事證據法》第十八節，明白這條規定授予你逮捕後搜索嫌犯住所的權利？」

讀過好幾次，儘管威廉想這麼告訴她，但是他仍然不發一語。

「你似乎不想回答我的問題，警員，我是否能假設你一點也不擔心，隔天早上回來時我的客戶可能已經銷毀證據，或者消失不見？」

威廉試著反擊：「但是我確信他沒有看見我。」

「是嗎？警員？你記得你和一名同仁隔天帶著搜索票抵達他家時，安赫斯特先生對你說了什麼嗎？」葛蕾絲拉了拉長袍的翻領，又重新調整假髮，隨後盯著她的弟弟，露出同樣溫暖得足以融化他人心防的微笑，接著說：「需要我提醒你一下嗎？」她又等了半晌，讓威廉的窘迫拖得更久一點，才轉向陪審團說道：「他說：『你們想喝杯茶嗎？』」

法庭上有幾個人笑了出來。法官對他們皺眉。

葛蕾絲說：「你不覺得那聽起來不像一個害怕被逮捕、被關進監獄的有罪之人說的話嗎？」

「沒錯，但是……」

「警員，如果你可以專注回答我的問題，不要提出你個人的看法，那樣會比較有幫助。」

威廉被她猛烈的攻擊震懾住，而且顯然還沒準備好回答她的下一個問題。

「你是鑑定偽造簽名的專家，還是你只是理所當然地認定我的客戶有罪呢？」

「我不是，我有九位書店業者的書面證詞，安赫斯特先生都向他們提供過有邱吉爾簽名的全套《第二次世界大戰回憶錄》。」

「很可惜，包括最先報案的哈查茲書店經理在內，今天他們沒有一個人有空上法庭作證。你星期六早上到過哈查茲書店嗎？」

威廉回答：「沒有。」他對這突如其來的問題感到困惑。

「如果你當時在現場，華威克警員，就會得到一本格雷安·葛林最新出版的小說《第十個人》，因為作家本人親筆簽名超過一百本，之後又在西區其他書店簽了更多本小說。所以，溫斯頓爵士身為政治人物，為讀者在自己的作品上簽簽名應該不奇怪吧。」

幾名陪審員點點頭。

仍然想反擊的威廉急忙說道：「但是我們找到另外幾本書。別忘了還有一本初版《小氣財神》，書上有查爾斯·狄更斯的簽名，這只是其中一例。」

葛蕾絲說：「我很高興你提起狄更斯，因為我的客戶一直以來都很珍惜那本傳家之寶，那是他已故的父親留給他的，所以他絕對不會出售。各位應該會想知道，我的客戶留有當年購買那本書的收據，日期是一八四三年十二月十九日，售價是五先令。」

海斯先生迅速起立。「法官大人，我必須抗議，被告並沒有提供這份文件作為證據。」

葛蕾絲說：「理由很簡單，庭上。我的客戶從他被逮捕那天開始，就一直在尋找那張收據，但是華威克警員和他的同僚把他家翻得亂七八糟，所以他直到今天早上才找到。」

海斯用大到陪審團聽得見的音量說：「還真是巧啊。」法官皺了皺眉，但是沒有訓斥他。

陪審團又一次花時間仔細研究那張收據。

威廉匆匆地看了一眼收據後，葛蕾絲說：「華威克警員，你應該不會認為那也是我的客戶偽造的吧？」

幾名陪審員開始交頭接耳，海斯則在本子上做了筆記。

葛蕾絲帶著微笑對弟弟說道：「我沒有問題要問這位證人了，庭上。」

法官說：「謝謝妳，華威克女士。現在或許正好適合休庭吃午餐。」

※ ※ ※

海斯一邊在法院餐廳裡享用凱撒沙拉，一邊說：「我們還沒被打敗。」

威廉說：「但是我沒有幫上忙。」他實在吃不下飯。「應該提醒我姊姊，我們在安赫斯特家找到好幾張寫滿邱吉爾簽名的紙。」

海斯說：「別擔心，等安赫斯特一走上證人席，我就會一遍又一遍地提醒陪審團那些偽造的簽名。」

威廉說：「而且那張收據讓我很困惑，我們搜索房子的時候怎麼沒找到呢？」

「我猜是因為收據當時根本不存在，安赫斯特應該是最近才買來給自己辯駁用的。我應該用這一點要求他不得在宣誓下說謊。」

威廉瞄向餐廳另一頭的姊姊，她正在與自己的事務律師一起吃午餐，他猜測那個人就是克萊兒。但是她們完全沒有朝他這裡看過一眼。

＊＊＊

休庭結束後，格雷法官問被告律師是否要傳喚她的第一位證人。華威克女士從座位上起身說道：「我不會傳喚任何證人，庭上。」

法庭上有不少人開始竊竊私語。威廉向前傾身，在海斯耳邊問道：「安赫斯特不作證的話，不會讓陪審團認為他有罪嗎？」

「有可能，但是別忘了你姊姊會做最後陳述。如果我是安赫斯特的律師，我也會給他相同的建議。」

法官的目光轉向控方律師。

「海斯先生，你準備好代表皇家法院發表結論了嗎？」

海斯說：「準備好了，庭上。」他站起身，將案件總結稿放在面前的小架子上。他咳了幾聲，調整好假髮，轉向陪審團。「各位陪審員，這樁案件還真是變得耐人尋味——儘管你們也許會覺得自己正在看一齣《哈姆雷特》，只是這裡沒有王子。我先問問各位，為什麼被告律師在交互詰問華威克偵緝警員時，從未提及在被告家中找到的，那幾張寫滿溫斯頓·邱吉爾簽名的WH史密斯四十九磅格線便條紙。我想我們可以假設，那些不是我們偉大的二戰時期領導人簽的，那是因為他早在英國採用十進制[41]之前就已過世了。」

「我們也知道，華威克偵緝警員在被告家找到一整套邱吉爾的《第二次世界大戰回憶錄》，全套六冊中有三冊簽了名，另外三冊沒有。所以我想問問，為什麼另外三冊沒有簽名？」海斯停頓了一下。「或許是因為他正準備要簽？」

其中幾名陪審員用微笑肯定海斯的表現。

「接下來，必須考慮有查爾斯．狄更斯簽名的《小氣財神》。被告律師想讓你們認為那是傳家之寶，是一代又一代傳下來的。你們不覺得有點太巧了嗎？更有可能的情況是，安赫斯特先生在倫敦四處走訪書店時，買了一本沒有簽名的《小氣財神》，加上那本書原本的收據？你們也可以問問自己，為什麼兩名倫敦警察廳總部的警探，在安赫斯特先生的住所翻箱倒櫃搜查後，卻沒有找到那張收據。」

海斯的目光從頭到尾沒有離開陪審團，他繼續說：「我很樂意讓你們決定，要相信我那學識淵博的朋友說的浪漫版本，還是有事實佐證的更有可能發生的版本。我有信心，相信常識會戰勝一切。」

海斯回到自己的座位上時，威廉很想拍手叫好，感覺他們又有勝算了。法官看向被告律

41　譯註：英國和愛爾蘭政府在一九七一年將貨幣改採為十進制，而邱吉爾於一九六五年逝世。

師，問她是否已經準備好為被告做結案陳詞。

葛蕾絲從座位上起身時回答：「早就準備好了，庭上。」她先直勾勾地看向陪審團，過了半晌才開口。

她首先提醒他們，英國法律規定被告有權不站上證人席，因為那對「這位脆弱的老紳士」而言，可能會是一場折磨。

海斯嘀咕：「他才六十二歲。」不過葛蕾絲仍然逆風前行。

「現在來看看這起案件中最重要的證據。如果安赫斯特先生真的有罪，而且擁有一本作家親筆簽名的初版《小氣財神》，他為什麼不拿去賣呢？那可以賣到比全套邱吉爾簽名版《第二次世界大戰回憶錄》高十倍的價錢。我告訴你們為什麼，那是因為他不願意割捨傳家之寶，他終有一天要將那本書傳承給下一代。」

威廉對海斯耳語：「他沒有小孩。」

「你應該早點告訴我的。」

葛蕾絲繼續說：「各位陪審員，我昨天晚上在為開庭做準備時，花了一點時間計算，如果安赫斯特將華威克警員提供為證物，且聲稱簽名造假的那三冊邱吉爾回憶錄拿去賣，可以賺多少錢。結論是一百多英鎊。所以，陪審員先生和女士，我想這並不算什麼罪大惡極的世紀大案。但是不知道是出於什麼原因，倫敦警察廳總部選擇以最嚴苛的法律懲罰安赫斯特先生。」她又強調：「如果你們認為檢方確切無疑地，證明了西瑞．安赫斯特是一名偽造大師，是技巧純熟的詐欺犯，那麼他就應該在監獄度過耶誕節。但是，如果你們認為，而我也認為你們會這們想，檢方並沒有證明這一點，我相信你們一定會讓他從苦難中解放出來，讓他可以像小提姆[42]的父親一樣，與心愛的家人共度耶誕節。」

葛蕾絲坐下時，海斯先生轉頭對威廉耳語：「真是厲害，果然虎父無犬女，你父親一定為她感到驕傲。」

威廉嘶聲說道：「但兒子就不會讓他驕傲了。」他此時巴不得殺了葛蕾絲。

法官的案件總結十分公正，沒有偏頗。他如實陳述事實，沒有試圖影響陪審團的裁決。他著重強調那幾張沒有解釋的邱吉爾簽名，但是也特別提到檢方沒有證據證明那本《小氣財神》並非傳家之寶。他說完案件總結後，指示陪審團退庭討論他們的裁決。

兩個多小時後，七名男性和五名女性組成的陪審團回到他們的座位上。他們坐定後，書記官請陪審團團長起立。一個穿著看起來有點緊的時髦格紋套裝、身材肥碩，看起來很強硬的女子，從第一排最靠邊的位置起身。

「陪審團團長，你們做出一致的裁決了嗎？」

42 譯註：《小氣財神》（*A Christmas Carol*）的角色。

「是的，庭上。」

「第一項指控，在十八本書上偽造溫斯頓．邱吉爾爵士的簽名，意圖欺騙大眾並以此謀利。你們認為嫌犯的罪名是否成立？」

她堅定地回答：「罪名不成立。」

「第二項指控，持有一本偽造查爾斯．狄更斯簽名的書籍，意圖欺騙大眾並以此謀利。你們認為被告的罪名是否成立？」

「罪名不成立。」

「第三項指控，持有三冊偽造了溫斯頓．邱吉爾爵士簽名的邱吉爾《第二次世界大戰回憶錄》，你們認為嫌犯的罪名是否成立？」

「罪名成立。」

法庭上有人不敢置信地倒抽一口氣，威廉則是鬆了一口氣。就算他明天無法懷著大獲全勝的喜悅心情去上班，至少也不必承認自己輸得一敗塗地。

書記官說：「嫌犯請起立。」

安赫斯特微微垂著頭站了起來。

「西瑞．安赫斯特，你犯了一項嚴重的罪行，罪名成立，我判處你一年監禁。」

威廉試著不露出微笑。

「不過，有鑑於你到目前為止都沒有任何不良紀錄，且這是你第一次被判刑，我判你緩刑兩年，我建議你在這段時間內不要走訪太多間書店。你可以自由離開法庭了。」

安赫斯特說：「謝謝庭上。」接著便走下被告席，緊緊抱住自己的辯護律師很長一段時間。

威廉握了握海斯的手，感謝他英勇的表現。

「你姊姊非常聰明。」海斯不得不承認。「在幾乎沒什麼優勢的情況下，她二比一贏過我們，最後的判決甚至偏向她那一方。如果我再遇到她，一定不會犯同樣的錯誤。」

威廉說：「我也是。」接著便靜悄悄地溜出法庭。他看見葛蕾絲站在長廊上等他。她對他咧嘴一笑，那是他再熟悉不過的表情。「有空喝一杯嗎？老弟？」

＊＊＊

那天吃晚餐的時候，威廉一五一十地告訴貝絲法庭上發生的事。她爆笑出聲，然後說：「你完全是個白痴。」

「我同意，我現在很怕明天去上班。就算我沒被送回街上巡邏，我也一定會被釘在牆上。」

貝絲說：「我敢說你會變成被釘在牆上的笑柄。真希望法官宣判緩刑的時候，我能在現場看看你臉上的表情。」

「感謝老天妳不在，但是假如再讓我遇到我姊，我一定會準備得更充足。」

「她也會的。」

「妳到底支持誰啊？」

「我還沒決定好，因為你還沒告訴我，你是怎麼在彭頓維爾監獄套出艾迪・李的話。」

威廉放下刀叉，開始鉅細靡遺地描述會面的過程。他說完後，貝絲只說：「蛋黃。這不只能彌補你今天早上在證人席上差強人意的表現，還遠遠超過了。但是你覺得李知道林布蘭的原畫在哪裡嗎？」

「我認為他知道，因為我發現他和福克納曾經同時就讀斯萊德藝術學院。不過他不可能告訴我們的。事實上，我想他應該很後悔說了那些話。」

「或許等你明天把複製品送回福克納家時，會得到更多情報。」

「也許我連鐵門都進不去。」

19

威廉在辦公桌前如坐針氈，等待面對自己的命運。他正研究著藍色時期畢卡索案的最新進展，拉蒙特便快步走進辦公室。

偵緝督察組長的第一句話是：「昨天的結果怎麼樣了？」

威廉深深吸一口氣。「安赫斯特被判一年監禁，但是法官判他兩年緩刑。」

拉蒙特喜孜孜地搓著手說道：「真是不能再更好了。」

威廉問：「什麼意思？」

「我打賭贏了，可以拿走所有賭金。一年加上緩刑。」此時潔琪走進來。

潔琪連外套都還沒脫就問道：「誰贏了？」

拉蒙特說：「是我。」

「可惡。」

威廉問她：「妳賭什麼？」

「六個月緩刑。我不只輸了，還被你打敗了，你這個幸運的傢伙。」

「什麼意思？」

「法官把我和我的第一件案子一起丟出法庭了。我把一件重要證物留在車上，所以被告甚至沒站上證人席就被釋放了。」

威廉忍不住爆笑出聲。

拉蒙特說：「好了，我們都開始工作吧。潔琪，我要妳跟我走一下明天晚上的行動流程，我才能准許行動。」

潔琪迅速走到辦公桌前，拿起與案件相關的卷宗。

「威廉，林布蘭的複製畫放在一輛上鎖的廂型車裡，現在停在停車場。你去櫃台拿個鑰匙就能上路了。雖然說我們都不認為你進得了莊園的鐵門啦。」

威廉問：「福克納昨天飛往蒙地卡羅了嗎？」

「對，他大概中午時在尼斯降落，至少要一個月之後才會回來。」

霍克斯比大隊長從門後探出頭：「所以最終裁決是什麼？」

拉蒙特說：「一年加上緩刑。」

「可惡。」

威廉問：「我能問嗎？長官？」

「社區服務五十小時。」

拉蒙特問：「長官，我敲定『藍色時期行動』的細節後，我和羅伊克羅夫特偵緝巡佐能找你一下嗎？」

「當然沒問題，布魯斯。還有，威廉，祝你跟福克納夫人談得順利。」

威廉到櫃台報到，領走廂型車的鑰匙，接著往地下停車場走去。他檢查了一下，確定裝著畫作的板條箱安穩地固定在廂型車的後車箱，這才開出停車場，來到百老匯街上。前往林普頓的路途中，他在腦中演練他的計畫的A、B和C階段，但是旋即發現假如自己連莊園的鐵門都進不去，可能不到一小時就得回到總部。

他早上與貝絲道別時，承諾會準時回來吃晚餐。

她開玩笑：「還要帶著六位安全地坐在廂型車裡的布商公會理事喲。」

威廉顧慮到車裡的畫作，因此一次都沒有超過速限。拉蒙特警告他，若是畫作沒有安然無恙地回到福克納手中，布斯．華生御用大律師就會在這個星期為他的客戶要求賠償。

他來到漢普郡郡，抵達風景如畫的林普頓村時，不費吹灰之力就找到了福克納的房子。林普頓大宅不可一世地矗立在山丘上，成為一道最顯眼的風景。威廉順著指示牌開上一條蜿蜒的鄉間小路，往前開了幾英里後才停下來，眼前是兩扇鐵門，兩側的石柱上各有一頭趴臥的獅子。

他下車走向鐵門，看見牆裡嵌著兩個對講機。上面的按鈕旁邊的黃銅牌子寫著「林普頓大宅」，下面的那個寫著「業務」。他按了上面的按鈕，但是馬上就後悔了，他如果按「業務」門鈴，或許才更有機會進入房子。對講機傳出一個聲音問道：「哪位？」

「我有一件特別的貨物要交給福克納先生。」

威廉屏住呼吸，出乎他意料的是，鐵門居然敞開了。

他緩緩地開進去，一邊欣賞車道兩側有幾百年歷史的老橡樹，一邊思考計畫的下一個環節。他最後停在一棟房子前，一棟即使出現在《鄉間生活》雜誌封面也完全不會格格不入的房子。

一個又高又瘦，身穿黑色燕尾服和細條紋長褲的男子打開正門。他看著威廉，一臉他走錯地方的樣子。兩個比較年輕的男子咻地從樓梯上跑下來，迅速跑向廂型車的後車箱。該考慮B階段了。

威廉打開廂型車後門，拿出書寫板，那兩個年輕男子則小心翼翼地抬起板條箱，搬著畫作走上階梯，靠在大廳的牆上。管家正要關上門，此時威廉以他希望與父親一樣有威嚴的聲音說道：「我需要收件人簽名才能交付這個包裹。」

如果他當著自己的面重重關上門，威廉也不會意外，但沒想到的是，管家不情願地從外套內側的口袋拿出一支筆。該執行C階段了。

威廉說：「抱歉，但是簽收單必須由福克納先生簽名。」他像上門推銷的推銷員一樣，一隻腳踩進門內。如果管家開口說要不要隨便你，他就只能拿著管家的簽名不發一語地離開。

此時後方傳來一個聲音問道：「福克納太太簽名的話可以嗎？」

一位優雅的中年女子出現在大廳。她穿著一襲紅色絲質浴袍，更突顯了她的雍容華貴。是不是確實如弗雷德．葉慈常說的，有錢人不會在十點前起床？不過，看著她烏黑的頭髮、古銅色的肌膚，以及隱隱約約散發的權威，眼前這一位毫無疑問是當家女主人。

她簽了名，正當威廉準備要離開時，她說：「謝謝你，這位……」

「華威克，威廉．華威克。」他打破了自己試著不要聽起來像個乖乖牌學生的原則。

「我是克里斯蒂娜．福克納，有空陪我喝一杯咖啡嗎？華威克先生？」

雖然這不在威廉計劃的A、B和C階段內，他還是毫不猶豫地回答：「謝謝。」

福克納夫人說：「把咖啡端到客廳，馬金斯。還有，畫作拆封後，我想要掛回原位。」

「沒問題，夫人。」

福克納夫人領著威廉走進客廳時說道：「邁爾斯哪天終於回家的時候，看到畫回來一定會很高興。」她特別強調了「終於」兩個字。

威廉的目光根本離不開四周的牆面上，那一幅幅令人嘆為觀止的畫作。邁爾斯．福克納或許是個罪犯，但是他毫無疑問是個有品味的罪犯。西斯萊、西克特、馬諦斯和畢沙羅的畫作確實令收藏增色不少，但是威廉的目光停留在一幅畫了一碗橘子的小小靜物畫上，他從沒看過這個畫家的作品。

福克納夫人說：「費爾南多．波特羅。」她又補了一句：「我的同鄉，他和我一樣，年輕時從哥倫比亞逃出來。」此時管家端著托盤走進來，上面放了咖啡和各式各樣的餅乾。

威廉坐了下來，看著壁爐架上方牆面的巨大空位，心想那一定是林布蘭畫作原本掛的位置。管家將托盤放在骨董咖啡桌上，威廉覺得自己看過這張桌子，但是那兩個年輕男子搬著畫進入客廳時，他的思緒就被打斷了。

管家負責掛畫，畫作回到原位後，他向福克納夫人微微一鞠躬，便小心翼翼地退出去。

福克納夫人為面前的客人倒了一杯咖啡，說道：「我沒想錯的話，你應該是個警探吧，華威克先生？」

威廉回道：「沒錯，我是。」但是資歷很淺，他把這句話憋在心裡。

她交叉雙腿，然後說道：「那麼我能不能就一件私事問問你的意見呢？」

威廉不再盯著《布商公會理事》，而是轉頭面向女主人。他擠出一句：「當然，沒問題。」

「但是在我開口之前，我得先確定你會守口如瓶。」

他又說了一次：「當然。」

「我需要私家偵探的幫忙，我需要一個謹慎、專業，最重要的是，值得信賴的人。」威廉說：「許多倫敦警察廳的警察退休後都轉做私家偵探，我確信我的上司很樂意推薦幾個人選。當然，是私下推薦。」他補充。

「真是好消息，華威克先生。不過，想必不用我多說你也知道，這千萬不能讓我的丈夫發現。他現在不在家，而且至少一個月不會回來。」

「我確信能為妳找到適合的人選，福克納夫人，而且早在妳丈夫回來前就能辦好。」他又偷瞄了那幅畫最後一眼，因為他覺得之後可能再也看不到了。

「你真的很喜歡那幅畫是不是？」

威廉老實承認：「沒錯。」

「那也是邁爾斯的心頭肉之一，可能是因為這樣，我們在蒙地卡羅的房子客廳才會有另一幅一模一樣的畫。老實說，我始終分不出那兩幅畫的差別。」

威廉的手開始劇烈地顫抖，抖到灑了一些咖啡在地毯上。「真是抱歉。」他說：「我真是太笨手笨腳了。」

「別擔心，華威克先生，小事一樁。」

妳可不知道這是一件大事，威廉心想，他的心臟仍然因為她那一番話透露的消息而劇烈跳動。

福克納夫人問：「我能請你共進午餐嗎？如此一來，我就能帶你看其他的收藏了。」

「妳真好心，但是我的上司一定在想我上哪去了，所以我最好趕快回去。」

「那麼就下次吧。」

威廉緊張地點點頭，福克納夫人送他回到大廳時，管家早已站在門口。

兩人握手道別時，她說：「很高興認識你，華威克先生。」

威廉說：「我也是，福克納夫人。」他注意到管家正緊緊盯著他。

威廉迫不及待回到總部，告訴大家福克納夫人不小心說溜嘴，證實了《布商公會理事》原畫此時掛在福克納位於蒙地卡羅的別墅裡。他彷彿已經能看到，貝絲聽見這個好消息時興奮地手舞足蹈的模樣。但是他背後的鐵門關上時，他才忽然想通，抱著頭大吼：「你這個白痴！」為什麼不接受她的邀請共進午餐呢？他本來可以欣賞所有收藏，或許還有機會認出其他下落不明的畫作。

他又更大聲地吼道：「白痴！」他寫報告交給拉蒙特時，或許不該提到自己錯過了這個大好機會。

＊　＊　＊

威廉不甘心地離開林普頓大宅，他又暗自罵了好幾聲「白痴！」，才開上高速公路。

他回到總部，停好廂型車，還了車鑰匙後逕直回到辦公室。他看見拉蒙特和潔琪正在研究一張插滿紅色小旗子的地圖，這是為隔一天晚上展開的藍色時期計畫做最後的沙盤推演。他走進來時，兩人都抬頭看他。

拉蒙特問：「你有進到鐵門內嗎？」

「我不只進了鐵門，還能告訴你們林布蘭的畫在哪裡。」

拉蒙特和潔琪把紅色小旗子全拋到一邊，專心聽威廉的回報。他報告完所有經過——只漏了一點點細節——之後，拉蒙特只說了一句話：「我們應該馬上報告大隊長。」

威廉和潔琪猜想他確實是說「我們」，便跟著他走出辦公室，穿過走廊來到霍克斯比的辦公室。

拉蒙特走進辦公室時，對霍克斯比的祕書說：「安琪拉，我得馬上見大隊長。」

她說：「他正在和慕林斯督察組長談話，但是我想應該很快就會結束。」

威廉悄悄問潔琪：「誰是慕林斯？」

「緝毒組的。你最好祈禱自己別調到他的部門，沒幾個人撐得下來，撐下來的人也變得判若兩人了。」

又過了幾分鐘，門打開了，霍克斯比大隊長陪著慕林斯督察組長走出來。

慕林斯說：「早安，布魯斯。」一邊大步往門口走去，完全沒有停頓。

霍克斯比說：「希望你們帶點好消息給我，因為今天到目前為止都很糟糕。」

「林布蘭失竊案可能有重大突破，長官。」

「那麼你們最好趕快進來。」

所有人都在霍克斯比辦公室的會議桌旁坐定後，威廉開始娓娓道來他與福克納夫人的見面過程。獵鷹的第一反應出乎他的意料。

「我不覺得『我們在蒙地卡羅的房子客廳才會有另一幅一模一樣的畫。老實說，我始終分不出那兩幅畫的差別。』是說溜嘴。我認為福克納夫人非常清楚，她對自己親自請喝咖啡的年輕警探說了些什麼。」

拉蒙特說：「我同意，除此之外，她還想認識一位可以託付的私家偵探，怪不得她願意打開鐵門。」

威廉問：「所以她想做什麼？」

潔琪說：「我認為很明顯，我猜她是因為打算與丈夫離婚，所以需要私家偵探，分到一大筆財產已經無法滿足她了。她想要復仇，還有什麼比告訴我們林布蘭畫作在哪更好的復仇方式呢？」

霍克斯比說：「考量到她的對手是誰，這樣做根本是鋌而走險。」

威廉說：「她有七年的時間可以策劃。」

拉蒙特說：「那可能還不夠。」

霍克斯比問：「布魯斯，想到什麼適合的人選了嗎？」

「麥克・哈里森是我的首選。能幹、可靠，而且值得信賴。如果她雇用他，我們就有內應了。」

霍克斯比說：「你們見個面，如果他同意，威廉就可以把他引薦給福克納夫人。」

拉蒙特說：「我馬上去辦，長官。」

「做得好，威廉，雖然福克納在家的時候，要把林布蘭的畫弄出他在蒙地卡羅的住宅並不簡單，但是如果他的妻子與我們站在同一陣線，我們或許有機會給他出其不意的驚喜，扭轉局勢。現在先處理更緊急的問題。潔琪，藍色時期行動都準備好了嗎？」

「已經得到允許，可以在明天晚上展開，長官。我們會把那片土地包圍得滴水不漏，就算是一隻鼴鼠，也無法在我們的眼皮底下偷偷摸摸鑽洞出去。」

「布魯斯，確定找好所有必要的後援了嗎？」

「薩里警察局非常配合，長官。他們提供了二十位左右的警官，他們會在兩輛警用巴士上待命，分別守住入口和出口。犯人一從房子出來，我們就來個甕中捉鱉。」

「屋主呢？」

「他們去塞席爾共和國度假了，福克納想必也知道，所以他們完全不會受到波及。」

「拘留犯人之後一定要馬上打電話給我，不管是幾點。」

潔琪說：「應該會是凌晨兩、三點左右，長官。」

霍克斯比又說一遍：「不管是幾點。」

拉蒙特、潔琪和威廉知道會議結束了，便紛紛起身。

他們轉身準備離開時，霍克斯比叫住他：「華威克，你可以留下來一下嗎？我有幾句話跟你說。」

威廉覺得「可以」兩個字十分好笑，雖然他猜測自己大概要因為對安赫斯特案的準備不夠充足，被罵個狗血淋頭了。

拉蒙特和潔琪離開後，霍克斯比說：「威廉，我總是叮囑自己永遠不要干涉手下警員的私人生活，除非那可能影響正在調查的案件。」

威廉在椅子上如坐針氈。

「不過，我注意到你最近與一名年輕女性交了朋友，因為她在菲茲墨林博物館工作，所以算是林布蘭失竊案的相關人士。」

威廉承認：「不只是朋友，長官，我只差沒有與她同居了。」

「正因為如此，你更要當心。我接下來說的話是命令，不是請求。這樣說夠清楚了嗎？」

「是的，長官。」

「不論是什麼情況，你都千萬不能告訴這間辦公室以外的人，我們可能知道失竊的林布蘭畫作在哪裡。事實上，你最好別告訴雷恩斯福德小姐所有與調查相關的事情，我是指所有事情。」

「我明白了，長官。」

「應該不必我提醒你，你身為警察，已經簽署遵守《政府機密法》，如果你違反這條法律，或破壞任何你參與的行動，可能就要面對紀律委員會的懲處，就算沒有開除你，也鐵定會嚴重影響你的前程。還有任何問題嗎？」

「沒有了，長官。」

「那麼就回到你的崗位上，不可以向任何人提起這段對話，連你的同事也是。清楚嗎？」

「很清楚，長官。」

威廉回到座位上後，看著面前堆積如山的案件卷宗，大隊長的話卻在他心中揮之不去。今天早上，他忐忑不安地害怕來上班。今天晚上，他忐忑不安地害怕回到家。

＊＊＊

貝絲聽見正門打開的聲音時，立刻衝出廚房，跑到走廊上。

威廉連夾克都來不及脫下來，她就問道：「你和福克納夫人的會面怎麼樣呀？」

「我連鐵門都沒有進去。」

她用手臂環住他的脖子說道：「你是個貼心可愛的男人，但是說起謊來真的很沒說服力。」

威廉抗議：「不，是真的。」

她往後一站，更仔細地打量他。她突然變了語調問道：「他們跟你說了什麼關於我的事？」

「沒有，我發誓，真的沒有。」接著他想起霍克斯比的話：不論是什麼情況，你都千萬不能……告訴雷恩斯福德小姐所有與調查相關的事情，我是指所有事情。哪種情況？威廉暗自思忖。他接著想起來，他前往巴恩斯塔波前買花給貝絲時，潔琪說的話：雷恩斯福德？為什麼好像在哪聽過這個名字？

＊＊＊

威廉隔天早上到辦公室做的第一件事，就是寫一份報告，詳細交代他拜訪林普頓大宅的過程。他將報告交給拉蒙特後，撥打了福克納夫人的私人電話。

「我想我找到合適的人選幫助妳了，福克納夫人。妳什麼時候想見他呢？」

「我下星期一會開車去倫敦，你何不來與我共進午餐呢？我不能再冒險讓你到這裡來了。」

威廉失望地問：「為什麼呢？」

「你還沒有抵達鐵門前，馬金斯就會打電話給我丈夫了。事實上，邁爾斯昨天晚上還打電話給我，問我為什麼讓你進家門。」

「你怎麼跟他說的？」

「我說你歸還畫作的時候說溜嘴，告訴我林布蘭案的調查已經停止，被歸類為未解懸案了。」

「妳覺得他相信妳嗎？」

「邁爾斯是深不可測的人，我想就連他都不知道自己何時在說實話。那麼就約在麗思飯店，一點鐘？我請客。」

當然不會是沃特斯女士請客，威廉掛斷電話時心裡想著。

那天上午，他與拉蒙特吃了一頓不一樣的午餐。他們在夏洛克福爾摩斯酒吧享用了豬肉派、一包洋芋片和一品脫的苦啤酒，還有與麥克．哈里斯見上一面。警察中的警察，這是拉蒙特對他的形容，而威廉馬上就明白那是什麼意思。他非常豪爽直率，他打從與威廉見面一開始，就把他當作同輩。更重要的是，他與其他團隊成員一樣，渴望找回失竊的林布蘭。畫作七年前失竊時，他就是藝術與骨董組的一員，因此他認為這是自己的未竟之業。

當天晚上回家的路上，威廉買了一束花作為與貝絲和解的禮物。但是當他用鑰匙轉動門鎖，便知道她不在家。接著他想起來——星期二是菲茲墨林博物館的好友之夜。用煙燻鮭魚三明治、一碗碗堅果和氣泡酒，讓博物館的忠實支持者慷慨解囊。不到十一點，她是不會回家的。他接連兩天晚上都回到特倫查德公寓，十點半時打電話給她，十一點十又打一次，但是她都沒有接電話，他便上床睡了。

20

格林威治標準時間早上五點四十三分

威廉被電話鈴聲吵醒。他抓起話筒，心想是誰會在一大清早打電話給他。他希望是貝絲。

「卡特開始行動了。」那個他馬上就認出來的聲音說道：「我們在希斯洛機場第二航廈會合。車子已經出發了，應該幾分鐘後就會到你那裡。準備一個旅行袋，這次別忘記帶護照。」

威廉掛斷電話後，立刻走進浴室。他迅速沖了個澡，用更快的速度刮好鬍子（有兩個小割傷可以證明），接著回到臥室打包過夜的行李。幾件上衣加上褲子、襪子和牙刷，最後從書桌抽屜拿出他的護照。那輛車已經在外面等著，引擎聲轟隆作響。他立刻認出駕駛，就是那位風馳電掣送他到切爾西的警員。

他說：「早安啊，丹尼。」

格林威治標準時間早上六點三十七分

潔琪當天沒有接到任何電話就自己醒來了。威廉在M4高速公路上飛馳的時候，她已經在前往滑鐵盧站的路上。

拉蒙正在第十一號月台上等她，他們搭上七點二十九分前往吉爾福德的火車，二等座。他們一抵達就見到沃爾警司，薩里警察局唯一一個完全知道當天所有計畫的人。

沃爾爬進駕駛座發動引擎時，拉蒙特問：「你沒有司機嗎？」

他粗聲粗氣地回答：「預算被砍了。」

格林威治標準時間早上七點十四分

威廉一抵達航廈便看見他。深藍色雙排釦西裝外套、白色襯衫和條紋領帶。大隊長睡覺時可能是穿雙排釦睡衣吧。

「早安，長官。」

「早安，威廉。卡特訂了英國航空〇〇三號班機飛往羅馬，一個半小時後起飛，而我們搭四十分鐘後起飛的義大利航空班機。蒙蒂中尉會在機場與我們碰頭，之後再開車前往奇維塔韋基亞。我們要在這裡多待幾分鐘，確定卡特去櫃台報到。如果他懷疑有人跟蹤他，可能會中止整個計畫，到時候我們就返回倫敦警察廳總部，不去羅馬了。」大隊長的話還沒說完，他就抓住威廉的手臂，朝英國航空櫃台的方向點點頭。卡特大步往報到櫃台走去，身邊跟著一個威廉不認得的男人，他提著一個裝得鼓鼓的旅行袋，手推車上放了兩個小行李箱。

霍克斯比說：「我可能知道旅行袋裡裝了什麼，但是我們現在不能採取行動。」

「可以讓保全在他登機前搜查他。」

「那是我們最不樂見的情況。」

「為什麼？」

霍克斯比說：「兩個原因。」此時卡特拿到自己的登機證。「首先，我們得先合理懷疑他即將犯罪，才能考慮檢查他的行李；第二，如果我們沒找到任何可疑的東西，就是打草驚蛇，曝光了自己。」

他們往護照查驗櫃台走去時，威廉問：「你認得另一個男人嗎？」

「達米恩．葛蘭，曾犯嚴重人身傷害罪，前舉重選手，最近的身分是俱樂部保鑣。他出現在這裡，只是為了確保旅行袋安全抵達目的地。」

「義大利航空最後登機廣播，航班號碼……」

格林威治標準時間早上十點〇七分

三位警官在沃爾警司的辦公室坐定後，開始檢查和反覆確認藍色時期行動的每一個細節。拉蒙特回答完最後一個問題時，沃爾查看了手錶。「現在該去地下停車場，向部隊說明情況了。我們只有這個空間能容納你們的小軍隊。」

拉蒙特和潔琪跟著警司走出辦公室，走下一道斑駁陳舊的階梯來到停車場，看見二十四名男警和兩名女警正在交頭接耳，因為他們不知道自己為什麼在這裡。警司一出現，全場便鴉雀無聲。

他說：「早安。」一邊用短手杖敲著自己的腿。「今天有兩位倫敦警察廳的警官來訪，我們要協助他們，在我們的轄區展開一項特別行動。接下來交給拉蒙特偵緝督察組長，他會向你們說明細節。」

拉蒙特先等潔琪把畫架擺好，放上一張巨大鄉村莊園的空拍圖。

拉蒙特說：「各位先生女士，倫敦警察廳已經籌備這場行動好幾個月，但是我們一直都知道，行動成果將仰賴第一線人員的專業。」他指著他們說道：「就是你們！」

人群中傳出笑聲和稀稀落落的掌聲。

沃爾繼續說：「我們有充分的理由認為，一個組織精良的犯罪集團，今天晚上會突襲這座莊園。」潔琪指向照片中那一棟有幾英畝綠地簇擁的盧泰恩斯風格宅邸。

「犯罪集團的目標，是竊取一幅價值幾百萬英鎊的畢卡索作品，然後在警察抵達前逃之夭夭。但是我們會在那裡等他們。你們可能想問，明明只會有三到四名竊賊，為什麼需要出動這麼龐大的警力參與行動，那是因為我們知道幕後黑手是誰，而他過去實在打敗我們太多次了。所以，我們這次要在他認為自己得逞之前打爆他的蛋蛋。」

第二波更大聲的掌聲隨之而來。

拉蒙特繼續說：「我可以向各位保證，罪犯為了這次精心策劃的行動做足了功課。他們知道屋主去度假了，也知道從最近的警察局趕過來要二十分鐘，因此他們相信自己能早在警察出現之前就遠走高飛、消失無蹤。行動的副指揮官羅伊克羅夫特偵緝巡佐，現在將講解藍色時期行動的細節，以及你們要扮演的角色。羅伊克羅夫特偵緝巡佐，請。」

潔琪往前站一步，很高興看見這麼多張充滿幹勁的臉龐，他們顯然很期待抓住真正的壞蛋，特別是把其中一個人關進大牢。

歐洲中部時間十二點四十五分

義大利航空班機比預定時間晚了幾分鐘，才降落在達文西國際機場。威廉走下飛機時，第一眼看見的就是蒙蒂中尉站在一輛偵防車旁邊等待他們。

威廉將霍克斯比介紹給蒙蒂，他敬禮後便打開後座車門，等兩人上車。令霍克斯比詫異的是，眼前的中尉不僅沒刮鬍子，氣息中還飄散著大蒜味，但是他並沒有多做評論。

威廉問：「怎麼沒有過護照查驗櫃台，也沒有過海關？」

蒙蒂說：「如果只有你，威廉，我就會在入境大廳等你，但是我的上司聽說霍克斯比大隊長會陪你一起來時，就命令我竭盡所能，拔除所有障礙。我這個英語表達方式沒錯吧？」

威廉說：「非常精準。那句話原本是指管風琴家為了放大音量，將管風琴的音栓全部拔除。」

霍克斯比說：「謝謝你，警員，真是太有意思了。」

蒙蒂說：「開車到奇維塔韋基亞不會太遠。」車子全速前進。「但是我們必須比卡特和葛蘭早很多抵達。他們會入住豪華大飯店——雖然只有名字豪華而已。」

霍克斯比問：「那我們要住哪？」

「您住的飯店恐怕更不豪華，但是有位於碼頭邊的地利優勢，所以我幫您訂了一間可以俯瞰港口的房間。」

「威廉呢？」

「他會隨時和我待在一起。港務長通知我，卡特租了一艘裝備齊全的小型淺水搜尋和回收船，預計包船七天。那種船非常適合探查和搜尋海床上的寶藏。」

威廉問：「為什麼要租七天？他們明明會自己把『寶藏』帶上船呀？」

蒙蒂解釋：「只是為了做做樣子，雖然我們無法確定有多少船員參與這場騙局，但是我們猜測船長和兩名潛水員一定有份。」

「所以我們就在奇維塔韋基亞守株待兔，等他們回來後直接逮捕？」

蒙蒂說：「當然不是，我已經把我們兩個都登記為水手了。他們顯然想要越多不知情的旁觀者越好，來見證他們無與倫比的大發現。」

威廉提醒他：「但是我的義大利語沒那麼好。」

蒙蒂說：「我知道，所以我們上船之後，溝通的工作都交給我就好。不過我還是得先警告你，風浪可能會很大。」

威廉說：「那我也得先警告你，我可不是個好水手。」

格林威治標準時間十二點二十一分

潔琪的說明結束後，她問：「有任何問題嗎？」

一隻手高高舉起。「兩隊之中的哪一支隊伍最可能肩負重任？」

「這要到最後一刻才會知道。房子有兩個出口，這裡和這裡，警用巴士會藏在這兩個位置。」潔琪一邊說一邊指著地圖。「但是我們無從得知他們會從哪個出口離開，如果我們未能成功攔截他們，還有一架直升機待命。」

拉蒙特插嘴道：「我要強調一點，你們在等待的時候，千萬不能使用無線電，也不能交談，因為就算是最微弱的聲音也會讓他們有所警覺。千萬別當那個打草驚蛇的白痴就對了。」

「長官，你推測他們會使用哪種交通工具？」

拉蒙特說：「有鑑於目標畫作的尺寸，很有可能會是一輛大廂型車。他們非常清楚自己的目標，所以我們能肯定，他們一定仔細規劃逃跑路線到分毫不差的地步。這就是我們需要這麼多警力包圍目標的原因。」

「他們會有武裝嗎？」

拉蒙特說：「我們認為不太可能。持械搶劫可能被判終身監禁，但是入室盜竊卻鮮少被判刑超過六年。但是為了以防萬一，我們還是會派一小隊武裝警察到現場，不過他們會躲起來。」

一名年輕警員問道：「有線報指出他們可能行動的時間嗎？」

拉蒙特說：「不會在六點前，也不會在午夜過後。」不過他沒有多做解釋。隨之而來的是一陣漫長的沉默。

潔琪說：「沒有其他問題的話，就先去吃午餐吧。今天下午有空就小睡一下，一定要在上巴士前先上廁所。第一班巴士會在下午四點十分出發，第二班車晚二十分鐘出發，才不會看起來像個車隊。」

拉蒙特說：「等你們就定位之後，別忘了，沉默就是我們最有利的武器。」

歐洲中部時間下午兩點〇八分

蒙蒂開車載著威廉和霍克斯比，抵達位於奇維塔韋基亞的碼頭邊，那間大隊長要下榻的旅館，三人隨後進入蒙蒂在四樓訂好的房間。霍克斯比做的第一件事，就是確認窗外的視野。他可以清楚看見港口，而且不用望遠鏡就能看見卡特租的那艘船。蒙蒂甚至準備了一份租船公司的英文版簡介，冊子封面印上沉船的照片吸引潛在的顧客。簡介裡並沒有提到這幾年來的失敗紀錄。但話說回來，船員頂多只是想發財的海盜，而租船的顧客通常都是追尋夢想的浪漫主義者。但是這次不一樣。

威廉正要去沖澡的時候，蒙蒂阻止了他：「算了吧，別忘了你現在是水手，我們可不希望你像百合花一樣香。」

霍克斯比現在才明白，中尉為什麼好幾天沒刮鬍子，還渾身散發大蒜味。

蒙蒂打開他先前留在房裡的巨大行李箱，拿出他們扮演的角色需要穿的服裝：兩條破舊的牛仔褲；兩件沒有標誌的短袖上衣；一藍一灰兩件毛衣；兩雙沒有品牌商標的運動鞋。這些東西不只看起來像二手的，事實上也都是二手物。

威廉準備穿上牛仔褲時，蒙蒂說：「希望我有拿對你的尺寸。」

霍克斯比問：「那我呢？」

蒙蒂說：「您這樣就好，長官。如果您以現在的裝束在碼頭上走動，所有人都會認定您是一艘大遊艇的主人，而不會認為您在留意犯人的一舉一動。」

「希望如此。」

「我們現在得離開了，長官。我們得在卡特抵達前上船。」

「如果他們改變計畫，我會有後援嗎？」

蒙蒂說：「您只會在需要時看見他們。但是我可以保證，我們不只訂了這一個房間。」

霍克斯比摸著額頭，用法語說道：「做得好。」

蒙蒂和威廉離開後，大隊長回到自己的望風位置，看著兩位年輕警官沿著碼頭走過去，登上船後向水手長報到。啊，他真希望自己年輕二十歲。

格林威治標準時間下午一點〇八分

拉蒙特和潔琪與其他人一起在餐廳吃午飯，所有人都興致勃勃、七嘴八舌地交談著，顯現他們有多渴望展開這場行動。

四點鐘，羅伊克羅夫特偵組巡佐最後一次解說完畢，拉蒙特便將年輕警員們分為兩組，隨後登上兩輛巴士。同一時間，一支特殊武裝部門的小隊從倫敦警察廳總部出發，他們收到的指令是一抵達目標地點就馬上連絡拉蒙特偵緝督察組長。

四點十一分，第一輛巴士往上駛出停車場坡道，來到商業街上。巴士保持穩定的速度，始終開在內側車道，一次都沒有超過速限。下午四點三十三分，第二輛巴士開進主幹道，他們被提早下班回家的通勤族堵在路上，不過與那些民眾不同的是，他們正準備去工作。

當沃爾警司說他會陪同他們執行任務時，拉蒙特著實嚇了一跳。不過拉蒙特隨後想通，如果沃爾想在自己的職稱上加個「總」字，「藍色時期行動」鐵定會是一筆輝煌的功績。拉蒙特必須承認，就算是只是暗自想想，他心中確實也曾浮現升官的想法。

沃爾警司、拉蒙特和潔琪是最後一批離開吉爾福德警察局的人，他們搭乘一輛偵防車離開。他們抵達目標地點時，兩輛巴士都已經就位，引擎低速運轉，燈光全部關閉。二十六名男子和三名女子都在沉默中坐著，等待。

歐洲中部時間下午四點二十三分

把行李放到下層的休息艙之後，兩個新來的流動水手回到主甲板報到上工。

蒙蒂問水手長：「要開多久才會抵達打撈位置？」

「距離大概八十海里，所以要航行八個多小時。等客戶和潛水員一上船，我們就會解纜啟航。你們兩個現在可以先去幫忙裝貨。」

威廉和蒙蒂確保自己做好份內工作，把所有貨物都搬上船，包括好幾箱蘋果和一個全新的絞盤，船主顯然想營造出他們至少要在海上待七天的樣子。

直到一輛賓士車在舷門旁邊停下來，兩個男人下車走到碼頭貨場上，威廉才暫時停下手邊的工作。他立刻認出那兩個人。兩名水手接過他們的行李，威廉心想，考量到他們租下這艘船整整一個星期，他們的行李並不多。葛蘭仍緊緊抓著那個鼓脹的旅行袋，確保那兩名水手完全沒機會接近那個袋子。

威廉和蒙蒂仍然躲在暗處，以免在兩名乘客上船時與他們撞個正著。

蒙蒂對威廉耳語：「在我們抵達打撈位置前應該不會發生太多事，但我們還是無法冒這種風險，所以在晚上八點前，我們得一直待在甲板上。」

格林威治標準時間下午六點二十二分

經過幾小時的沉默，對講機傳來一個孤獨的聲音，宛如劃破寂靜的雷聲：「武裝小隊已經就位，長官。」

拉蒙特說：「歡迎加入。現在保持沉默，直到看見強盜進入房子。」

「收到，長官。」

21

歐洲中部時間晚上十點〇六分

剛過十點，威廉就在他的舖位上躺好了，但是他沒有睡著。有些水手在打牌，其他人則在吹噓自己從海底打撈上來的寶藏——雖然聽起來都是天方夜譚。他很快就明白，他們並不知道這趟航行會迎來大豐收，而且他們大多都不是很樂觀。

威廉休息時，蒙蒂還在工作，繼續在甲板上監視。午夜剛過，他就來到威廉的舖位旁邊，因為四周現在更安靜了一點，他便向威廉說明了目前的情況，也不必擔心被人偷聽。

他說：「甲板上沒發生什麼事，啟航之後，卡特和葛蘭都沒有離開船艙。我猜在天亮之前，應該都不會看見他們兩個。但是我們也不能冒這個險，所以你最好接手繼續監視。你上去甲板後，會在槳舷側看到救生艇。」

威廉問：「哪一邊是槳舷側？」

「右邊，笨蛋。我以為你是從大航海國家來的。爬進救生艇的防水油布下面，如果有人在這段時間走到甲板上，就不會看見你。別睡著就對了。四點來叫我起床，我接你的班。」

威廉走上螺旋階梯，來到甲板上。他看見救生艇在微風中輕輕晃動，便躡手躡腳地走過去，只要聽見一點點不對勁的聲音，便馬上停下腳步。

最後一項檢查工作，就是確保沒有人在看他。他穩住救生艇，爬上去後鑽到防水油布底下。他很快就發現，自己根本不可能睡著。比起睡著，他更有可能吐出來。

他試著掌握隨救生艇搖晃的技巧，而他不管看了手錶幾眼，分針都沒有更快速地前進。突然之間，他毫無預警地聽見沉重的腳步聲靠近，隨後是一個人說英語的聲音。

格林威治標準時間晚上十點十九分

潔琪覺得這比監視目標還要糟糕，因為他們正在等待不存在的人，而不是已經在這裡，而且最終一定會出現的人。

歐洲中部時間凌晨零點五十八分

「一切都就緒了，我們現在只要……」

威廉連一條肌肉都不敢抽動一下，直到那個聲音漸漸遠去。他還說了更多話，但是話語都在風中飄散了。他將防水油布掀開一個縫隙，定睛瞧見四個男人站在距離救生艇僅幾碼之外的地方。

葛蘭打開旅行袋，拿出威廉一開始在卡特的工作室看見的陳舊木箱。他小心翼翼地將木箱放在甲板上。水手長熟練地把繩索纏在木箱上、打結，彷彿他正在包裝一個巨大的耶誕禮物。他確定繩結夠穩固後，便走到另一邊，將繩索綁在威廉和蒙蒂今天幫忙搬上船的絞盤上。水手長緩緩地轉動把手，直到鬆垮垮的繩索開始一點一點被拉起。此時一個一臉飽經風霜的模樣，蓄著凌亂深色鬍鬚、戴著鑲邊帽子的年長男子，在木箱一吋一吋緩緩離開甲板時，上前去扶住木箱。

上升到大約三英尺時，船長動作輕柔地將木箱推到船隻的欄杆外，然後點點頭。水手長開始反方向轉動絞盤，木箱便緩緩地下沉進入水中。威廉一直緊緊盯著木箱，直到箱子隱沒在海浪下。水手長又轉了幾分鐘，木箱才沉到海床上，大概在船身下方一百三十英尺處。船長和水手長隨後又將一個小錨拋入海中，小錨上綁著一個會閃燈的浮標，標示了木箱投入海中的精確位置。

卡特向船長行禮致意，葛蘭接著拿起空旅行袋，穿越甲板走回去。威廉又鑽回防水油布下，但是一直到他們經過救生艇時，才終於聽清楚他們說的話。

「希望他們值得信任。」

「他們的薪水夠好了，如果……」

威廉連一條肌肉都不敢抽動一下，決定等到他們確定回到船艙裡了再移動。

格林威治標準時間零點整

警司的腿交叉在一起。他非常非常需要尿尿，但是他不想當第一個開口承認的人。拉蒙特繼續滿懷希望地盯著通往房子的長長車道，全神貫注地側耳傾聽引擎聲。

三個小時以來，潔琪一直反覆查看手錶，隨著時間一分一秒流逝，她越來越惴惴不安。

歐洲中部時間凌晨兩點整

威廉把防水油布掀起半英寸，目光掃向四面八方。沒有半個人影。他查看手錶，接著爬出不斷來回擺動的救生艇，好不容易才從救生艇側邊翻出去，差一點沒抓好。他最後還是頭著地摔在濕漉漉的甲板上。

他試著站穩腳步站起來，但是他實在太虛弱和暈眩，只能死死抓住船隻的欄杆。他最後終於放棄，靠在船隻邊緣劇烈嘔吐。他抬頭時，發現船隻正在繞著浮浮沉沉的浮標行駛。

他又過了一會兒才恢復過來，有足夠的力氣手腳並用地爬下旋轉樓梯，癱倒在自己的舖位上。他一動也不動地躺著，逼自己別再吐了。

他決定不要叫醒蒙蒂，因為天亮之前什麼也不會發生，接下來兩個小時待在救生艇裡也沒什麼意義。威廉沒有睡著。

格林威治標準時間凌晨一點〇七分

拉蒙特聽見有一輛車從後方過來。不久後，一輛大燈全開的綠色捷豹從他們旁邊駛過，沿著車道繼續向前，最後停在房屋外面。

司機走下車，打開前門走進屋內。不久後，大廳的燈打開了。

拉蒙特暗自咒罵好幾聲，接著打破沉默，說出了他最不想說出的命令。

「藍色時期行動中止，回到基地。」

他忠誠的步兵在車上沉默了超過五個小時，或許他聽不見兩輛巴士裡此起彼落的埋怨和咒罵聲是一件好事。其中幾個人不約而同地衝下巴士，開始尿尿。

歐洲中部時間早上六點〇九分

蒙蒂質問：「你為什麼沒在四點叫醒我？」他怒瞪躺在床上的威廉，威廉此時與浸濕的床單一樣蒼白，而且還在不停冒汗。威廉比了一個「噓」的動作，表示他們應該上去甲板。嘎嘎大叫的海鷗在他們頭頂上盤旋，威廉指了指在波浪中上下浮沉的閃燈浮標，接著解釋他為什麼沒有叫醒蒙蒂。

蒙蒂說：「想法很好。」

他們抬頭看向艦橋，船長此時正在掌舵，讓這艘船持續繞著浮標打轉，而且逐漸往浮標靠近。沒有看見卡特或葛蘭，威廉猜測他們還在熟睡。

接下來的四十分鐘，蒙蒂和威廉認命地執行水手長交代的所有工作，但是他們的目光仍不斷往回看向私人船艙的出入口，等待兩位主角登場。

七點剛過，卡特就跟著兩位身穿潛水服的潛水員走到甲板上。潛水員戴上面罩、穿上蛙鞋，坐在欄杆上調整他們的呼吸器。兩人接著往後一倒沉入水中，消失在海浪之下。

格林威治標準時間凌晨五點二十分

沃爾警司開車載拉蒙特和潔琪回到吉爾福德，讓他們在市中心下車。「我確定你們能自己找路到車站。」他說完便開車揚長而去。

二十分鐘後，他們站在冰冷灰暗的月台上，等待開往滑鐵盧的第一班火車時，潔琪說：「也不能怪他。」

拉蒙特說：「等我們回到總部，可能會看到華威克督察組長已經成為藝術與骨董組的新老大，而我被降級成偵緝巡佐，還要叫他一聲長官。」

潔琪說：「這就表示我要回去街上巡邏，繼續指揮交通了。」

歐洲中部時間早上八點三十分

接下來的一小時，兩名潛水員回到海面上四次，每一次都比出大拇指向下的倒讚手勢，接著又潛回水中繼續搜索任務。又過了幾個小時，他們爬回船上，看起來筋疲力盡的樣子，躺在甲板上恢復體力。威廉懷疑他們根本沒有往下潛幾英尺。

卡特和葛蘭露出情理之中的失望表情，而其他船員早已對潛水員的行動失去興趣。但是威廉知道，他們看到的只是這場話劇的第一幕，中場休息結束後，帷幕會再次升起。

潛水員恢復過來後，便繼續搜尋任務。接下來幾個小時，除了三次倒讚手勢之外就沒什麼好看的了。蒙蒂注意到浮標和閃爍的燈光都不見了。他對威廉耳語：「他們想必找到木箱了。」

威廉說：「但是他們還沒準備好說出來。」

潛水員又潛到海浪下，不過他們這次回到水面上時，其中一個人興喜若狂地揮手，另一個人則豎起大拇指。船員全部跑到右舷歡呼，而威廉注意到船長看起來平靜得不可思議。仔細想想，他畢竟已經看過第二幕的劇本了。

水手長立刻跑回絞盤旁邊，開始捲起繩索。卡特和葛蘭加入興奮地靠在欄杆邊緣的船員，幾分鐘後，看見爬了許多藤壺的木箱重新回到水面上時，他們看起來就跟其他人一樣喜出望外。

水手長的動作慢了下來，以便讓這價值連城的寶箱安全地越過欄杆，回到甲板上。他跪下來開始解開繩索，船長此時從艦橋上走下來。所有人都聚集過來，興奮難耐地等著看箱子裡的東西。其實也不是所有人。

繩結解開後，水手長退到一邊，讓卡特過來主持開箱儀式，但他還是假裝需要葛蘭過來幫他撬開生鏽的舊鎖。威廉不禁好奇，卡特是在哪裡的骨董店找到這麼有說服力的道具。木箱終於打開後，現場闃寂無聲，甲板上所有人都不敢置信地盯著那七百一十二枚西班牙古銀幣。只有卡特知道銀幣的確切數目。

葛蘭拿起木箱抱在懷裡，彷彿那是他從海裡救回來的寶貝獨生子時，整艘船歡聲雷動。

葛蘭接著緩緩地走回私人船艙，面帶微笑的卡特跟在他身後。

船長宣布現在立刻啟程返回港口，不過所有水手還是會得到一整個星期的工資。話音剛落，便引起更熱烈的歡呼聲。

格林威治標準時間早上十點五十四分

「霍克斯比大隊長辦公室。」

「安琪拉，是我，布魯斯．拉蒙特。可以請老大接電話嗎？」

「他還在義大利，布魯斯。我覺得至少要到星期一才會回來。」

「他可能會繼續待在那裡嗎？」

「我沒聽清楚，督察組長。」

「我什麼都沒說，安琪拉。」

「可以等到星期一再找他嗎？」

「只能這樣了。不過仔細想想，我已經很習慣一直等，最後發現自己等的是空氣。」

歐洲中部時間中午十二點三十六分

船隻停靠在碼頭後，威廉和蒙蒂靠在欄杆上，俯身看著葛蘭吃力地搬著木箱走下舷梯。他往一輛等待的汽車走去，爬進後座時仍然緊緊抓著箱子不放。

威廉認出那名司機。真有趣，他心想，他們明明沒有任何通訊方式，他卻清楚知道要在什麼時間過來接這兩名乘客。卡特與船長、水手長和兩名潛水員握握手，揭露了這場騙局中的同夥。他接著走下舷梯，與葛蘭一同坐進汽車。

汽車揚長而去，還沒等威廉開口詢問，蒙蒂便說：「別擔心，已經派人跟蹤他們了。不論如何，我們都會知道他們往哪裡去。」

威廉問：「但是如果他們改變計畫呢？」

「那我們就逮捕他們，偷走箱子、快活退休。」

威廉哈哈大笑，此時一位身穿體面雙排釦西裝外套的男人，信步從船隻旁邊經過，往他下榻的旅館走去，看起來就像一個家財萬貫的遊客。

威廉和蒙蒂與其他船員一起排隊，領取一整個星期的工資。威廉心想，他可是花了不少錢，不過卡特確實需要一些跑龍套的小角色，向親朋好友或任何一個想聽的人，一遍遍講述這看似十分合理的故事。

兩人都簽名後，便動身前往霍克斯比的旅館，他正在等待他們。威廉這次獲准沖了個澡，蒙蒂則是這幾天以來第一次刮鬍子和刷牙。

他們換回自己的衣服後，便與霍克斯比共進午餐。倒不是因為威廉餓了。他們剛用完主餐，一名服務生便來到他們的桌邊，告訴蒙蒂中尉有一通電話找他，請他到櫃台接聽。

他離開餐桌時，霍克斯比舉起酒杯說道：「好樣的，蒙蒂。」

威廉說：「他確實是。」他又為自己斟了一杯酒後問道：「不知道藍色時期行動怎麼樣了？」

霍克斯比查看手錶：「不論結果如何，現在應該都結束了。」此時中尉走了過來，坐回位置上。

「我得到確認，一只裝著超過七百枚西班牙古銀幣的木箱，已經交給位在羅馬的義大利海軍辦公室。卡特先生出示了自己得到授權的證照，聲稱自己找到的是無主寶藏，他身邊還有一位布斯．華生先生。」

獵鷹和威廉都用手掌拍起桌面。

蒙蒂說：「卡特接下來讓記者拍了照，與他們分享了自己這舉世無雙的大發現。」威廉替他倒酒時，蒙蒂問：「您要接手了嗎？長官？」

霍克斯比回答：「我一點也不急，政府的齒輪總是轉得很慢，所以何不讓罪犯們享受幾天，花花自己沒賺到的錢，我們再昭告天下，他們的驚人發現並沒有價值超過七十萬英鎊，而是頂多幾千英鎊而已。」

蒙蒂說：「而且他們連那一點錢都拿不到，因為我們會沒收木箱和裡面裝的東西，作為他們接下來接受審判的證據，而且至少要等一年後才會開庭。」

格林威治標準時間下午一點二十五分

威廉和大隊長在希斯洛機場道別。

霍克斯比說：「我星期一早上九點在辦公室等著聽你報告，好好享受週末吧。」

這是第一次，威廉終於覺得自己是團隊的一份子。

他搭上開往倫敦的地鐵時，不禁好奇拉蒙特和潔琪的藍色時期行動是否也同樣大獲成功。他想打到她家問問，但是旋即決定等到星期一與獵鷹見面後再說。

他在南肯辛頓地鐵站下車，往家的方向走去。但是那裡還是他的家嗎？貝絲已經原諒他，忘了他們第一次的爭吵，還是會把他拒於門外？如果她真的避不見面，又怎麼能怪她呢？他忐忑不安地走上階梯來到門前，而他把鑰匙插進鎖孔後，門不僅打開了，他還看見自己送的花束插在花瓶裡，擺在衣帽架上。

貝絲從廚房裡跑出來，一把抱住他。

她說：「我很抱歉，我像個蠢蛋一樣。我當然知道你不能討論工作，尤其是林布蘭的案子。但是，拜託，下次你半夜偷偷離開的時候，至少打電話給我，告訴我你什麼時候會回家。我這三天一直在想你是不是離開我了，你沒有打電話……」

「我在工作。」

貝絲說：「我不需要知道。」隨後帶他到了廚房。餐桌已經布置好，只差蠟燭還沒點上。

「我正在做情侶吵架特餐，希望能彌補我先前糟糕的行為。大概再半小時就好了，我還要告訴你一個新消息。」

威廉把她擁進懷裡吻她。「我想妳。」

「我也想你，我還以為我失去你了。」

他牽起她的手，帶她走出廚房。他牽著她走上樓時，她說道：「但是我們還沒吃晚餐耶！」

「人類一直都是先做愛再吃飯的。」

他開始解開洋裝的釦子時，貝絲說：「你這個山頂洞人。」

❊ ❊ ❊

威廉正在讀《衛報》的新聞——這是他認識貝絲前從沒想過自己會看的報紙。他又看了看駐羅馬記者的報導，才將報紙遞給貝絲，等著看她的反應。

她說：「哇，超過七十萬英鎊，真是意想不到。這就是你匆匆忙忙離開的原因嗎？抱歉，我不該問的。」

威廉點點頭。「事實的真相應該很快就會揭露了，而且不會刊登在第十二頁，而是頭版，但是在那之前我得守口如瓶。」

貝絲把水煮蛋殼頂端敲開時說道：「我明白。」

威廉說：「妳昨天晚上暗示妳也有有趣的新消息要說。」

「那是在你打斷我之前，山頂洞人。」

「所以妳原本想說什麼？」

「我得到新工作了。」

「妳要離開菲茲墨林博物館？」

「不是，在你找回那幅我不能問的畫之前，我不會離開。」

「那不然呢？」

「我被提拔成為畫作助理主管了。」

「我總是幻想與畫作助理主管一起生活，雖然我不確定工作內容是什麼。」

「我要負責籌劃特展，像是下個月的凡艾克畫展。我的上司就是畫作主管馬克・克蘭斯頓。」

「薪水會增加嗎？」

「增加得不多，但是老實說，我根本不知道他們考慮讓我擔任這個職位。」

威廉說：「妳的父母一定以妳為榮。」

「我昨天晚上打電話給父親，告訴他這個好消息。」

威廉很驚訝，但是沒有多說什麼。

「我還有另一個消息：傑茲要離開了。」

「為了另一個男人？」

「對，他要搬去跟他的朋友德魯一起住，所以我得找一個新房客。在你開口問之前，我的答案是：不行。」

22

星期一早上，威廉和貝絲一起走出家門。新上任的畫作助理主管第一天上班想早一點到，而威廉還得寫一份關於義大利之行的報告。

他們在南肯辛頓地鐵站外道別，貝絲隨後走路前往博物館。威廉回想兩人共度的週末。真是不能再更美好了，他現在更是前所未有地渴望安排貝絲與父母見面。他問她星期天能不能一起來吃午餐，但是她又一次拒絕，解釋自己已經答應那天下午去醫院探望一個朋友，她覺得不能在這麼短的時間內又取消。下個星期天或許可以吧，威廉想著。接著，他腦中突然閃過一個想法，這是他身為警探老早之前就應該擔心的事了。他今天晚上回到公寓時，會再檢查一次香港寄來的明信片。

威廉走進辦公室時，很驚訝地發現四處都見不著拉蒙特或潔琪的身影。他坐在辦公桌前開始寫報告，心裡想著必須記得打電話謝謝蒙蒂，因為少了他的支援和協助，卡特現在鐵定已經賣掉那些假骨董，拿著不義之財逍遙去了。

八點五十五分，威廉拿著卡特案的卷宗走過長廊，敲響大隊長辦公室的門。安琪拉朝他揮手，示意他進會議室，他一走進去，便看見拉蒙特和潔琪已經坐在桌邊，全神貫注地聽大隊長說話。

霍克斯比向威廉點點頭，他便像往常一樣坐在潔琪旁邊。

霍克斯比說：「我整個週末幾乎都在接薩里警察局長的電話，還有吉爾福德警察局沃爾警司的電話。我可以告訴你們，他們說話都很直接。無能、不專業、業餘都算是溫和的形容詞了。警察局長警告我，如果我沒有在中午前向助理廳長報告，他就會親自去說。而我得說，我不能怪他。」

潔琪平靜地說：「都怪我，長官。我確信我的線人說的是實話，結果最後發現我被愚弄了。」

「還有二十六名警察，更別提那一整支菁英武裝部隊、一架待命的直升機，還有一個因為飯碗可能不保而氣急敗壞的警司，全部都被愚弄了。」

拉蒙特和潔琪都沒有為自己辯護。

霍克斯比繼續說：「這些還不夠的話，我們最終發現那就是一個精心製作的誘餌，因為就在你們枯坐等待罪犯出現時，他們其實已經闖入幾英里外的另一棟房子，偷走了價值幾百萬英鎊的雷諾瓦作品。李太清楚你們在監聽他的電話了，所以讓你們以為他們要偷畢卡索的畫，把你們送到錯的房子去。如果看到布斯・華生為自己不具名的客戶談妥另一筆鉅額保險賠償，不用太驚訝。」

威廉看得出來，潔琪正在奮力地克制自己的情緒。她直直地看著霍克斯比，又說一次：「要怪就怪我。」

大隊長闔上卷宗，威廉以為他已經說完了，但是他又開口：「妳為什麼沒有遵循，每一位警察第一天上街巡邏時學到的基本規則呢？什麼都不接受，誰都不相信，要質疑所有事情。」威廉會永遠記得第一個告訴他這個原則的人。霍克斯比說：「也許上一次升職超出了妳的能力範圍，羅伊克羅夫特偵緝巡佐。去做幾星期的交通勤務，對妳不會有壞處的。」至少她沒猜錯。

隨之而來的是一陣漫長的沉默，直到拉蒙特終於開口：「我聽說您在義大利的釣魚之旅順利得不得了，長官。」

「只有一點除外，廳長說卡特被逮捕後，功勞會算在義大利警方身上，而不是精心策劃這起行動的我們。」

「但是如果我們找到失竊的林布蘭畫作，還給菲茲墨林博物館……」威廉試著拯救自己的同事。

霍克斯比說：「希望別又是假消息，空歡喜一場。你今天還是會與福克納夫人共進午餐嗎？」

「是的，長官。我下午一回來，馬上就會向拉蒙特偵緝督察組長回報。」

大隊長問：「麥克·哈里森會跟你一起去嗎？」他的語氣聽起來平靜了一點。

「不會，長官。她預約了今天下午四點在他的辦公室見面。」

拉蒙特說：「那女人在盤算什麼。我們應該假設她和她丈夫一樣陰險狡詐，而且會利用林布蘭畫作當誘餌戲弄我們，尤其是她知道威廉的女朋友在菲茲墨林博物館工作的話。」

威廉問：「她怎麼可能知道？」

拉蒙特粗聲粗氣地說：「試著像罪犯一樣思考，改變一下思路。」

霍克斯比說：「如果最後發現她也在愚弄你，去指揮交通的就不會只有羅伊克羅夫特偵緝巡佐了。好了，現在都回去工作，除非你們有什麼好消息回報，不然我不想再看到你們了。」

辦公室的氛圍宛如監獄，被判死刑的女人正在等待牧師過來做臨終禱告。

十二點半剛過，威廉便離開去找福克納夫人，慶幸自己終於逃了出來。

＊＊＊

他快步穿過公園，走到聖詹姆斯區，恰好準時趕上他的午餐約會。他一進入麗思飯店，身穿制服的門僮便向他敬禮，彷彿他是熟客。威廉得走到接待櫃台，詢問餐廳在哪裡。

「在走廊的盡頭，先生，一定會看見的。」

他沿著鋪了厚地毯的長廊往前走，經過好幾間小型用餐凹室，裡面的人正一邊高談闊論，一邊品嚐異國雞尾酒。他不得不同意費茲傑羅的說法：有錢人不一樣[43]。

他抵達餐廳的入口時，餐廳經理問道：「早安，先生，您有預約嗎？」

「我是福克納夫人的客人。」

餐廳經理看看名單後說道：「夫人還沒抵達，但是我可以先帶您到她的座位。」

威廉跟在他身後，穿過裝飾得富麗堂皇的大餐廳，來到一張可以從窗戶俯瞰綠園的餐桌。他趁等待的時間，小心翼翼地掃視其他用餐的客人。他首先注意到的是，這裡簡直像在召開聯合國會議。

他一看見福克納夫人走進來便立刻起身。她身穿優雅大器的綠色洋裝，長度剛好在膝蓋下方，還圍了一條相配的圍巾，手上拿著貝絲看了鐵定豔羨不已的皮革手拿包。她踏著輕快的步伐穿過餐廳，威廉因此十分肯定她跟自己不一樣，這絕對不是她第一次來到麗思飯店。儘管獵鷹已經警告他，他依然無法否認她確實有品味和風範。

43 譯註：這句話出自費茲傑羅（F. Scott Fitzgerald）的短篇小說〈富家子〉（The Rich Boy）。

一名服務生為她拉開椅子，另一名服務生也走了過來。

「想喝點什麼嗎？夫人？」

「一杯香檳就好，我先決定要吃什麼。」

「沒問題，夫人。」服務生說完便靜悄悄地離開。

服務生走回來為她倒香檳時，她說：「我很高興你能來與我吃午餐，威廉，我還擔心你會在最後一刻取消呢。」

「怎麼會呢？福克納夫人？」

「請叫我克里斯蒂娜。因為考量到其中的風險，霍克斯比大隊長可能會覺得不合適。」

威廉詫異地問：「妳認識大隊長？」

她說：「我只知道我丈夫對他的看法，這就是我想請他加入陣營的原因。」此時服務生領班過來遞給兩人菜單。

她連菜單都沒打開就說道：「煙燻鮭魚就好，查爾斯。或許再來一杯香檳吧。」

「沒問題，夫人。」

威廉看了看菜單上一排排完全沒有透露價格的料理。

「先生，您呢？」

「炸魚薯條就好，查爾斯。」他忍不住加了一句：「再來半品脫苦啤酒。」

克里斯蒂娜克制住自己的笑聲。

「沒問題，先生。」

服務生離開後，威廉問：「妳確定今天不與麥克．哈里森一起吃午餐嗎？」

「我很確定，如果事情出了差錯，我得確定騎兵站在我這一邊，而不是只有步兵。」

「那麼妳應該請霍克斯比大隊長共進午餐。」

克里斯蒂娜說：「如果我真的請了，他們端上咖啡前邁爾斯就會知道，那我就沒有機會使出我的小詭計了。」

「但是為什麼選我？」

「如果邁爾斯得知有人看見我和一位英俊的年輕人吃午餐，他只會認為我們有私情，因為他的思路就是那樣。只要你能說服上司，告訴他我不是蛇蠍美人瑪塔．哈里[44]，菲茲墨林博物館便很有機會拿回林布蘭那幅畫，我說的可不是複製品。」

威廉很想相信她，但是拉蒙特那句「那女人在盤算什麼」，一直在他腦海中揮之不去。他問：「那妳想得到什麼回報？」

「我想你一定知道，我丈夫上個星期跟他最新認識的小狐狸精飛到蒙地卡羅了，而我會

44 瑪塔．哈里（Mata Hari）：荷蘭舞者，一戰時成為德法雙面間諜，因而成為「蛇蠍美人」的代名詞。

要求哈里森先生蒐集足夠的證據，開始辦離婚手續。」

所以潔琪猜得沒錯，威廉心想。

「我還想知道他下個月每天從早到晚在哪裡。」

威廉問：「為什麼非知道不可？」此時她的面前擺了一盤切得極薄的煙燻鮭魚，他自己面前則來了一份炸鱈魚和薯條，而且不是用報紙盛裝。

克里斯蒂娜說：「我等一下會說明。」這時另一名服務生為她重新倒滿香檳，又將半品脫的苦啤酒倒進她座上賓的水晶杯裡。

「但是我得先告訴你我對邁爾斯的看法，我想你應該跟我一樣厭惡他。」

威廉努力集中精神，因為他知道大隊長一定會要他把福克納夫人這段時間說的每一句話，一字不漏地轉告給他。

「你知道偉大的莎士比亞劇演員多明尼克．金斯頓嗎？」

威廉說：「我去年在國家劇院看過他演出的《李爾王》，確實令人嘆為觀止。」

「還沒有他妻子最近的一場大演出令人嘆為觀止呢。」

「我不知道他的妻子也是演員。」

克里斯蒂娜說：「她不是，但是她確實帶來了博得滿堂喝采的演出。」威廉放下嘴邊的食物。「事實上，金斯頓夫人非常清楚丈夫的演出流程，精準掌握到每一分每一秒，她便利用這一點。我也想跟她一樣。金斯頓在國家劇院演出《李爾王》時，會遵循同一套流程，完全不會改變。他會在下午五點左右離開位於諾丁丘的住家，六點來到劇院的更衣室，時間足夠他在七點半帷幕升起前變身成白髮蒼蒼的國王。

「上半場大約一個多小時，下半場的帷幕會在十點二十左右落下。謝幕後，金斯頓會回到更衣室卸妝、沖澡、換衣服，接著由司機開車送回諾丁丘的家，大約十一點半下車。所以，從他離開家的那一刻到回家的那一刻，會間隔超過六小時。這樣一來時間綽綽有餘。」

威廉問：「綽綽有餘？」

克里斯蒂娜繼續說：「某個星期四傍晚六點剛過，三輛搬家貨車出現在金斯頓家門口，五個小時後離開，所有大大小小的家具，最重要的是還有他最得意的藝術收藏，全部被搬得一乾二淨。所以當金斯頓先生在晚上十一點半到家時，就發現家裡真的只剩四面牆壁了。」

侍酒師問道：「先生，您還想喝點什麼嗎？」

威廉說：「不用，謝謝。」他不想打斷她的話。

克里斯蒂娜繼續說：「我很感激金斯頓先生，因為我想對邁爾斯造成更大的災難，更重要的是，我不只有七小時，我有七天可以執行我的小詭計。」

威廉問：「妳為什麼需要七天？」

「因為正如金斯頓夫人，我也很清楚他下個月的計畫。十二月二十三日，他預計甩了那個小狐狸精，給她一張飛回史坦斯特機場的單程機票，接著飛到墨爾本與一些更不三不四的朋友共度耶誕節。十二月二十六日，他會坐在包廂裡觀賞第二場板球對抗賽，所以他最快也要十二月三十一日才有可能回到蒙地卡羅或英格蘭。當他在世界的另一端全神貫注地觀看板球比賽時，我會打包他在蒙地卡羅所有最值錢的畫作，全部運往南安普敦。我接著會回到英格蘭，在林普頓大宅如法炮製。等他回家時，他視若珍寶的藝術收藏就只會剩下一幅畫：林布蘭的複製品。」

服務生領班收走他們的盤子，侍酒師則又為福克納夫人倒了一杯香檳。

「馬金斯呢？他不會袖手旁觀，看著妳把丈夫收藏的所有畫作打包起來吧。」

「馬金斯會到湖區與女兒和女婿共度耶誕節，一月二日才會回來，那時候我人早已在紐約第五大道上的公寓，準備搬走所有畫作。幾幅羅斯科、一幅沃荷，還有一幅雄偉的勞森伯格作品。」

「但是他會對妳緊追不捨的。」

「我不認為，因為在我最後要抵達的國家，他是不受歡迎人物，他還沒走到護照查驗櫃台就會被逮捕了。我必須承認，我的確有幾個國家可以選擇。」

「妳應該知道妳剛剛對我說的所有事情，我都會一字不漏地回報給霍克斯比大隊長吧？」

「我還希望你這麼說呢。」她輕輕地碰了碰威廉的手，又說道：「我不知道你怎麼想，親愛的，但是我準備好看甜點菜單了。」

＊＊＊

威廉一五一十報告完他與福克納夫人午餐約會的談話後，拉蒙特問：「你覺得她說的是實話嗎？」

霍克斯比說：「有可能，雖然我不會貿然相信。但是只要麥克·哈里森到澳洲緊緊盯住福克納，在她邀請威廉一起去蒙地卡羅前，我們也沒什麼能做的。」

威廉問：「你怎麼覺得她會找我去？」

「因為林布蘭的畫對她而言就像燙手山芋，她也知道那是她得到我們支持的唯一機會。我猜測她接下來至少兩個星期不會再連絡你，那個時候卡特應該已經被逮捕，大家應該也會稍稍忘記那一晚在薩里的慘痛回憶。」

大隊長桌上的電話響了起來。「我是霍克斯比大隊長。」

「午安，長官。我是蒙蒂中尉。我想給您打個電話，報告一下我們這裡的最新進展。」

霍克斯比說：「我很感激，中尉。」他接著把電話轉為擴音，讓威廉也能聽見他們的對話。

「如您所知，卡特向義大利海軍辦公室索取那批古銀幣一半價值的賞金，而他告訴媒體，那些銀幣價值七十萬英鎊左右。」

「如果真的是一六四九年在馬德里鑄造，而不是一九八五年在巴恩斯塔波鑄造的，就確實是十分公道的價格。」

「其中一枚硬幣已經送到佛羅倫斯的古文物博物館，請那裡的古幣專家檢查，我想檢查報告幾天後就會送到我的辦公桌上了。」

霍克斯比說：「他一定能看出銀幣是贗品。」

「贗品？」

「就是假的。」

蒙蒂說：「我同意，長官。只要他交出檢查結果，我只需要拿到引渡令，等卡特和葛蘭一踏上英格蘭的土地，你們就能逮捕他們了。」

「那兩個傢伙現在在做什麼？」

「他們正待在元老院飯店，等著聽專家的看法。」

霍克斯比說：「那可得花他們手臂和腿的錢。」

威廉補充：「真恰當的比喻。」

蒙蒂說：「我聽不太懂。」

「十六世紀，義大利的肖像畫家會收取定價繪製你的半身肖像，就是只有頭和肩膀，但是如果想要全身肖像，就要付手臂和腿的錢，也就是一大筆錢的意思。」

蒙蒂說：「真有意思。」

霍克斯比看起來一點都不覺得有意思。「教授的檢查報告一送到你桌上，就打電話給我。」

「一定會，長官。」

「謝謝你，中尉。」

「事實上，長官，我下次打電話來時，可能就是上尉了。」

霍克斯比說：「恭喜，這是你應得的。」

威廉回到辦公室，盯著桌上那一疊似乎永遠不會減少的案件卷宗。又是辛苦的一週，但是至少還有平靜的週末值得期待。只有星期六與醫生預約年度健檢，還有星期天與父母共進午餐。貝絲答應等她探望完生病的朋友，傍晚一定會趕回來陪他一起看電影，不過他對於她還沒見過自己的家人感到有點失望，因為他覺得他們得先見過面，他才能向她求婚。他彷彿能聽見父親說：「叫我老古板吧。」

23

威廉比預約時間早了幾分鐘抵達溫坡街三十一A，按下了艾希頓醫生的門鈴。他很有信心，相信自己會通過所有檢查。畢竟他每個星期會跑步兩三次，定期打壁球，而他立下每天走五英里的新目標，都會在晚上走路回富勒姆時達成。

拉蒙特告訴他：「小子，你只需要彎腰摸腳趾、做二十下伏地挺身，在他抓你的蛋蛋時咳兩聲，這一年的檢查就算通過了。」

蜂鳴器響起，威廉推開門走上三樓，向櫃台接待員報了自己的名字。

「醫生正在看其他病人，華威克先生，不過很快就好了，請先坐下。」

威廉坐上一張骨董皮椅，查看起那寥寥幾本整齊擺放在咖啡桌上的讀物。很舊的《笨拙雜誌》和《鄉間生活》似乎是所有候診室必備的刊物。其他能選擇的讀物，就只有好幾份倫敦警察廳每月發行兩次的報紙《警察工作報》。

拜讀完《笨拙雜誌》的機智與智慧之語，又欣賞完幾棟他永遠也買不起的鄉間別墅後，威廉終於放棄，開始翻看那幾份有點破爛的倫敦警察廳報紙。他快速翻閱幾期的刊物，看見其中一份的頭版出現弗雷德．葉慈的照片時，才停了下來。他翻開那一期報紙，救了他一命的警察導師的英雄事蹟，佔了四頁的篇幅；威廉又一次靜靜地禱告，紀念弗雷德。他正準備把報紙放回桌上時，一份更早的報紙頭條一時讓他難以呼吸：「雷恩斯福德因謀殺合夥人被判處終身監禁。兩位辦理此案的倫敦警察廳警察受到表揚。」

他還來不及讀完整篇報導，櫃台人員便說：「輪到你了，華威克偵緝警員。」

正如拉蒙特的預測，檢查可說是非常草率，不過艾希頓醫生還是檢查了威廉的靜態心率兩次，因為以他這個年紀的男人來說，實在太快了一點。

紙上的小方框全部打勾之後，威廉得到一張身體健康證明。艾希頓醫生說：「明年見。」

威廉拉上褲子拉鍊時說道：「謝謝。」

回到候診室後，他又拿起那份倫敦警察廳報紙，繼續讀那篇報導。如果兇手是姓史密斯或布朗，他不會對這個巧合有過多猜想，但是雷恩斯福德可不是常見的姓氏。他把報紙放回桌上，試著將這個想法逐出腦海。但是他沒辦法。

他脫口而出：「你這個白痴。」櫃台人員看起來一臉受到冒犯的樣子。威廉說：「抱歉，我是說我，不是你。」但是他朝地鐵站走去時，還是無法完全排除這個可能性，而他知道有一個人可以排除他的恐懼。

威廉在聖詹姆士公園地鐵站下車，接著過了馬路，彷彿今天是個一般的上班日。他逕直走向辦公桌，尋找那個電話號碼。他很清楚自己不應該在辦公室撥打私人電話，但是他別無選擇。

話筒裡的聲音說：「羅斯三級監獄官。」

威廉說：「早安，長官，我是倫敦警察廳總部的華威克偵緝警員。你可能不記得我，我……」

「我怎麼會忘記你，警員，那個支持富勒姆隊的可悲傢伙。這次能幫你什麼忙？」

「我是來打聽一名罪犯的，亞瑟·雷恩斯福德，因為謀殺罪入獄。」

羅斯說：「如果雷恩斯福德是殺人兇手，我就是開膛手傑克。你想見他嗎？」

「不是，長官。但是我想知道雷恩斯福德今天有沒有訪客。」

「你等一下，我查查看。」威廉可以感受到自己的心臟怦怦狂跳，只能說他很慶幸艾希頓醫生現在沒有測量他的脈搏。「是的，雷恩斯福德今天下午有一名訪客，他的女兒。她經常來看他，她很敬愛父親，而且她當然堅信他是無辜的。不過家人總是會這麼想。」

威廉有點顫抖地問：「她的名字是？」

電話那頭又停頓了一下。「伊莉莎白・雷恩斯福德[45]。」

「你知道她在哪裡工作嗎？」

「A級囚犯的所有訪客都必須登記工作地點。」又一陣停頓後，羅斯說：「她在菲茲墨林博物館工作。在你開口問之前，我可以用退休金打賭，她與失竊的林布蘭畫作沒有關係。」

「跟失竊的林布蘭畫作沒有關係。」

「那就好。」

威廉說：「感謝你的幫忙，長官。」隨後掛斷電話。

他想必在座位上待了超過一小時，試著釐清頭緒。他現在終於明白，公寓裡為什麼沒有貝絲父親的照片。他從羅馬回來後，她說自己打電話給在香港的父母時，她顯然忘了遠東地區那時候正值午夜。他現在真希望自己當時看了那些明信片的背面。霍克斯比此時打開門，打斷了他的思緒。

他說：「我看見門底下有燈光，所以過來看一下。」

威廉抬頭看著上司，眼淚撲簌落下。

45 譯註：伊莉莎白為貝絲的全名。

霍克斯比坐到他身邊問道：「怎麼啦？威廉？」

「您知道多久了？」

霍克斯比沒有馬上回答。「林布蘭畫作失竊時，我們就對菲茲墨林博物館所有員工展開背景調查，因此查到她父親的名字。你開始與她約會後，我跟布魯斯討論過這個問題，我們都認為她一定有告訴你她父親的事。」

「我剛剛才發現。」

霍克斯比把一隻手搭在他的肩膀上，說：「我很抱歉，我們都知道你對她的感情，潔琪曾警告我們這可能會很嚴重。」

威廉說：「我剛剛才發現有多嚴重，現在不知道該怎麼辦了。」

「如果要我給個建議，我會建議你把一切都告訴你父親。他是個精明又心思縝密的人，而且我能肯定一件事，他不會只給你想聽的答案。」

「您還記得這起案件嗎？長官？」

「不太清楚，但是我記得參與案件的兩位警官，史騰和克拉克森。史騰偵緝督察在審判結束後沒多久便退休，老實說那時間算得剛剛好。現在你知道了，你打算怎麼做？」

「回家，等貝絲從彭頓維爾回來。」

「為什麼不直接到監獄去？她出來時在外面等她，你就能帶她回家了。」

威廉沒有回答，只是直愣愣地盯著前方，彷彿沒有聽見他說話。

霍克斯比看了手錶後又說一句：「如果你想及時趕到，最好現在就出發。」

威廉說：「當然，您說得對，長官。」他一躍而起，抓起外套便向門口衝去，一邊回頭說：「謝謝！」

威廉衝到街上後，攔下他看見的第一輛計程車。

「去哪裡？先生？」

「彭頓維爾監獄。」

威廉爬進後座後，計程車司機喃喃自語：「就這樣吧。」

「有什麼問題嗎？」

「對計程車司機來說，沒有比這更糟的目的地了。」

「怎麼說？」

「如果載一個人到彭頓維爾，就永遠賺不到回程的車費，因為他們大部分的人都要被關一輩子！」威廉哈哈大笑，他幾分鐘前可不覺得自己還笑得出來。「你是要去坐牢還是去探監？」

「去接我女朋友。」

「我不知道彭頓維爾還有女性囚犯。」

「確實沒有，她是去探望父親。」

「希望不是什麼重罪。」

「謀殺。」

隨之而來的漫長沉默，讓威廉得以釐清自己的思緒，思考當貝絲在監獄外看見他時，他應該說些什麼。她一開始會很震驚，可能會不敢相信他願意與她一起解決問題，而不是轉身走開。

計程車一個轉彎離開主幹道，開進一條僻靜的小路，往那堵幾乎擋住所有陽光的高聳磚牆駛去。車子在柵欄前停了下來，司機說：「我只能開到這裡。」

威廉盯著眼前那寬闊的木製大門。外面的告示牌寫著「彭頓維爾皇家監獄」。

「你要進去嗎？先生？」

「不，我在外面等。」

「需要我載你們兩個回到市區嗎？」

威廉查看計程車表，掏出他剩下的幾英鎊後說：「恐怕沒辦法，我連搭公車回去的錢都不太夠。」

「這次算我招待，先生，反正我不論如何都要回去。」

「你真是太好心了，但是可能要等……」

「沒問題。這樣應該能彌補我打聽你私事的莽撞行為。」

威廉說：「謝謝。」此時一扇側門打開，一次只讓一個人從監獄裡走出來。零零星星的探監者走到街上。

對大部分來探望親戚或朋友的人而言，這只是一個平凡的星期六下午。但是有些人低著頭畏畏縮縮地離開，有些人則顯然想越快遠離這裡越好。母親、父親、妻子、女友，還有人抱著嬰兒，每一個人都有故事可說。接著她出現了，看起來疲憊不堪，淚流滿面。貝絲第一眼看見他時，整個人僵在原地動彈不得，顯然因為自己的祕密被發現而嚇壞了。

威廉迅速朝她走去，將她擁入懷中。

他說：「我愛妳，而且會一直愛妳。」

他感受到她全身癱軟，他甚至得扶住她才能站穩。

幾名探監者從他們身邊走過，而她仍然緊緊依偎著他，彷彿剛剛被放出來的囚犯。

她說：「我很抱歉。」她依然緊緊抱著他，不肯鬆手。「我們剛認識時，我就應該告訴你了。但是日子一天天過去，我越來越難開口。我沒想到會愛上你，你願意原諒我嗎？」

威廉握住她的說：「沒有原諒不原諒這回事。」

他為貝絲打開計程車的門，接著與她一起坐進後座。

「要到哪裡？先生？」

他回答：「富勒姆花園三十二號。」貝絲此時將頭靠在他肩膀上。

「你什麼時候發現的？」

「今天早上。」

「如果你想搬出去，我完全理解。」

「我只說一次，貝絲，只說一次。你跟定我了，所以就習慣吧。」

「但是……」

「沒有但是。」

她平靜地說：「只有一個但是，你得知道，我堅信父親是無辜的。」

威廉彷彿聽見羅斯三級監獄官說「他們總是那麼說」。他試著安慰她：「我不在乎，不論如何我都不介意。」

貝絲說：「但是我在乎，因為我下定決心要還他清白，我一定要做到。」

他們沉默了一陣子，威廉才說：「我可以問妳一件事嗎？」

「儘管問吧。我一直認為你一旦得知我父親的事，就會馬上離開我。所以儘管問吧。」

「妳是知道的，我父親是刑事大律師公會首屈一指的大律師。」

「而我像個傻瓜一樣愛上了他兒子。」

「如果我請他研究這起案件，給出一個公正的判斷，妳會接受他的結論嗎？」

貝絲沒有馬上回答，但是她想了想之後才說：「我至少能做這件事。」

「如果答案不是妳想聽的，妳願意放下，然後繼續過日子嗎？」

「可能有點困難。」

威廉說：「好吧，至少是個開始。如果妳明天來與我的家人吃午餐，就可以告訴我父親，妳為什麼堅信妳父親是無辜的。」

貝絲握著他的手說道：「我還沒準備好，還是在我探望父親的隔一天，這樣更糟。我有時候會哭一整天，希望星期一馬上到來，我就能回去工作。一次一步好嗎？拜託。我們回家以後，我可以告訴你來龍去脈，但是我可能要過一陣子，才能聽聽你父親的看法。」

「但是不論他怎麼想，你終究得見他一面，因為我的父母會想見一見我要娶的女人。」

求婚後伴隨而來的通常是喜悅與慶祝，而貝絲則是哭泣。

計程車停在他們家門口時，威廉走下車，向司機道謝。

「我的榮幸，先生，而且我得承認，這是第一次有人在我的計程車後座求婚。」

他又一次逗得威廉哈哈大笑。

威廉打開正門，然後退到旁邊讓貝絲先進屋。她回到家的第一件事是逕直走進書房，把壁爐架上的明信片全部拿下來，撕成碎片後丟進廢紙簍。她接著拉開書桌最下層的抽屜，拿出她父母親的照片放在壁爐架上。

他們往廚房走去時，她說：「沒有祕密了。未來只有實話，沒有謊言。」

威廉點點頭，他俯身越過桌面握住她的手，貝絲便開始說起，她父親如何又為何被以謀殺罪定罪，被判處終身監禁。

他偶爾打岔問了幾個問題，而等到他們上床睡覺時，他也同樣認定亞瑟·雷恩斯福德可能是無辜的。不過他很清楚，比起一個經驗不足的偵緝警員，還有一個顯然是無條件敬愛父親的年輕女子，他父親一定會花更多精力研究案件的每一個細節，而且充滿懷疑。他們都同意聽從朱利安爵士的判斷。

❊ ❊ ❊

星期天早上，經過輾轉反側的一夜，威廉發現比起答案，他有更多問題想問父親。他吃完早餐往車站走去時，他和貝絲都非常清楚他們面對的風險。

雖然威廉凝視著車窗，卻完全沒在欣賞沿途疾駛而過的鄉間風景。他在索爾漢姆下車時，決定走幾英里的路回到奈多福，如此一來他就能釐清思緒，盤算自己該怎麼開口，因為他要面對的不僅是自己的父親，還是全國上下數一數二的律師。

當他從小到大住的茅草頂房屋映入眼簾時，他放慢腳步。他知道前門沒有鎖上，便開門走進去，看見父親坐在書房的火爐旁邊讀《觀察家報》。

他放下報紙說道：「真高興見到你，兒子，找到那幅林布蘭的畫了嗎？」

「父親，我遇見了想娶的女人。」

「真是好消息，你母親會很高興的。所以那個年輕女孩怎麼沒來跟我們一起吃午餐呢？」

「她的父親因為謀殺罪被判終身監禁。」

❊ ❊ ❊

朱利安．華威克爵士御用大律師坐在主位，全神貫注地聽兒子告訴全家人，他的人生如何在二十四小時內發生天翻地覆的變化。

他母親說：「我等不及想見她了，她感覺非常特別。」

朱利安爵士沒有說話。

威廉說完後，葛蕾絲問道：「您記得這起案件嗎？父親？」

「我對審判有一點模糊的記憶，但是僅此而已。雷恩斯福德對那兩名高階警官坦白罪行時，還譴責了自己。」

威廉正想開口：「但是……」

「不過，我會讀完法庭紀錄，假如我發現一絲值得懷疑的地方，就會去彭頓維爾監獄拜訪雷恩斯福德先生，聽聽他的說法。但是我警告你，威廉，除非有新證據出現表明可能出現誤判，否則檢察總長不會同意再次審理的。這種案例很少見，但不是沒有過。所以我很高興聽到，假如貝絲父親的案件沒有翻身的餘地，她願意放下一切繼續生活。」

「謝謝您，父親，我別無所求了。」

葛蕾絲說：「如果您要拜訪雷恩斯福德先生，我能一起去嗎？」

「我能問問是為什麼嗎？」

「因為如果您認為他可能是無辜的，如果出現新證據，如果……」

「如果、如果、如果。妳到底想說什麼？」

「如果您接下這起案件，要在高等法院開庭審理，您會需要一名初級律師。」

24

大隊長說完「我們保持連絡，羅斯」，便聽見有人敲門。

三個人走進來，在霍克斯比辦公室的會議桌旁坐下，準備召開星期一早上的會議。大家的心裡都憋著一件事，但是大隊長決定像一般的公事一樣看待這個問題。

拉蒙特先開頭：「我剛聽說有人看見凱文・卡特回到巴恩斯塔波了，而根據當地警方的說法，他要賣掉房子。」

威廉說：「所以卡特想必終於發現真相，而且看來福克納還給了他一筆錢。」

霍克斯比建議：「或許我們該再次聯絡蒙蒂中尉，他一定拿到教授的報告了，所以我們應該開始準備逮捕卡特。」

拉蒙特說：「沒有什麼比到巴恩斯塔波走一趟，親自逮捕那個混蛋更令我高興的事了。」

威廉說：「或許還能抓到整場騙局的幕後黑手。」

「那樣更好。」

霍克斯比說：「或許蒙蒂甚至知道那個人是誰。我現在打電話給他，然後開擴音，這樣我們都能聽見他說的話。如果你們想發表看法，別打斷我，寫下來以後再傳給我看。」他沒有等其他人回應就開始尋找號碼，然後打了過去。

隨之而來的是一陣不熟悉的鈴聲，而且響了很久才有人接聽。

「早安，我是霍克斯比大隊長……」

「抱歉，我不會英語。」

接著是一陣漫長的沉默，但是電話沒有傳來嘟嘟聲，表示對方並沒有掛斷。

「早安，我是羅瑞蒂上尉，請問有何貴幹？」

「早安，上尉，我是倫敦警察廳總部的霍克斯比大隊長。我想與蒙蒂上尉說幾句話，是關於一起我們參與的案件。」

「蒙蒂中尉已經不在這裡了，長官。但是我可以告訴你，你說的那起案件已經圓滿解決了。」

「解決？但是我們的共識是，等蒙蒂拿到佛羅倫斯古文物博物館教授的報告後，我們要共同宣布那些西班牙古銀幣是仿冒品，整場打撈行動都是騙局。」

上尉說：「我對於整個情況的理解不是這樣的。佛羅倫斯的教授證明了，那枚銀幣是貨真價實的古董，因此義大利海軍辦公室正式宣布那是無主寶藏，義大利的媒體都大幅報導了這件事。好消息是，大隊長，蒙蒂中尉為我們想出了一個妙計。」

霍克斯比試著保持平靜地問道：「什麼樣的妙計？」

「經過幾天艱難的協商，義大利海軍辦公室最後同意的銀幣價值，遠遠低於卡特先生的代表人一開始提出的金額。」

霍克斯比脫口而出：「多少錢？」

「六十萬英鎊，因此義大利政府只需要支付三十萬英鎊。所以說，蒙蒂中尉精湛的協商技巧為政府省了五萬英鎊。」

威廉違背大隊長的命令，小聲說道：「一枚銀幣？」

霍克斯比問：「蒙蒂中尉只送了一枚銀幣給教授檢查嗎？」

上尉說：「是的，其餘的銀幣都存放在羅馬一個安全的地方。蒙蒂認為把一整箱銀幣送到佛羅倫斯沒什麼意義，而且還會冒不必要的風險。」拉蒙特在一張紙上寫了幾個字，然後交給霍克斯比。

「你說蒙蒂中尉已經不在那裡……」

「沒錯，大隊長。他最近提早退休了。」

「但是我上次跟他通電話的時候，他還提到自己有可能升官。」

羅瑞蒂上尉說：「是的，的確非常突然。似乎是他母親罹患癌症，他認為自己身為獨生子，應該立刻辭職回家照顧她。很大的犧牲，因為你說得沒錯，他當時正準備晉升為上尉，還要掌管我們部門。」

威廉在一張紙上寫下他在哪？

霍克斯比問：「請問我該如何聯絡上他呢？」

「他留了一個在西西里的轉寄地址，應該是他的老家。」

拉蒙特一臉無奈地舉起雙手，喃喃說道：「我應該在義大利出生的。」威廉此時又寫下一個問題給獵鷹參考。

霍克斯比說：「可以的話，我想再問一個問題，請問是誰代表卡特先生去協商的？」

「請等我一下，大隊長，我查查看。」

威廉寫下一個名字，等待上尉證實他的猜想。

羅瑞蒂說：「啊是的，在這裡，一位來自倫敦林肯律師學院的律師。布斯・華生御用大律師。」

霍克斯比說：「謝謝你，上尉。」他試著壓抑聲音中流露的怒火。

「我的榮幸，大隊長。我們一直很榮幸能與倫敦警察廳的同仁合作。」

霍克斯比重重地掛斷電話，拉蒙特則一遍又一遍地重複那兩個字的髒話。

威廉冷靜地問：「我們何不直接去逮捕卡特？」

「然後破壞我們與義大利警方僅存的友好關係？不，我不認為這會讓我們兩國的政客感到高興。」

威廉說：「所以我們束手無策了？」

拉蒙特說：「我們能做的只有射殺邁爾斯．福克納，再祈禱還剩下一顆子彈殺了布斯．華生。」

「冷靜點，布魯斯，我們還無法證明福克納有涉案。先深深吸一口氣再繼續吧。」

拉蒙特說：「你說得算，老大，但是我還有一個問題想問。」霍克斯包容地點了點頭。

「義大利海軍辦公室還有多少人也提早退休了？」他說完便怒氣沖沖地走了出去。

威廉正想說：「但是我沒……」結果他一轉身，就看見桌上兩疊厚厚的卷宗，華威克偵緝警員。」

威廉正準備跟著離開，霍克斯比便說：「別忘了你的卷宗，華威克偵緝警員。」

料後，不發一語地離開會議室。他回到辦公室時，看見拉蒙特正一拳一拳地猛捶電話簿。

威廉天真地問道：「是福克納還是卡特？」

拉蒙特咆哮：「整個體制，總是能讓壞蛋有機可乘。」

威廉在辦公桌前坐下，打開其中一個霍克斯比放在桌上的卷宗。他才翻了幾頁，就明白大隊長冒了多大的風險。

＊＊＊

葛蕾絲大致看過內容之後問道：「這些是哪來的？」

威廉說：「我不能告訴妳。」

她繼續翻動資料。「看起來很有希望，但是我得等晚上回家後才能更仔細地讀過，然後隔天一大早向長官報告。」

「這表示爸爸同意去彭頓維爾，拜訪雷恩斯福德先生了嗎？」

「沒錯。他週末剩下的時間都在讀那場審判的法庭紀錄，一邊讀還發出嗯、啊的聲音，甚至說了好幾次『真可恥』。」

「所以他覺得有可能……」

「不，並沒有。」葛蕾絲斬釘截鐵地說。「不過，他確實覺得自己還是得拜訪雷恩斯福德先生一趟，才能提出他經過深思熟慮得出的看法。」

「我能一起去嗎？」

「可以，但是有一個條件。」

「什麼條件？」

「父親開始對雷恩斯福德先生進行交互詰問時，你不論如何都不可以打斷他。如果你打斷他，他就會馬上離開，撒手不管這起案件。」

「我還是想一起去。」

「那就別小看他的威脅。」

「妳也會去嗎？」

「會，他指定我成為這起案件的初級律師，還給了我一件非常困難的任務，就是找出讓他有機會申請再次審理的新證據。」

「目前有收穫了嗎？」

「還沒，不過現在還早。如果我要在午夜前讀完這些關於史騰偵緝督察和克拉克森偵緝警員的資料，我最好趕快開始。」

「妳也會給妳的朋友克萊兒讀嗎？」

「她同意擔任這起案件的事務律師。」

威廉說：「她人真是太好了，現在我們只需要等待爸爸的裁決。」

「你應該感謝他跟你同一陣線，因為如果他覺得是誤判，他不只會以重量級拳手的身分出擊，還會打滿十五回合，絕不善罷甘休。」

25

朱利安爵士、葛蕾絲和威廉各自以不同的交通方式，前往彭頓維爾皇家監獄：威廉從富勒姆搭公車——轉乘兩次；葛蕾絲從諾丁丘搭地鐵——轉乘一次；而朱利安爵士是從肯特的索爾漢姆搭乘司機開的轎車。

他們在接待區會合，一名監獄官為他們登記。

監獄官說：「雷恩斯福德在等你們了。」接著陪同他們走進會客室。他們走進玻璃方塊時，亞瑟．雷恩斯福德站起身，與三名訪客一一握手。

他說：「你太好心了，我不知道該如何感謝你，朱利安爵士。我覺得自己已經認識你的兒子了，因為貝絲每次來看我時，幾乎都在聊他。雖然我覺得我女兒愛上一個警探有點諷刺，因為我與警察打交道的經驗實在不怎麼愉快。」

威廉說：「其實是我先愛上她的。」兩人第一次握了手後，所有人便圍著桌邊坐下。「對了，她請我轉達她的愛，她很期待星期六與您見面。」

雷恩斯福德說：「謝謝，我也很期待和她見面。」

朱利安爵士直到此刻都沒有開口，不過他的目光始終沒有離開面前的囚犯，因為他正在評估這個人，這是他第一次見到潛在客戶時總是會做的事情。他看過雷恩斯福德的逮捕紀錄，所以知道他今年五十三歲，身高將近六英尺，還有因為大學時打拳擊而斷過的鼻子。他猜測自從雷恩斯福德入獄後，他的頭髮就變灰了。他看起來身材精實，這表示他每天下午的放風時間都在健身房度過，而不是在院子裡漫步抽菸，這也表示他沒有吃監獄一般提供的香腸、豆子和薯條。他說起話來輕柔有禮，顯然受過良好教育，而且看起來完全不像殺人犯。不過，多年來的經驗讓朱利安爵士明白，殺人兇手形形色色，有些人拿過一級榮譽學位[46]，有些人則在十四歲就輟學了。

朱利安爵士開口：「雷恩斯福德先生，我……」

「請叫我亞瑟。」

「雷恩斯福德先生，我已經非常仔細地讀過你的審判紀錄，也查看過檢方提供的證物，考量了你在證人席上說的證詞，一字一句讀過你的口供。不過，既然這是我們第一次見到你，我還是想聽你本人的說法。如果我時不時打斷你，請你交代清楚或問一些問題，還請你見諒。」

46　譯註：英國大學的最高等學位，表示學生成績優秀。

「當然沒問題，朱利安爵士。我在艾普索姆出生，我父親是全科醫師，他從我很小的時候就一直希望我繼承他的衣鉢。我在學校的表現不錯，因此有機會進入倫敦大學學院醫院習醫，這讓我父親很高興。但是沒過多久，我便意識到自己不是當醫生的料。所以我做出令他失望的決定，捨棄醫生的白袍，改穿上黑色的長袍，轉到倫敦政治經濟學院研讀經濟，我從第一堂課開始就樂在其中。」

「畢業之後，我成為巴克萊銀行的實習生，但是不久之後，我又一次意識到自己不適合在大公司做牛做馬。所以我晚上就在倫敦政經學院繼續攻讀商業學位，我因此才終於發現自己的最適合的職業。我身兼太多角色，收入又太少，所以決定到倫敦市的一間商業銀行工作。」

朱利安爵士問：「哪一間？」

「佳信銀行。我一開始在他們的小型企業部門，接下來三年間都在幫助銀行的客戶拓展公司規模。看見他們成長為大型企業，就是最讓我快樂和欣慰的事。」

「我當時有兩位好朋友，學校認識的老朋友黑密希．蓋布雷斯，還有我在倫敦政治經濟學院認識的蓋瑞．柯克蘭。黑密希畢業後，成為約翰路易斯百貨公司的實習經理。他天生就很會與人相處，還有幫助別人發揮潛力的天賦。蓋瑞的前途遠比我們光明許多，但是他大學期間大部分時間都在喝酒和社交。老實說，他能畢業拿到學位讓我很驚訝，更別說他還是以名列前茅的成績畢業。他後來在倫敦市找到會計師的工作，比起讀小說，他更享受看試算表。」

「一個星期五晚上，我們都喝太多酒了，黑密希便提議我們應該自己創業。我後來整個週末都在思考，他說得可能有道理。畢竟我三年來都在告訴別人如何拓展公司規模，所以我或許有辦法自己成立公司。我按照自己會對前景可期的客戶提出的要求，寫了一份鉅細靡遺的計畫書，我自己是銷售，黑密希是公司行政主管，蓋瑞則是會計。我接著向未來的合夥人們提出自己的想法。」

朱利安爵士問：「結果如何？」

「他們自然都想知道我們的公司要做什麼，我說我們應該開一間投資公司，運用我在醫學界的知識和人脈。當時醫學領域有一些令人興奮的新發現，提供了不少前途無量的投資機會。」

「又過了六個月，我們三個人才有勇氣遞出辭呈，而且要不是我在佳信的上司鼓勵我，甚至提議以創始種子資金換取公司百分之五十的股份，我可能還不會下定決心。」

葛蕾絲振筆疾書寫下筆記；威廉想要問幾個問題；宛如人面獅身像一般的朱利安爵士則是正襟危坐，面無表情地聽著。

「我們在一九六一年成立雷蓋柯有限公司，在馬里波恩租了幾間辦公室，但是我們三個人只請得起一位祕書。我在全國各地奔波拜訪醫生和醫院，同時參加不少醫學會議。公司的前五年收支剛好打平，不過我後來將客戶的錢投資在一間小藥廠上，不久後那間藥廠便研發出乙型腎上腺素阻斷劑，公司的經營便在一夜之間發生劇烈變化。隔年，我們為金主創造了百分之十四的收益，突然之間成了當時炙手可熱的公司，潛在投資人和需要資金的研究人員紛紛找上我們。」

「我們從佳信手中買回公司百分之五十的股份，同時在馬里波恩租了另一層的辦公室，慶祝公司創立十周年。」

威廉現在有好幾個問題急著想問，但是他看了姊姊一眼，便想起來這麼做是不明智的。

「接下來幾年，只有貝絲成長得比公司還快。儘管一九七〇年代的經濟環境充滿變數，我們還是對未來懷抱信心。然而，即使已經近在眼前，我還是沒發現即將發生的問題。我知道蓋瑞的婚姻出了問題，因此看見他的婚姻最後以支付高額贍養費的離婚收場，我並沒有太意外。接下來幾年間，他身邊有太多女人來來去去，我根本記不住她們的名字。但是我什麼也沒說，即使是他在辦公室的行為，造成其中一位年輕的祕書辭職，還有一個祕書威脅要控告我們公司，最後達成了庭外和解，我都沒有多說什麼。」

「我每個星期都有五天在路上奔波、開拓客源，所以我始終沒有意識到問題的嚴重程度，直到公司舉辦耶誕派對的那天晚上，喝醉的蓋瑞對我已婚的祕書毛手毛腳。她隔天就辭職了，她同意簽署保密協議後，公司便給了她一筆豐厚的和解金。」

「我和黑密希明明白白地告訴蓋瑞，如果他再做出逾矩的行為，他就只能辭職了。說句公道話，我們從那之後就再也沒收到投訴，而幾年後，蓋瑞宣布他與人生的摯愛訂婚了，非常期待再次結婚，從此安定下來。」

「他的未婚妻布莉姬非常開朗，又充滿魅力，而且在各方各面都表現出深愛蓋瑞的樣子。但事實證明，她只對他的錢有興趣，而且沒過多久就把他帳戶裡的錢提領一空。她接著解除婚約，去找她的下一個受害者了，徒留支離破碎的蓋瑞。令人難過的是，沒過多久，我們的女性員工便再次開始投訴他的行為，他甚至連沒喝醉時都開始毛手毛腳。但是，有一次貝絲在離開派對後告訴我，她現在終於明白為什麼辦公室的人都說他『手不安分』時，我終於徹底抓狂，接受他不得不離開的事實。」

「要不是我要與一個月來一直密切關注的潛在投資人在考文垂見面，我應該會在隔天要求他馬上辭職。我打給黑密希，告訴他我的想法，我們都同意應該等到我後天回來時再說，我們到時會一起給他發出最後通牒。辭職，或者被解雇。」

「我與潛在新客戶見面的收穫頗豐，還邀請他共進午餐。喝咖啡的時候，他提及自己考慮投資在雷蓋柯公司的金額，那遠比我預期的多出不少。」

「但是我要用公司的信用卡買單的時候，服務生卻在幾分鐘後尷尬地走回來，悄悄告訴我卡片被拒刷了。這在未來的投資人面前發生可不是好事。我用自己的信用卡付了款，但是造成的傷害已經無法挽回。我在車站打電話給銀行經理，要求對方給我合理的解釋。畢竟，我們公司在前一年可是有超過一百萬英鎊的利潤。他說我們的公司透支，他已經告知柯克蘭先生這個問題好幾次了。」

「我立刻打電話給蓋瑞，而他告訴我沒有任何問題存在。他建議我回家前順路過去一趟，他會向我解釋清楚。我一在尤斯頓站下車，就搭計程車回到辦公室。」

「我一打開前門，就看到一個矮小結實，好像在哪裡見過的男人從我身旁衝過去，一路跑到街上。我走上二樓蓋瑞的辦公室，看見他四仰八叉地倒在地毯上。」

「我連忙跑到他身邊，但是我不需要醫學學位都看得出來，他已經死了。他的下巴碎了，頭後方還有一道深深的切口。我正準備報警時，就聽見外面傳來警笛聲，不久後便有六名警察衝進來，看見我跪在遺體旁邊。我接下來唯一記得的事，就是其中一名警察向我宣讀我的權利。」

朱利安爵士問：「你當時有說什麼嗎？」

「我只說他們抓錯人了。我認為他們會很快查明案件的全貌。他們把我載到最近的警察局，把我一個人丟在牢房裡好幾個小時。我最後終於被帶到一間偵訊室，兩名警探在那裡等我。」

朱利安爵士問：「是史騰偵緝督察和克拉克森偵緝警員嗎？」

「沒錯。我把所有事情一五一十告訴他們，但是他們顯然已經認定我是兇手，我說再多都無法動搖他們的成見。不過他們在偵訊時曾經說溜嘴，說有一個匿名人士向他們通風報信，這就解釋了警察為何這麼快就抵達現場。」

葛蕾絲寫了一張筆記，推到桌子對面給她的父親看，而他仔細地看了一會兒。

「你在審判的時候說，這是其他人殺了你的合夥人的確鑿證據。」

「對，我也提出那個跑出建築物的男人，應該就是打電話的人，但是他們沒有聽進去。」

「接下來發生什麼事？」

「史騰問我是否準備好做筆錄，我當然準備好了，因為我沒什麼好隱瞞的。他寫下我說的話，而我再三確認每一頁的內容之後才簽名，因為我聞到了他身上散發的酒氣。」

葛蕾絲又做了筆記。

「你在審判時說原本的筆錄有三頁，但是在法庭上讀出的版本只有兩頁。所以我必須問，雷恩斯福德先生，你三頁都簽名了嗎？」

「是的，前兩頁是簽我的姓名縮寫ＡＲ，但是我在第三頁簽了全名。」

「那三張紙有標示頁數嗎？」

「我不記得了。」

「還真是巧啊。警方在法庭上交出你的供詞作為證據時，總共只有兩張紙，清楚標示了第一頁和第三頁，而第三頁的底部簽了你的全名，還有史騰偵緝督察和克拉克森偵緝警員的簽名。你要作何解釋？」

雷恩斯福德說：「我唯一能想到的解釋，就是一定有人抽走了中間那一頁，之後才加上頁數。」

朱利安爵士說：「或許是那個神祕人？接下來呢？」

「我隔天早上被帶到治安法官面前，我的保釋申請被駁回了。我被還押候審，然後就到了彭頓維爾等待開庭。」

「案件五個月後才開庭，你這段時間一直被拘留。」

「沒錯。但是我還是有信心，認為陪審團會相信我的口供有三頁，而不是兩頁，因為我能一字不漏地複述我在消失的那一頁上寫的所有內容。」

「不過，梅羅斯法官不會讓你遞交那消失的一頁作為證據的。在審判尾聲，你覺得法官對案件的總結是否公正，沒有任何成見或偏見？」

「我確實這麼想，他的總結很公正，而且雙方兼顧，因此我更加確信陪審團會作出對我有利的裁決。」

「但是並沒有。」

「的確，他們退庭四天，甚至連晚上都在討論。第五天，他們以十票對兩票的多數決，判定我謀殺罪罪名成立。隔天早上，梅羅斯法官判處我終身監禁，十二年之後才有假釋資格。而我現在已經服刑兩年。」

葛蕾絲又振筆疾書，在「十二」兩個字下面畫了線，隨後將紙條交給父親。

朱利安爵士問：「你是否曾考慮認過失殺人罪？因為一時盛怒而攻擊他，但是從來沒想過要殺死他，所以終其一生都會悔恨不已？」

「但是我沒有攻擊他，朱利安爵士。我的事務律師當時也提出相同的建議，而且說他確信如果我承認過失殺人罪，只會被判刑四年，兩年後就能出獄，但是我拒絕他了。」

「為什麼？」

「因為我的事務律師跟你一樣，不相信我是無辜的。」

「但是你不能否認，雷恩斯福德先生，你在聽說女兒被柯克蘭先生性騷擾之後就抓狂了，而且當你發現他一直盜用公款，把錢花在不同的女人身上後，你就變得更加怒不可遏。所以陪審團為什麼要相信你的口供是三頁，而不是兩頁，而且真正的兇手是一個憑空出現的神祕男子，還恰好消失得無影無蹤，從此不再出現？」

雷恩斯福德說：「因為那就是事實，朱利安爵士。」他的手肘撐在桌上，雙手抱著頭。

「不過，我當然能理解你為什麼不相信我。」

一陣漫長的沉默隨之而來，另外三個人都等著朱利安爵士拿起自己的格萊史東包，頭也不回地離開，從此不再出現。

他平靜地說：「但是我相信你，亞瑟。我現在毫無疑問地相信你沒有謀殺你的合夥人。」

亞瑟不敢置信地抬頭，看見面前這氣度不凡的御用大律師對自己露出微笑。

威廉無視姊姊緊盯他的目光，開口問道：「您是怎麼被說服的？父親？」

「三件毫無關聯的事情，如果陪審團當時注意到這三件事，可能會因此作出不同的裁決。」朱利安爵士發表自己的結案陳詞前，總是會忍不住來回踱步。「我當大律師這麼多年，從來沒見過哪個謀殺犯不願意承認過失殺人罪，拒絕給自己減刑的。」

葛蕾絲問：「第二個理由呢？」

「亞瑟獲得假釋資格前的服刑時間。」

威廉說：「十二年。」

「沒錯，因為梅羅斯法官在法律界的稱號是『終身就是一輩子』梅羅斯。我昨晚查了一下他的紀錄，他在皇家法院擔任法官的期間，主持過超過二十四起被告罪名成立的謀殺案審理。而只有亞瑟，他給了十二年的最低刑期。為什麼『終身就是一輩子』梅羅斯會打破一律判處終身監禁，絕不減刑的習慣呢？是不是因為他也不相信亞瑟有罪呢？」

葛蕾絲問：「第三個理由呢？」

「我們得謝謝威廉。」

朱利安爵士又一次忍不住在會客室來回踱步，接著才說出他的想法。他伸手拉了一下他並沒有穿在身上的長袍翻領，之後才開口。

「威廉，你告訴過我，你第一次向羅斯三級監獄官提起亞瑟時，他的第一反應是說『如果他是殺人兇手，我就是開膛手傑克』。以我的經驗來看，即便只是私底下閒聊，一個三級監獄官也絕對不會承認某個囚犯可能是無辜的。」

葛蕾絲問：「這表示您會接下這起案件嗎？父親？」

「我們已經接下來了，親愛的。因此我們得展開一項浩大工程，找出新的證據說服檢察總長下令再審。因為如果不再審，我們提出再多個人看法也沒用。」

亞瑟說：「不會的，朱利安爵士，因為我很高興我的準女婿明白我是無辜的。」

26

電話響了起來。

朱利安爵士質問：「誰會在耶誕節打電話給我們？而且我正準備切烤雞呢。」

威廉說：「我的錯，恐怕是因為我告訴警局我會在哪裡過節。」

「那你最好快去接電話，我們其他人要來享用耶誕午餐了。貝絲，妳想要雞腿還是雞胸？」

威廉快步走向父親的書房，拿起鈴聲大作的話筒。「我是威廉．華威克。」

「我是克里斯蒂娜．福克納。耶誕快樂，威廉。」

「耶誕快樂，克里斯蒂娜，妳從哪裡打電話給我？」

「蒙地卡羅。」

「想必是在拆禮物吧。」

「不，我其實正在打包禮物，這就是我打電話給你的原因。我需要你盡快過來找我，才能把禮物送你，我現在正看著那份禮物呢。」

威廉說：「我得先打電話給上司。」雖然他巴不得馬上出發。「只要他同意，我明天中午就飛過去。」

克里斯蒂娜說：「再晚可就不行了，因為我一打包完，就會把六十九個板條箱全部裝上邁爾斯的遊艇。」

「妳也會上船嗎？」

「不會，我的計畫不是那樣的。克里斯蒂娜號——這是在我們婚姻還很美滿時取的——航向南安普敦後，我就會搭飛機回到希斯洛機場。我接下來會搭車回到林普頓大宅，打包更多禮物，我得在搬家公司隔天早上抵達前準備好，把那些東西送到南安普敦，同樣都裝到克里斯蒂娜號上。重要的是時間點。」

「我能問一下，接下來會發生什麼事嗎？」

「我們明天在蒙地卡羅見面後，我會向你娓娓道來。你確定要搭哪一班飛機後再打給我，我會派一輛車去接你。」

「我跟大隊長談過後就回電給妳，再見，克里斯蒂娜，祝妳耶誕快樂。」威廉掛斷電話，回到餐廳。他真的很想告訴他們，尤其是告訴貝絲，他明天此時或許就能拿回那幅林布蘭的畫作了。他在未婚妻身邊坐下，卻發現面前的盤子空無一物。

「你錯過主餐了，兒子。但是別擔心，我很確定那邊還剩了一點布丁。」

他母親說：「別理他，我們還沒開動呢。喬安娜剛剛在跟我們說，亞瑟不在的這段時間她都在做什麼。」

威廉對貝絲的母親露出微笑，一邊為自己盛了一些球芽甘藍。

喬安娜說：「亞瑟剛進監獄的時候，我們都以為公司要遭遇滅頂之災了。但是我們很快就發現黑密希非常堅強，他繼續經營公司，彷彿亞瑟只是外出拜訪客戶還沒回來。」

「這段時間，亞瑟就在彭頓維爾監獄辦公，而我則在他位於馬里波恩的辦公室。我每天都寫信給他，向他報告最新近況。」

葛蕾絲問：「萬一有人想與董事長見面，卻發現他在坐牢該怎麼辦？」

「過了一陣子，我便接下他的工作，開始在全國各地奔走拜訪公司的客戶。我很驚喜地發現，大部分的客戶都沒有捨棄我們。」

朱利安爵士說：「在艱難危急之時，名聲就是正義之人的盾牌。」

威廉問：「這話是誰說的？」

「我說的，沒禮貌的小子。請妳繼續說，喬安娜。你們損失了會計師，銀行一定也很擔心你們的情況。」

喬安娜說：「巴克萊銀行盡其所能幫助我們，但是真正把我們從水深火熱之中救出來的是佳信銀行，讓投資人有信心與我們一起度過難關。接下來，意想不到的是，我們走運了。」

餐桌旁的每一個人都放下嘴邊的食物。

「蓋瑞・柯克蘭沒有立遺囑，他的兒子休伊繼承了一切，包括他父親對數字的天賦，所以他現在坐在父親以前的辦公室裡，經手公司的每一筆花費。在你們開口問之前，我先說，他和他父親不一樣，他的婚姻很美滿。」

葛蕾絲問：「這表示公司的經營又重新上軌道了嗎？」

「不，現在只是收支剛好打平，但是等亞瑟回來，我們應該很快就能賺錢了。」

朱利安爵士說：「別給自己壓力。」此時電話又響了。他誇張地嘆一口氣，問道：「我們是在英國電信塔吃耶誕午餐嗎？既然一定是找你的，威廉，你何不邀請那個打電話的人一起來吃飯，好讓他別再打擾我們了。」

威廉三步並作兩步衝出餐廳，回到父親的書房。他抓起電話，猜想應該是大隊長打來的。「我是威廉・華威克。」

「抱歉在耶誕節打擾你們。」聽話筒那一頭傳來的聲音，想必是從紐約打過來的。「但是我得與葛蕾絲・華威克女士談一件私事。」

「請問是哪裡找？」

「雷納德・亞伯拉罕。」

「請等一下，亞伯拉罕先生，我會告知她你還在線上等著。」

威廉迅速回到餐廳。「是找妳的，姊。雷納德．亞伯拉罕？」

「葛蕾絲，能不能請妳告訴那個人，我們希望有一道菜是全家人都能在一起享用的。」

葛蕾絲說：「我猜可能是那位教授。」

朱利安爵士突然變了語調說道：「那麼妳最好趕快去接電話。」

葛蕾絲點點頭，飛快地離開餐廳。

「亞伯拉罕教授，我是葛蕾絲．華威克，抱歉讓您久等了。」

「不會的，華威克女士，該道歉的人是我。要不是事出緊急，我實在不想打擾妳過耶誕節，但是我想妳應該會想知道，我明天就會到倫敦了。」

「真是好消息，您會住在哪裡？」

「可能是機場的休息室，我只有四小時的轉機時間，之後就要飛到華沙探望我親愛的母親。我們猶太人很狡猾的。」教授補充道：「我們總是知道你們這些非猶太人什麼時候放假，只要我們在節禮日[47]隔天回到工作崗位上，你們根本不會發現我們離開過。」

葛蕾絲哈哈大笑。「您讀過我寄給您的庭審證詞紀錄了嗎？」

「我只大概瞄了幾眼，但是我會在飛機上更仔細地讀過，等我抵達希斯洛機場後，應該能給妳初步的看法。」

「我會在機場希爾頓飯店訂一間房間，就不怕被別人打擾了。請問您什麼時候會到？」

「我搭泛美航空的七一六號班機從約翰甘迺迪國際機場出發，大約早上十點二十分降落，妳們當地的時間。」

「那我會在入境大廳等您。」

「妳人真是太好了，不過妳要怎麼認出我呢？」

「別擔心，我讀過您的書。」

他笑著說：「那張照片是幾年前拍的了。不過我很期待明天與妳見面，華威克女士，我再次為在耶誕節打擾妳而致歉。」

「別這麼說，我父親聽到您的消息一定會很開心的。」

葛蕾絲悄悄回到餐廳，一語不發地坐回自己的位置，儘管威廉還是注意到了兩個律師之間的點頭交流。

瑪喬莉把白蘭地奶油遞過來時，朱利安爵士說：「請容我警告各位，如果任何人打算在女王陛下三點鐘的全國耶誕演說時打電話來，絕對不會有人接聽，就算是坎特伯里大主教打電話過來也一樣。」

47 節禮日（Boxing Day）：猶太人傳統上會在十二月二十六日贈禮給員工、僕人或窮人。

＊＊＊

隔天早上九點剛過，威廉就到希斯洛機場報到。他沒有告訴貝絲自己要去哪裡，她也沒問。一張飛往尼斯的機票已經在英國航空櫃台等著他。

雖然父親不太高興，他還是在女王的耶誕演說結束時，馬上打電話到倫敦警察廳總部。總機直接把他的電話轉到大隊長家。霍克斯比聽完威廉報告的消息便說：「你訂隔天第一班飛往尼斯的班機，如果林布蘭的畫在福克納手上，我們可不能讓她等太久。不論發生什麼事都馬上通知我，不管白天或晚上，因為我在得知最新消息前不會睡多少覺的。」

威廉扣上安全帶，此時飛機開始滑行到北邊的跑道上。

＊＊＊

十點剛過，葛蕾絲就在希斯洛機場下車，她查看入境航班時間表，看見泛美航空七一六號班機延誤了二十分鐘。她買了一份《衛報》和一杯卡布奇諾，坐下來等待。

七一六號航班旁邊的指示牌翻起「降落」二字後，她走到一個柵門後方，擠進失去耐性的接機人潮。

亞伯拉罕教授是第一批走進入境大廳的乘客，因為他的行李已經直接送上飛往華沙的飛機了。他停下腳步，目光掃視人群。葛蕾絲看見他時有點驚訝。從著作封底的照片看不出來，他幾乎不到五英尺高。不過他又大又圓的額頭，還有又厚又圓的眼鏡，讓她一眼就認出他來，雖然說他身上的黃色運動服和腳上的最新款耐吉球鞋，還是出乎她的意料。

兩人握手時，他解釋：「我每次搭長程飛機都穿運動服。我這一招是跟瓊．考琳絲[48]學的，但是我不像她，不會在下飛機前換回原本的衣服讓攝影師拍照。」

葛蕾絲說：「我們走路到希爾頓飯店吧，距離不遠，而且等計程車的隊伍永遠都很長，我們走路過去可能還比較快。」

教授說：「還能省一點錢。」走到飯店的路程很短，他們一路天南地北地聊著，卻隻字未提兩人心裡想著的那個話題。葛蕾絲訂了兩小時的套房，櫃台人員將鑰匙交給她時心想著，這一對情侶真不尋常，居然這麼早就來訂房。

葛蕾絲為教授泡了一杯熱騰騰的黑咖啡，他從公事包中拿出資料夾，放在兩人面前的桌子上。他開始翻動資料，一邊說出自己的想法，彷彿他正在指導一個前途似錦的大學生，她來聽他的講座，想知道他在這一方面的專業是否可能（他一直重複「可能」兩個字）對雷

48 瓊．考琳絲（Joan Collins）：英國影星。代表作為影集《朝代》（*Dynasty*）。

恩斯福德案有所幫助。他翻到最後一頁時，已經回答了葛蕾絲的所有問題，而且態度十分堅定，保證不會出現任何矛盾。他回答完最後一個問題後，葛蕾絲便知道她找到正確的人了。

亞伯拉罕查看手錶，把資料夾放回公事包。他從椅子上站起身時說：「如果要趕上飛機的話，我現在就得走了。我可不能晚到，我母親可能已經在機場等我了。」

葛蕾絲陪亞伯拉罕走回第一航廈，他前往出境大廳前，她又向他道謝一次，並問道：「我能否告訴父親，如果案件確定再審，您願意作為專家證人出庭？」

「如果我不願意的話，就不會浪費妳的時間了，年輕人。不過，我還是得看看作為法庭證物的雷恩斯福德的那兩頁口供，我才知道我有沒有浪費自己的時間。」

＊　＊　＊

亞伯拉罕教授登上飛往華沙的飛機時，威廉正好在尼斯降落。因為威廉只有一個手提行李，他便逕直朝護照查驗櫃台走去，因此是第一批走進機場大廳的旅客，此時一個拿著「華威克」牌子的男人過來迎接他。

他坐進一輛賓利車的後座，試著在與克里斯蒂娜．福克納再次見面前釐清思緒。不過，司機可不這麼想。

他們抵達玫瑰別墅時，威廉已經聽了不少司機的高談闊論，從英格蘭人設計的龐畢度中心，到英國人打從一開始就不該加入的共同市場。不過，他隻字未提威廉唯一一個想更了解的話題：福克納夫婦。

汽車距離入口還有一百碼的距離時，一扇巨大的鍛鐵門便緩緩打開。他們開進一條兩側都是高聳柏樹的長長車道，道路盡頭那一棟美輪美奐的美好年代風格別墅，讓林普頓大宅相形失色，簡直像一間鄉村小屋。

威廉一下車，克里斯蒂娜便出現在別墅的正門口迎接他。他親吻她兩邊的臉頰，彷彿她是一位法國將軍。她拉著他的手，帶他走進一個寬敞的大廳，裡面擺滿了大大小小的木板條箱。他只要看一眼牆上那些褪色形成的輪廓，就能想像出那裡前一天還掛著什麼東西。他開始明白，克里斯蒂娜為什麼要等丈夫離家一個月時才能執行計畫。

她說：「還有一個要打包。」她帶著他來到客廳，壁爐上方仍然掛著一幅畫。

威廉看著眼前這幅畫作肅然起敬，即使是他這樣的業餘人士，也能一眼看出那是一幅曠世巨作。他從口袋中拿出菲茲墨林博物館的明信片，檢查畫布的右下角，確認那裡有林布蘭的招牌簽名RvR。確認完畢，他的目光回到那六位不可一世的布商公會理事身上，他們身穿有著硬挺白色荷葉領的黑色長袍，戴著黑色寬邊帽，享受著自己在阿姆斯特丹社會中的崇高地位。

克里斯蒂娜說：「看得出來你很喜歡這份耶誕禮物。」

＊ ＊ ＊

葛蕾絲回到位於諾丁丘的公寓，沒隔幾分鐘就打電話給父親，詳細交代了她與教授的見面過程。

朱利安爵士說：「我想我該在同事放完耶誕假期回來之前，打電話給檢察總長約他見面了。我必須盡快與法院敲定好開庭日期。」

葛蕾絲猜測：「這應該不容易。」

「總是會有取消的時段，等著另一件案子補上的。我只要確保自己的名字排在名單上的前幾個就好。」

「但是為什麼檢察總長要選您，不選其他同樣有身分地位的申請人呢？」

「我會告訴妳原因，葛蕾絲，但是別在電話上說。」

＊ ＊ ＊

威廉緊緊盯著搬家工人，看著這個小部隊小心翼翼地取下林布蘭的作品，放進特別訂製的板條箱，接著搬到大廳與其他板條箱放在一起。

每一個板條箱上都貼了一張巨大的方形貼紙，宣布這些都是「克里斯蒂娜．福克納女士的財產，請留在船上」。唯一的例外是林布蘭的畫作，上面貼了一張更大的圓形貼紙寫著：「菲茲墨林博物館財產，地址為SW7倫敦亞伯特親王彎道。待領取。」

克里斯蒂娜問：「你認不認為，當克里斯蒂娜號上的貴客抵達南安普敦時，大隊長會在貨物碼頭恭候大駕？」

威廉回答：「我們一靠岸，他就會搶在第一個登船，他的騎兵會緊跟在後。明天等所有畫作一上船，我就會打電話給他。」

「他只會對其中一幅有興趣。」

儘管威廉猜測，克里斯蒂娜不會說出自己最終的目的地，他還是問道：「其餘的畫作呢？」

「下一站是紐約，在那裡上船的會是好幾幅無與倫比的現代美國藝術家的作品，那些畫現在都在我們位於曼哈頓的公寓裡。」

「但是遊艇靠岸的時候，妳丈夫可能會站在碼頭上等妳。」

「不，我不這麼想。邁爾斯計劃離開墨爾本後到雪梨去，他想要當第一批迎接新年的人，而到了那個時候，他所有的畫作都會掛在新家裡——我的新家。」

威廉並沒有浪費力氣問她那個新家在哪裡。

＊＊＊

葛蕾絲和父親整個傍晚都窩在他的書房裡。

葛蕾絲說：「亞伯拉罕教授接下來要做的事，就是研究呈上法庭的那份亞瑟的兩頁口供。他確實警告過我，那也可能證明亞瑟說謊，陪審團的裁決沒錯。」

朱利安爵士說：「如果最後的結論真是那樣，我們就別告訴喬安娜和貝絲，就說我們找不到任何得以提起再審的新證據。」

「如果亞瑟的確是說實話呢？」

「那我的下一步就是，打電話到檢察總長辦公室要求再次審理。」

「您還是沒有告訴我，父親，為什麼檢察總長會給這起案件優先權？」

「戴斯蒙·派諾是我在牛津大學的老同學。他競選法律學會主席時，我是他的競選總幹事，妳絕對不會相信他最大的對手是誰。當主席是個吃力不討好的差事，但是戴斯蒙總是很享受這種吃力不討好的苦差事，這就是他為什麼當上檢察總長。而現在，三十年過後，我需要他報答我了。」

＊ ＊ ＊

威廉上床睡覺沒多久，便聽見門打開的聲音。他瞬間睡意全消。月光照耀下，一個精靈般的人影徐徐穿過房間，鑽進毯子底下，開始親吻他的後頸。

他沒有太多時間可以思考接下來該怎麼做。他腦中浮現的第一個想法是打開燈，客氣地請她離開，第二個想法是不要打斷她，但是別告訴貝絲。他接著又尋思，如果他告訴貝絲自己拒絕了克里斯蒂娜勾引，因此沒有拿回林布蘭那幅畫，貝絲會說什麼。用一夜情交換一幅曠世巨作。他非常清楚貝絲會希望他怎麼做。

＊ ＊ ＊

亞伯拉罕教授回到紐約的旅途中，又一次落腳倫敦，再次與葛蕾絲在入境大廳碰面。他這次手中緊緊抓著他稱為魔術箱的寶貝。

隔天早上，朱利安爵士和葛蕾絲陪同他到倫敦警察廳總部地下室的一個房間，在一名獨立證人見證下，花了幾個小時的時間，仔細檢視那兩頁在亞瑟受審時呈交到法庭上的口供。

朱利安爵士和葛蕾絲回到律師事務所，坐立不安地等待教授研究出來的結果。他一手拎著自己的魔術箱，另一手拿著一瓶香檳，踏著輕鬆的步伐緩緩穿過林肯律師學院時，葛蕾絲看見了他。她一躍而起，大聲歡呼。

靜靜地聽完教授的看法後，兩人用各式各樣的問題對他連番轟炸，而每一個問題他都能給出答案。最後，朱利安爵士拿起電話，撥了一個私人號碼。檢察總長接起電話時，他只說了一句：「戴斯蒙，我需要幫忙。」

＊＊＊

隔天早上九點，一輛巨大的搬家貨車抵達玫瑰別墅門口，而搬家工人花了將近兩個小時，才將六十九個板條箱全部裝上車。他們接著慢慢地，真的非常緩慢地開到港口，接著又花了三個小時，將板條箱全部裝進克里斯蒂娜號的貨艙。威廉看見貨艙的門鎖上又閂上後，才回到岸上打電話給霍克斯比大隊長，告訴他自己會搭下一班飛機回家。

霍克斯比斬釘截鐵地說：「不准。回到船上，在你們抵達南安普敦之前，千萬別讓林布蘭離開你的視線。」

「但是我不是應該盯著福克納夫人嗎？」

「不用，你應該緊盯那六位阿姆斯特丹的布商公會理事，我們不准他們再繼續流浪了。」

威廉沒有辯駁。

霍克斯比說：「你們明天晚上靠岸時，我會在碼頭邊等著。我還會帶著一小支部隊，確保那幅畫毫髮無傷地回到菲茲墨林博物館。」

克里斯蒂娜很失望大隊長堅持讓威廉留在船上，因為她寧願他繼續盯著自己。遊艇離港的時候，威廉靠在欄杆上向她揮手道別。遊艇消失在視線中後，克里斯蒂娜要求司機載她到機場，好讓她展開計畫的第二個階段。

27

如果正如克里斯蒂娜·福克納告訴威廉的那樣，重要的是時間點，那麼她就犯了一個致命錯誤。她要求事務律師在十二月二十二日提交離婚訴狀。離婚申請在二十四日送到布斯·華生的辦公桌上。

布斯·華生對這個時間點完全不感到意外，他猜測福克納夫人選擇這個日期，是為了以拙劣的手段讓他客戶的耶誕假期掃興。他決定等到十二月二十八日回到事務所後再聯絡邁爾斯。畢竟，差個幾天會有什麼差別呢？他把離婚申請鎖進保險箱，接著就回家了。

⁂

麥克·哈里森在十二月二十七日，從墨爾本打電話給福克納夫人，報告她的丈夫一整天都待在墨爾本板球場的私人包廂裡，觀看板球對抗賽第二天的賽事。比賽結束後，他與朋友一起去吃晚餐，午夜過後才到飯店櫃台領取房間鑰匙。

克里斯蒂娜問：「他自己一個人嗎？」

「不是，他和一個在私人包廂送雞尾酒的年輕女子在一起。我有拍到照片，還查到了她的名字。」

「謝謝你，麥克。」

哈里森接著打電話到總部給拉蒙特偵緝督察組長，複述一次同樣的話，隨後上床睡覺。

＊＊＊

二十八日早上十點剛過，布斯．華生就回到事務所，他很高興耶誕假期結束，他可以回來工作了。他又讀了一遍離婚申請，注意到離婚理由確實值得擔心。福克納的妻子顯然已經準備好一段時間，申請書上提到好幾個女人的名字。他決定打電話給他的客戶，提醒他這場即將到來的離婚，儘管他認為他一點也不會意外。

他先打電話到林普頓大宅，但是無人接聽，他猜想馬金斯一定還在放假。如果他晚一小時才打電話，福克納夫人就會接聽。他接著打電話到福克納位於蒙地卡羅的別墅，一個女傭接起電話。英語顯然不是她的母語。

他問：「可以請福克納先生聽電話嗎？」

「不在。」

布斯·華生一個字一個字清晰又緩慢地問道：「妳知道他在哪裡嗎？」

「不。年輕人說澳洲。」

布斯·華生寫下筆記：澳洲／年輕人。

他用同樣緩慢的語速問道：「福克納夫人在嗎？」

「不，夫人飛回家。」

「回家？」

「英格蘭。」

布斯·華生說：「謝謝，妳幫了大忙。」

他很好奇邁爾斯在澳洲做什麼，他又在哪一座城市。事務所的事務經理瑞格·貝茲過來幫了他一把。

「一定是墨爾本，先生。他會去看第二場板球對抗賽。」

布斯·華生對板球一點興趣都沒有，因此只簡單地指示事務所經理去找到他的客戶。

接下來整個早上的時間，貝茲都在打電話給墨爾本各間高檔飯店，布斯·華生吃完午餐回來時，看見辦公桌上貼著一張寫滿詳細資訊的黃色便利貼。他立刻致電索菲特飯店，請他們轉接到邁爾斯·福克納的套房。

電話那一頭的人說：「在我轉接之前，先生，你知道現在是凌晨一點半嗎？」

布斯．華生承認：「不知道，我等等再打過來。」

他掛斷電話後立刻開始計算，最後決定傍晚回到家後再打電話。

＊＊＊

套房的電話鈴聲響起時，邁爾斯．福克納正在刮鬍子，他聽見布斯．華生宏亮的聲音時，立刻把刮鬍刀丟到一邊。只要布華打來，通常都不是好事。福克納坐在床尾，仔細聽他的律師說的話。

布斯．華生告知他離婚訴狀的事後，他問道：「布華，有什麼我應該立刻趕回去的理由嗎？板球對抗賽的雙方勢均力敵，而且我打算飛到雪梨慶祝新年，所以最快也是一月三日才會回家。」

「應該不會有問題，我們有十四天的時間可以確認收到離婚申請，所以可以等你回來後再處理。」

「很好，那麼我過兩個星期再打給你。還有什麼事嗎？」

「對，還有其他事。你的妻子似乎在蒙地卡羅與一個年輕男子共度耶誕節。等你回來時，我會查清楚他的名字和身分。協議分割財產的時候，這可能會很有幫助。」

福克納說：「馬上找私家偵探開始調查。」

布斯．華生說：「我已經找了，而且你應該假設你的妻子也做了一樣的事。」

邁爾斯問：「有什麼好消息嗎？」

「我把雷諾瓦的畫交給標準人壽公司，他們匯了五十萬英鎊到你在開曼群島的帳戶。」

「克里斯蒂娜想都別想摸到的五十萬。」

「好好享受板球對抗賽，你回來之後再打給我。」

邁爾斯掛斷電話，繼續把鬍子刮完。那個他不記得名字的雞尾酒服務生離開後，他決定看看妻子是不是還在蒙地卡羅。

因為福克納會說一口流利的法文，因此女傭可以告訴雇主更多細節，遠遠超過她告知布斯．華生的資訊。他問夫人何時出發回英格蘭的，她回答：「我不確定，老爺。我只知道她跟著貨車到遊艇那裡去了。」

福克納問：「什麼貨車？」

「來搬走你所有畫作的搬家貨車。」

邁爾斯一把摔下話筒，接著又馬上拿起來。

他告訴飯店櫃台的工作人員：「我要退房。幫我訂最快一班到倫敦的飛機，什麼航空公司都可以。」

她回道：「可是澳洲好像要贏……」

「去他的澳洲。」

* * *

麥克．哈里森打到蒙地卡羅找福克納夫人，但是女傭也告訴他：「夫人飛回家。」他接著打到林普頓大宅，卻無人接聽。他最後打給大隊長，他坐在辦公桌前。

「福克納訂了澳洲航空的班機到希斯洛機場，明天下午兩點鐘降落。這不是他原本的行程。」

霍克斯比說：「我知道這些就夠了，而且我完全無法聯絡到華威克偵緝警員警告他。」

克里斯蒂娜．福克納的飛機降落在希斯洛機場後，她丈夫的司機過來接她回到林普頓大宅，她吃了一頓簡單的晚餐後便上床睡覺。畢竟她隔天有得忙了。

* * *

福克納的班機飛了二十三個小時，終於降落在倫敦時，威廉正在躺椅上做著日光浴，享受一杯灰皮諾葡萄酒。他可以清楚看見貨艙入口，這兩天沒有一個人靠近。他們何必過來呢？陽光普照、風平浪靜，他什麼都不必擔心。

※　※　※

隔天早上九點，一輛畢夏普搬家公司的貨車停在正門口。搬家工人花了一點時間，把六十九幅作品裝進板條箱，再一個接一個地裝進貨車。中午休息很長一段時間後，他們才出發前往南安普敦。

克里斯蒂娜交代司機：「不論是什麼情況，都千萬不能超過時速三十英里。傷到哪一幅畫都是我們承擔不起的。」

他回道：「妳說得算，夫人。」他樂得遵守這個要求，因為這表示他和團隊成員可以賺到更多加班費。

克里斯蒂娜在四周都只剩下掛鉤的餐廳裡，享用了一頓從容的午餐。三點剛過，她便動身前往南安普敦，但是她一點也不著急，因為克里斯蒂娜號最快也要當天晚上才靠岸。她希望邁爾斯有好好享受板球比賽。她早上讀《郵報》時得知戰況十分膠著，這讓她非常滿意。

＊ ＊ ＊

兩點剛過，邁爾斯．福克納便在希斯洛機場過完海關。他原本考慮在墨爾本機場的頭等艙休息室打電話到林普頓大宅，要求司機過來接他，但是他打消了這個念頭，因為可能會驚動克里斯蒂娜，發現自己提早回來。

計程車司機問他：「要去哪？先生？」，他回答：「漢普郡的林普頓，如果你一小時內抵達，車資加倍。」這一番話讓司機心花怒放。

＊ ＊ ＊

麥克．哈里森和福克納搭上同一班飛機，但是在不同的機艙。他沒有跟隨自己的目標離開航廈，因為他覺得必須先聯絡福克納夫人，警告她丈夫正在回到林普頓大宅的路上。但是無人接聽。

他接著打到倫敦警察廳總部，請總機把電話轉給拉蒙特偵緝督察組長。話筒裡傳來的聲音說：「羅伊克羅夫特偵緝巡佐。」

「嗨潔琪，我是麥克．哈里森。我能跟布魯斯說句話嗎？」

「他大概一小時前與霍克斯比大隊長出發去南安普敦了，麥克。」

哈里森說：「謝謝妳。」他隨後又補一句：「很高興妳回來了，潔琪。」

潔琪說：「更像是試用期。」隨後掛斷電話。

哈里森說出目的地是「南安普頓」時，也讓另一名計程車司機心花怒放。

＊＊＊

車子開了超過一小時，福克納才在林普頓大宅下車，不過他很清楚計程車司機根本不可能在一小時內抵達。

他走下計程車時說道：「你等一下，我可能很快就會出來。」

他跑上階梯，打開前門。他一走進大廳，便頓時感到頭暈目眩。康斯塔伯不在了，透納不在了。她甚至連亨利．摩爾都搬走了。他緩緩走過每一個房間，曾經掛著畫作的地方，都只剩下深色的長方形和正方形，他曾經引以為豪地展示雕塑品的地方，都只剩下空蕩蕩的架子，她這一次洗劫的規模實在令他觸目驚心。他走進客廳，看見她留下的唯一一幅畫時，才迎來最後嘲諷的重頭戲。艾迪．李繪製的林布蘭複製畫，依然掛在壁爐上方。如果克里斯蒂娜此時走進來，他會迫不及待地勒死她。他轉身衝出房子，對司機喊道：「到鐵門那裡！」

計程車立刻加速開下車道，停在入口鐵門前。福克納跳下車，跑向警衛室。他質問：「你今天見過福克納夫人嗎？」

警衛查看進出名單後說道：「是的，老爺。她一個小時多前離開的。」

「離開去哪？」

「不知道，老爺。」

福克納指著「畢夏普搬家公司，早上八點五十五分抵達，下午兩點零四分離開」那一行字問道：「他們呢？他們去哪了？」

倒楣的警衛又說一次：「不知道，老爺。」

福克納抓起電話，他打了兩通電話，瘋狂地威脅恐嚇之後，一名地區經理才不情願地給出他想知道的資訊。他回到計程車上，連看都沒看一眼跳表便說了一句：「南安普敦。」計程車司機簡直不敢相信今天的好運氣。

❊ ❊ ❊

大隊長獨自一人坐在第一輛車的後座。一輛警用廂型車緊跟在後，車上坐著六名警員和一名巡佐。壓陣的是一輛沃斯利，拉蒙特偵緝督察組長坐在駕駛座。拉蒙特會用「大軍壓境」形容這次的行動，畢竟獵鷹是不會冒任何一點風險的。

這支小車隊一直開在高速公路的內側車道，儘管他們沒有一次超過速限，還是提早了幾小時抵達南安普敦碼頭的出口。

霍克斯比立刻告知港務長現在的情況，而他確認克里斯蒂娜號遊艇，預計在當晚七點左右停靠在二十九號碼頭。大隊長接著交給港務長一個特殊令狀，授權他從遊艇上搬走其中一個板條箱，海關不得干涉或檢查，也不得收取貨物稅。

港務長仔細看了看令狀，說道：「想必是皇室珠寶。」

霍克斯比說：「不相上下。但是我只能告訴你，這必須以最謹慎小心的方式搬運，而且裡面的貨物絕對不能暴露在陽光下。」

「感覺好像吸血鬼德古拉。」

霍克斯比說：「不，現在的擁有者才是吸血鬼。」

「我幫得上忙嗎？」

「如果能讓你幾個手下在旁邊待命，以防發生狀況，是百利而無一害。」

「要聰明的還是強壯的？」

「可以的話各兩個人吧。」

「樂意之至。克里斯蒂娜號靠岸前半小時，他們就會過來了。我想我也會自己過來一趟。」他說。「應該會很有趣。」霍克斯比回到汽車後座，他的小車隊便開往二十九號碼頭，等待那六位在克里斯蒂娜號的貨艙裡安穩休息的布商公會理事抵達。

所有人各就各位，焦躁不安地等待，此時一輛賓利車出現在碼頭邊，停在大約五十碼外的地方。

拉蒙特說：「搞什麼鬼，是誰……」

霍克斯比說：「一定是福克納夫人，別理她就好。只要林布蘭那幅畫到了我們手上，她接下來要怎麼處理她丈夫的藝術收藏都不關我們的事，不過為了她好，我倒是希望她知道他已經回國的消息。」

拉蒙特問：「我們應該通知她嗎？」

霍克斯比說：「那也不關我們的事。」

此時一輛巨大的畢夏普搬家公司貨車緩緩駛過碼頭邊，在賓利車後方停了下來，拉蒙特問：「他們在這裡做什麼？」

霍克斯比說：「不難猜測裡面裝了什麼。」貨車駕駛從駕駛座爬下來，走到賓利車旁邊。

福克納夫人搖下車窗。

司機指著那三輛警車，沒好氣地問道：「那些傢伙在這裡搞什麼？」

「他們要從我丈夫的遊艇搬走一個板條箱，還給在倫敦的合法擁有者。他們拿走那個板條箱之後就會離開，你們屆時就能開始把畫作搬上船了。」

「警察是對什麼東西這麼有興趣？」

「六位來自阿姆斯特丹的男士，他們幾年前沒有拿簽證就離開了這個國家。」

駕駛說：「真有趣。」隨後不發一語地回到貨車上。

克里斯蒂娜搖起車窗，此時一輛黑色的計程車出現了。麥克．哈里森付清車資，接著迅速坐進客戶的賓利車後座，完全沒有跟他的前同事們打招呼。

拉蒙特的望遠鏡瞄準海港入口，接著說道：「我好像看見我們的荷蘭朋友了。」他把望遠鏡交給霍克斯比。

霍克斯比緊緊盯著克里斯蒂娜號，一邊問港務長：「你預估他們還要多久才會靠岸？」

「二十分鐘，最多三十分鐘。」

霍克斯比說：「我剛剛看到華威克在艦橋那裡，他是不是接管這艘船了？」

拉蒙特說：「或者是被軟禁了。不論如何，我都最好讓小隊準備好。」

大隊長、港務長、拉蒙特偵緝督察組長、一名巡佐和六名警員、福克納夫人、麥克．哈里森和搬家貨車的工人，都看著克里斯蒂娜號逐漸靠近，最後終於靠到碼頭邊，固定好纜繩。威廉是第一個從舷梯上跑下來的人。

「我們都準備好了，長官。板條箱應該幾分鐘後就會卸下來。」

「那麼我們……」霍克斯比才剛開口，第二輛計程車便從他們身邊呼嘯而過，在遊艇旁邊緊急剎車，發出尖銳的聲響。福克納跳下車、衝上舷梯，停下來跟船長說了幾句話後，兩人一起走進貨艙。

威廉轉身準備回到船上時，霍克斯比對他說：「別動，如果我們那個板條箱還沒卸下來，就等於是把他逮個正著了。」

「但是……」

「耐心點，威廉。他無處可逃了。港務長，如果他們想逃跑……」

「他們還沒逃到海港入口，我的手下就會把他們擋下來。」

霍克斯比對威廉說：「所以就算他們只是想解開纜繩，你也可以在我的授意下回到船上逮捕福克納。」

拉蒙特說：「看來沒必要了。」因為四名船員搬著一個巨大的板條箱從貨艙裡走出來。他們花了一點時間才搬著板條箱穿過甲板，走下狹窄的舷梯，來到碼頭上。

霍克斯比謹慎地檢查標籤——「菲茲墨林博物館財產，地址為ＳＷ７倫敦亞伯特親王彎道。待領取。」他點點頭，四名警員便從四名船員手中接過板條箱。霍克斯比下令：「放在廂型車後面，別讓它離開你們的視線。」

四名年輕的警員抬起板條箱，像螃蟹一樣橫著走，慢慢地往警用廂型車前進。

霍克斯比說：「好了，布魯斯，你可以帶領車隊回倫敦了。華威克，你跟我來。我有些事情要跟你討論。」

威廉沒有移動。他仍然盯著邁爾斯．福克納，他現在站在艦橋上，沾沾自喜地看著船員準備馬上啟航而忙上忙下的樣子。

「走吧，華威克，我們達成此行的目的了。」

「這我可不確定，長官。」

「但是我們拿到板條箱了，你也看到標籤了。」

「對，我看到標籤了，但是怎麼知道我們拿到的是正確的板條箱？長官，您有權限打開船上的板條箱嗎？」

霍克斯比說：「沒有，我們需要搜索票。」

港務長說：「但是我有權限。」他往舷梯走去，威廉緊跟在後。霍克斯比和拉蒙特也趕緊跟上。

威廉逕直走進貨艙，眼前是大小不一的八十個板條箱。他說：「一定有一個箱子的標籤換了。」

霍克斯比問：「但是是哪一個呢？」

福克納此時從容不迫地回到貨艙，船長緊隨其後，他開口說道：「請便。不過，如果你們破壞了我任何一幅價值連城的收藏，我可以保證，你們的薪水加起來都不夠賠的。」

威廉仔細打量福克納。假如他預期看到的，是一個鼻樑斷裂、肌肉發達、全身上下都是刺青的惡棍，那麼他真的是錯得太離譜了。福克納身材高　、風度翩翩，還有一頭濃密的金色鬈髮和一雙深藍色的眼睛。他溫暖的微笑，足以解釋為何那麼多女人對他投懷送抱。他穿著西裝外套、直筒褲、開襟白色襯衫和樂福鞋，比起冷酷無情的罪犯，他看起來更像是在全世界都吃得開的花花公子。

這是威廉第一次明白，大隊長說的「等到你親眼見到那個人之後再下定論」是什麼意思。

福克納說：「或許你最好回想一下，上次你突襲我的住所時發生什麼事。我交得出每一件藝術品的購買收據，而且，請容我提醒你，你上次也以為自己找到林布蘭的畫作了。」

威廉猶豫了，他掃視整個貨艙，卻依舊無法肯定。

霍克斯比拒絕退讓，他問：「所以你想打開哪一個？偵緝警員？」

威廉走向一個巨大的板條箱，堅定地拍一拍，說道：「這個。」

福克納問：「你真的很確定那個是對的嗎？」

威廉說：「對。」他其實更像是在虛張聲勢，因為他也不是很確定。

福克納說：「我懂了，大隊長，現在是一個年輕菜鳥在你的部門發號施令呢。」

霍克斯比下令：「打開。」

港務長往前一站，在兩個手下幫助下，開始把釘子一根一根拔出來，最後終於撬開板條箱。他們拆開好幾層的包裝紙後，迎接了來自阿姆斯特丹的六位布商公會理事投來的目光。

霍克斯比說：「我想做這件事好幾年了。」大隊長往前一站，告訴福克納他被逮捕了，接著便宣讀他的權利。拉蒙特把福克納的手用力拉到背後，為他銬上手銬，揪著他的手臂押送他走下遊艇，而四名警員緩緩地抬著第二個板條箱走下舷梯，小心翼翼地將箱子送進警用廂型車，放在另一個不知道裝了什麼的板條箱旁邊。

回到岸上後，拉蒙特問威廉：「你怎麼可能會知道林布蘭的畫在哪一個箱子裡？」

威廉坦承：「我其實也不是百分之百確定，但是只有那個箱子上有一個巨大的圓形痕跡，表示標籤原本一定貼在那裡。福克納顯然交換了標籤，但是他沒有注意到，他選的那個比林布蘭畫作的箱子大了許多，也沒有注意到撕下原本的標籤後，在林布蘭的板條箱上留下了圓形的痕跡。」

霍克斯比說：「或許你終究是當警探的料。」

拉蒙特問：「所以另一個板條箱裝了什麼？」

威廉說：「不知道。我們按照標籤清楚的指示把箱子送到菲茲墨林博物館後，才會知道答案。」

福克納夫人一直坐在賓利車內，在遠處觀察整起行動。她看見邁爾斯被逮捕後才跳下車，朝著碼頭狂奔，一邊大喊道：「阻止他們！快阻止他們啊！」

麥克．哈里森緊跟在她後面不遠處，他們跑到碼頭旁時，看見克里斯蒂娜號逐漸駛離港灣，航向無垠的大海。

哈里森追上她後問道：「妳用什麼理由阻止他們？」

「我的畫還在那艘船上。」

哈里森說：「很難證明那些畫是妳的，因為船長可能只會聽妳丈夫的命令。」

克里斯蒂娜質問：「你到底站在哪一邊？」

「妳這一邊，福克納夫人，等我們穩穩當當地把妳丈夫關起來後，我想妳一定會找到辦法，把那些畫全部拿回來。」

克里斯蒂娜抗議：「但是他會來追殺我的。」

哈里森說：「我可不這麼想。妳丈夫會被關進彭頓維爾監獄，我想他至少好幾年內都不會被放出來。」

霍克斯比說：「好了，各位，該把林布蘭還給合法的擁有者了，還有旁邊那個不知道裝了什麼的板條箱。」

此時，一個看起來比福克納夫人還苦惱的男子出聲：「不好意思打擾了，但是你們剛逮捕的那位老兄，還欠我兩百七十四英鎊的計程車資。」

拉蒙特說：「你恐怕短時間內拿不到這筆錢了，我建議你聯絡他的律師，林肯律師學院的布斯・華生御用大律師。我想他一定很樂意幫助你。」

威廉跟著霍克斯比坐進汽車後座，小車隊啟程前往倫敦時，霍克斯比說：「做得好呀，華威克偵緝警員。你應該為自己在行動中扮演的角色感到驕傲。」

威廉沒有答腔。

大隊長問：「怎麼了？我們逮捕了福克納，拿回林布蘭的畫作，還得到一個不知道裡面裝了什麼的板條箱，可能是額外的大驚喜。你還有哪裡不滿意的？」

威廉說：「感覺不太對勁。」

「譬如？」

「我不知道，但是您逮捕福克納時，他在笑。」

28

威廉說：「我想我知道另一個板條箱裝了什麼。」

貝絲說：「但是你不會告訴我，對吧？」

「不會。因為如果我說錯了，妳就會很失望。」

「你應該知道要是由荷蘭或法蘭德斯畫家創作，而且完成時間在一八〇〇年代之前的作品，我們的展覽委員會才會考慮收下吧。」

威廉說：「如果我沒想錯，那應該沒問題。而且那幅作品鐵定跟林布蘭的畫一樣大有來頭。不論如何，都謝謝妳讓我受邀參加開幕儀式。」

貝絲說：「不用謝我，是博物館館長提姆．諾克斯邀請你參加開『箱』儀式的。老實說，我第一個想邀請的不是你。」

「我能問問是誰嗎？」

「克里斯蒂娜．福克納，讓一切成真的女人，我等不及見到她，親自向她道謝了。」

威廉不需要提醒也記得，自己最後一次見到克里斯蒂娜的場景，他不禁思考有沒有更好的機會告訴貝絲，在蒙地卡羅的那一晚到底發生什麼事。

貝絲繼續說：「如果她去彭頓維爾安慰她的丈夫，我可能會在星期六巧遇她。」

威廉說：「我不這麼想，但是我父親和葛蕾絲今天早上會去監獄，帶給妳父親一些重要消息。」

貝絲有點忐忑不安地問：「好消息還是壞消息？」

「我也毫無頭緒，他甚至連我母親都沒說。」

貝絲說：「真希望我能在那裡一起聽那個消息，但是我們最好趕快出發，免得參加開箱儀式遲到了。這種時候，我真的很希望自己能同時出現在兩個地方。」

＊　＊　＊

「早安，朱利安爵士。囚犯正在會客室等您。」

「謝謝你，羅斯先生。」首席御用大律師和他的初級律師，跟著獄警的腳步走過他們再熟悉不過的長廊。

他們抵達會客室時，朱利安爵士與他的客戶握了握手。「早安，亞瑟。」

亞瑟回道：「早安，朱利安爵士。」接著親吻了葛蕾絲兩側的臉頰。

朱利安爵士坐下，把格萊史東包放在身邊後，說道：「我先說一個好消息吧。」亞瑟看起來一臉憂慮。「多虧了紐約哥倫比亞大學的文書鑑識分析師雷納德．亞伯拉罕教授的專業，檢察總長同意我們對判決結果提起上訴，實質上就是再次審理。」

亞瑟說：「真是天大的好消息。」

葛蕾絲說：「更棒的是，我們排到了比較早的開庭時程，所以應該幾個星期後就會召開你的上訴聽證會了。」

「你們怎麼辦到的？」

朱利安爵士說：「人有時候就是會走運。」

「尤其是如果你和檢察總長在牛……」

她父親說：「請自重，葛蕾絲。不過我必須承認，我用光了我的人情。」

亞瑟說：「我感激不盡。」

朱利安爵士說：「這件事很值得從長計議。」但是他沒有進一步解釋。「不過，因為我們只有一小時，亞瑟，我們必須妥善利用時間。首先，我應該告訴你，我打算只傳喚三位證人。」

亞瑟問：「我是其中一位嗎？」

朱利安爵士說：「這麼做沒意義。上訴是由三名法官審理，不是陪審團，而你沒有任何新消息可以告訴他們。他們只會對新證據有興趣。」

「那麼你會傳喚誰？」

「在當初的庭審中呈上證據的兩名警察。」

「但是他們不太可能改變自己的說詞。」

「你說得沒錯。不過，威廉從一個無懈可擊的消息來源那裡，得知一些資訊，可能會讓他們原先的證詞變得比較不可信一點。不論如何，我們最主要的證人還是亞伯拉罕教授。葛蕾絲這段時間一直與他討論，她會告訴你他彙整的證據，最重要的是，他的結論。」

葛蕾絲從她的公事包，拿出一個厚厚的資料夾放在桌子上。

「首先……」

＊＊＊

「首先……」菲茲墨林博物館館長提姆．諾克斯，對面前人數不多的朋友和員工說道：「我要歡迎各位蒞臨我的同事貝絲．雷恩斯福德所說的『開箱儀式』。等我們把林布蘭的畫作拿出板條箱，放回它原本的位置，我們就會打開第二個板條箱，看看裡面藏了什麼價值不斐的寶物。」

威廉很想說，快開始吧。

貝絲心滿意足地想著：「我等不及了。」

館長說：「等你準備好就開始，馬克。」

畫作主管馬克．克蘭斯頓往前站一步，像魔術師一樣緩緩地打開第一個板條箱的箱蓋，發現裡面是滿滿的保麗龍防撞粒，他的團隊花了一點時間全部清乾淨後，才看見畫作上包了好幾層平紋細布。克蘭斯頓輕巧地剝開每一層布，直到那失竊已久的曠世巨作映入眼簾。

全神貫注的觀眾個個都倒抽一口氣，接著便不約而同地鼓掌喝采起來。畫作主管和他的團隊小心翼翼地抬起畫布，溫柔地將畫作裝進它的畫框中，以小巧的畫框夾牢牢固定住。畫作終於掛上等待它已久的掛鉤，填補上那空了七年的位置時，現場響起第二輪掌聲。

館長說：「歡迎回家。」

現場的一小群人，對著六位布商公會理事讚嘆連連，而那六位紳士以自命不凡的眼神回報眾人的讚賞。過了一段時間後，畫作主管才提議應該打開另一個板條箱了，雖然某些與會賓客顯然不願意離開那六位失蹤已久，現在總算失而復得的老朋友。

他們最後都和館長一起聚集在第二個板條箱旁邊，比起期待更像是懷抱希望。他們都屏息以待第二場開箱儀式。畫作主管先拿起板條箱的箱蓋，接著移除保麗龍防撞粒，接著那一層層的平紋細布總算全部剝開，揭露林布蘭勢均力敵的對手。

當彼得．保羅．魯本斯那令人歎為觀止的《耶穌下十字架》[49]出現在眾人眼前時，所有人都倒抽了一口氣。

其中一位賓客說：「福克納先生真是太慷慨了。」另一個人口無遮攔地說：「還了一幅又多送一幅，我們真的受到上天眷顧了。」

畫作主管問：「我應該掛在林布蘭的畫旁邊嗎？」

館長說：「恐怕不行，事實上我得請你把畫作放回板條箱裡，再把箱蓋釘上。」

另一名賓客質問：「為什麼？板條箱上的標籤寫得很清楚，這幅畫是菲茲墨林博物館的財產。」

館長說：「確實如此，我也無法否認這幅無與倫比的畫作能為我們的收藏增色不少，吸引來自世界各地的藝術愛好者。但是很可惜的是，我今天早上收到布斯．華生御用大律師寄來的信，他指出兩個板條箱上的標籤顯然被某個人調換過，而那個人當然不是他的客戶。福克納先生一直想歸還林布蘭的畫作，他對於作品已經安全回到原本所屬的位置，感到十分開心。不過，魯本斯的作品這二十年來一直是福克納先生的私人收藏，所以必須立刻歸還給他。」

威廉現在知道福克納被逮捕時為什麼露出微笑了，但是他還是忍不住開口問：「他要掛在哪裡？他的牢房裡嗎？」

館長沒有理會他的打斷，而是繼續說道：「當然，我立刻諮詢了法律建議，我們的事務律師確定我們別無選擇，只能遵照布斯．華生先生的要求。」

畫作主管問：「他們有說理由嗎？」

「他們的看法是，如果最後要以訴訟解決畫作擁有者的爭議，我們不僅會輸掉官司，還要花上一大筆錢。畫作現在要暫時存放在一個安全的空間，直到董事會做出最終決定，不過我相信他們不會違背法律顧問的建議，最後一定會要求我把魯本斯的畫還給福克納先生。」

一些贊助人和賓客繼續欣賞起魯本斯的作品，因為他們知道很有可能再也看不到了。板條箱的箱蓋重新釘回去時，威廉才不情願地轉身離去。他轉身看到貝絲和克里斯蒂娜正在熱絡地交談時，忍不住感到背脊發涼。他不禁好奇，克里斯蒂娜是否告訴了她那一晚在蒙地卡羅發生的事情。

※　※　※

布斯．華生先生和朱利安爵士在長廊上擦身而過時，並沒有向對方打招呼。

49　譯註：《耶穌下十字架》（*The Deposition*）實際收藏於比利時安特衛普的聖母大教堂（Cathedral of Our Lady）。

葛蕾絲說：「想也知道他要去為誰提供諮詢。你們在更衣室的推測是怎麼樣？」

「福克納至少會被判刑六年，可能到八年，不過小報一直稱他是現代紳士怪盜萊佛士[50]，而不是把他當成一般罪犯，這可能會幫倒忙。」

葛蕾絲說：「但是決定他刑期的人是法官，不是媒體。」

「前提是陪審團不會認為他無罪。可以確定的是，等他站上證人席時，他會想出一個經過精雕細琢的故事，而且會說得很有說服力。」

他們走出監獄的時候，布斯・華生剛走進會客室。

他坐在自己客戶對面的椅子上，說道：「早安，邁爾斯。我真希望你按照我的建議留在墨爾本，把板球對抗賽看完。」

福克納說：「但是如果我照做了，我所有的藝術收藏現在都會在世界的另一端。」

「如果你讓我到南安普敦，在華威克離開克里斯蒂娜號前對付他的話，就不會發生這種事。」

「誰是華威克？」

「到蒙地卡羅找你的妻子，與她達成協議，當晚在床上與她確認完成交易的年輕警探。」

「那麼等華威克站上證人席時，你就可以給他點顏色瞧瞧了。」

「他會站上證人席的話才可以。如果我是對方的律師，我絕對不會讓他出庭作證的。我會讓霍克斯比那種專業老手擔任證人，不是華威克。所以我們現在得把他拋在一邊，專心思考怎麼為你辯護，老實說現在的處境是岌岌可危。」

「他們用什麼罪名起訴我？」

布斯．華生從公事包中拿出一張紙。「『你明知且蓄意地竊取國家寶物，且無意歸還給合法的擁有者。』在你說任何話之前，我應該先提醒你，你不太可能宣稱自己從來沒見過那幅林布蘭的作品，因為你的妻子無庸置疑會出庭作證，表示那幅畫七年來都掛在你蒙地卡羅的別墅裡。而且檢方也一定會問，如果不是你換掉板條箱上的標籤，那麼是誰換的？」

福克納問：「可能的刑期呢？」

「最多八年，但是最有可能判六年，取決於我們遇到的法官。」

「你能處理嗎？布華？」

「在英格蘭的話辦不到，邁爾斯。但是我的公關團隊正在著手營造你的形象，你目前在媒體報導中成為了行俠仗義的紅花俠[51]與萊佛士的綜合體。但是很可惜的是，決定你命運的

50 譯註：萊佛士（Raffles）為英國作家洪納（E.W. Hornung，柯南道爾之妹夫）筆下的紳士怪盜。

51 譯註：紅花俠（Scarlet Pimpernel），奧西茲男爵夫人（Baroness Orczy）小說中的角色，在法國大革命恐怖時期拯救無辜者的英雄人物。

不是社會輿論，而是陪審團。」

「你手上有沒有免罪卡？布華？」

布斯・華生凝視著客戶的雙眼，說道：「除非你願意做出一個大犧牲。」

29

這是各家媒體大展身手的好機會。老貝利有個謀殺案要上訴，同一個星期內還有失竊的國家寶藏終於物歸原主。弗利特街[52]上的各大報社，都無法決定將哪一條新聞放上星期一早上的頭版。

《衛報》偏好亞瑟·雷恩斯福德和可能的誤判案件，《每日郵報》則對邁爾斯·福克納更有興趣，甚至詢問讀者「他是萊佛士還是拉斯普丁？」

《太陽報》把兩則新聞都放上頭條，而且刊登了一則把兩個男人連在一起的獨家消息：威廉·華威克偵緝警員逮捕了藝術竊盜集團首腦，還與「馬里波恩殺人犯」的女兒訂婚了。

幾家報社介紹了兩起案件優秀的辯護大律師，朱利安·華威克爵士御用大律師，以及布斯·華生御用大律師。《泰晤士報》暗示兩人交惡，《鏡報》則直言兩個人是死對頭。

52 譯註：弗利特街（Fleet Street）：以前倫敦各大報社所在地，常以此代稱媒體報社，不過大部分的媒體都已在一九八〇年代撤離。

威廉與貝絲對兩起案件的關注平均分成兩半。他們當天早上一起離開位於富勒姆的公寓，但是他們抵達岸濱街的皇家司法法庭時便分道揚鑣，威廉到十四號法庭觀看福克納的審判，貝絲則到二十二號法庭支持父親。兩場審理的法官各自走進法庭時，他們兩人都起立。

檢方對雷恩斯福德

三位法官走進二十二號法庭，在長椅上坐下，庭審由亞諾特上訴法院法官主持，另外兩名法官同仁則從旁協助討論細節。

趁法庭上的其他人坐下時，亞諾特上訴法院法官坐在中間的椅子上，整理自己的紅色長袍。朱利安爵士總喜歡把法官當作板球裁判，公平公正、毫無偏頗，雖然他與亞諾特法官有過幾次唇槍舌戰，但是他知道他向來是個剛正不阿的人。

坐在高處的法官，以仁慈的眼神看向下方說道：「朱利安爵士，我與同仁花了大量的時間檢視了原本的庭審中呈交的證據，被告被指控謀殺合夥人蓋瑞．柯克蘭，罪名成立。我們對這次審理唯一的關注點，就是能否呈上任何新證據，表明原先的審判可能是誤判。因此，朱利安爵士，我希望你將這一點銘記在心。」

朱利安爵士從座位上起身說道：「一定會的，庭上。不過我可能會有必要不時提起原先的審判，但是我會盡己所能，不挑戰法官大人的耐心。」

亞諾特上訴法院法官說：「我很感謝，朱利安爵士。」雖然他的聲音聽起來不是真的很感激。「你或許該開始開庭陳述了。」

檢方對福克納

第十四號法庭的布斯．華生先生快要說完自己的開庭陳述了。聽完艾德里安．帕默御用大律師代表檢方陳詞之後，如果陪審團認為邁爾斯．福克納是魔鬼的化身，那完全是可以理解的，但是布斯．華生先生說完陳詞回到自己的座位上後，陪審團可能會產生錯覺，認為他的客戶福克納只差一步就要被捧為聖人了。

坐在法官席的諾爾斯法官，往下看著檢方律師說道：「你可以傳喚第一位證人了，帕默先生。」

帕默說：「我們要傳喚克里斯蒂娜．福克納女士。」

坐在媒體席的記者一看見那位風姿綽約的女子走進法庭，便毫無疑問地知道，隔天早上的報紙頭版會被誰的照片搶盡鋒頭。

福克納夫人身穿簡單俐落、剪裁合身的灰色亞曼尼套裝，配上單串珍珠項鍊，她彷彿女主人一般走上證人席，以輕柔但堅定的嗓音說出誓詞。

帕默先生從座位上起身，對自己的主要證人露出微笑。

「福克納夫人，妳是被告邁爾斯．福克納先生的妻子。」

她說：「我目前是，帕默先生，但是我希望不久後就不是了。」此時她的丈夫站在被告席上，面朝下盯著她看。

法官說：「福克納夫人，妳只能回答律師的問題，不能提出自己的想法。」

「抱歉，法官大人。」

帕默問：「妳與被告結婚多久了？」

「十一年。」

「妳最近是否因為通姦和精神虐待而訴請與他離婚？」

法官問：「帕默先生，這與案件有關嗎？」

「庭上，這是為了證明他們兩人的關係已經分裂到不可挽回的地步。」

「那麼你達成目的了，帕默先生，請繼續。」

「如您所願，庭上。如妳所知，福克納夫人，這場庭審是關於林布蘭的《布商公會理事》竊盜案，這幅畫作的價值不可估算，而且是藝術愛好者公認的國家寶藏。所以我必須問妳，第一次注意到這幅畫存在是什麼時候。」

「大約七年多前，我看見那幅畫掛在我們林普頓大宅的客廳。」

帕默直勾勾地盯著陪審團，重複了一遍：「大約七年多前。」

「沒錯，帕默先生。」

「妳的丈夫有告訴過妳，他是怎麼得到這幅曠世巨作的嗎？」

「他一開始都在閃爍其詞，但是我一直逼問他，他就說那幅畫是從一個有財務困難的朋友手上買來的。」

「妳見過那個朋友嗎？」

「沒有，沒見過。」

「那麼妳何時才意識到，那幅畫事實上是從菲茲墨林博物館偷來的？」

「幾個星期後，我在《十點新聞》上看到時才知道。」

「妳有將這則新聞報導告訴丈夫嗎？」

「當然沒有，我太害怕了，我非常清楚他會作何反應。」

「可以理解。」

「帕默先生。」法官的聲音十分嚴厲。

帕默微微一鞠躬，說道：「抱歉，庭上。」不過他很清楚自己已經表明想法。他轉身回去面對證人。「妳再也忍受不了欺瞞後，便決定主動解決這件事。」

「沒錯，我認為自己如果不採取行動，就是在縱容犯罪。所以等我丈夫到澳洲去過耶誕節時，我就把畫作打包起來，用我們的遊艇送回英格蘭，並且清楚指示將畫作送還至菲茲墨林博物館。」

布斯．華生在面前的記事板上寫下一些筆記。

「但是妳不擔心丈夫回來後，妳可能會面臨的後果嗎？」

「擔心得不得了，這就是為什麼我打算在他回來前離開這個國家。」

布斯．華生又記了一些筆記。

「那麼妳為什麼沒有離開？」

「因為邁爾斯不知為何發現了我的計畫，搭最快的一班飛機回到倫敦，試著阻止我把畫作還給合法的擁有者。」她膽怯地低下頭。

「妳再一次見到丈夫是什麼時候的事？」

「在南安普敦，他登上我們的遊艇，因為太害怕失去林布蘭的畫，他就鋌而走險調換了板條箱上的標籤。」

布斯．華生寫下第三條筆記。

「但是他愚弄警方的小伎倆失敗了。」

「沒錯，幸好有一位長途跋涉趕到南安普敦取畫的倫敦警察廳總部警探感到懷疑，堅持應該打開另一個板條箱看看，他們才終於找回失竊的林布蘭畫作。」

記者們振筆疾書，手上的鉛筆沒有停過。

「感謝妳的勇氣和堅韌，福克納夫人，這幅國家寶藏才能再次懸掛在菲茲墨林博物館的牆上。」

「確實如此，帕默先生，我最近造訪博物館，見證這幅曠世巨作回到了它合法正當的歸屬。看見這麼多民眾都與我一樣享受賞畫的時刻，真是太令我高興了。」

「謝謝妳，福克納夫人。沒有其他問題了，庭上。」

布斯・華生看向陪審團，帕默先生坐下時，他們似乎差點要報以熱烈的掌聲。法官說：「布斯・華生先生，你要對證人進行交互詰問嗎？」

布斯・華生說：「當然，庭上。」他從座位上起身，對證人露出親切的微笑。

「福克納夫人，請提醒我一下，妳是何時第一次看見那幅林布蘭的畫？」

「七年前，在我們位於英格蘭的住家。」

「那麼我就得問問了，妳為什麼拖了這麼久？」

克里斯蒂娜說：「我不確定你是指什麼。」

「我想妳非常清楚我是指什麼，福克納夫人，但還是由我來為妳解釋吧。其實很簡單，如果妳七年前就知道那幅畫被偷了，為什麼等到現在才通知警方呢？」

「我在等待適當的時機。」

布斯．華生懷疑地問道：「而那個時機整整七年都沒有出現？」

克里斯蒂娜猶豫了，這讓布斯．華生有機可乘，把這一刀插得更深。

「福克納夫人，我的推測是妳真正在等待的時機，是要等妳丈夫安安穩穩地待在世界的另一端時，偷走他所有的藝術收藏？」

「但是我並不打算……」她的遲疑給了布斯．華生機會，轉動這把捅向她的刀子。

「我想妳已經策劃這令人髮指的大型竊盜案很長一段時間了，福克納夫人，而妳只是用林布蘭的畫作當作籌碼，好讓妳自己更有機會脫身罷了。」

法庭裡響起此起彼落的交談聲，一時之間鬧哄哄的，而布斯．華生耐心等待眾人再次安靜下來，才緩緩地拔出刀子。

「福克納夫人，妳丈夫在墨爾本的時候，妳是不是把他蒙地卡羅住家裡的所有畫作都打包起來、送到港口，放進妳丈夫的遊艇的貨艙裡？」

克里斯蒂娜抗議：「但是不論如何，都有一半的畫是我的。」

布斯．華生說：「我很清楚妳正在與丈夫訴請離婚，誠如我那學識淵博的朋友藉著巧妙的方式提醒大家的。但是在我們這個國家，福克納夫人，是由法院決定男人應該分配多少財產給他的妻子。而妳顯然已經等不及了。」

「但是那只有三分之一的收藏。」

「很有可能，但是遊艇載著妳丈夫三分之一的藝術收藏，從蒙地卡羅出發前往南安普敦後，妳做了什麼事？」

克里斯蒂娜再次低下頭。威廉皺起眉頭。

「因為妳看起來不願意回答我的問題，福克納夫人，請容我提醒一下妳做的事情。妳搭了下一班飛機前往倫敦，回到你們位於鄉下的房子，又一次把房子裡的每一幅畫全部拿下來。」

一兩名陪審員倒抽了一口氣，布斯．華生則耐心地等待證人回答。眼見她沒有要回答的意思，他把手上的筆記翻了一頁，繼續說道：「隔天早上，一輛搬家貨車出現在房屋前，將畫作搬上車，並且根據妳的指示載到南安普敦，等待妳丈夫的遊艇抵達，好把那些畫也搬到船上。所以妳現在有三分之二的收藏了。」布斯．華生先生說完便虎視眈眈地盯著他的受害者，而她只能像被車頭燈嚇得動彈不得的兔子一樣看著他。

布斯．華生繼續說：「即便如此，妳還是不滿足，因為妳接著告訴遊艇船長妳也會上船，因為妳打算到紐約去，以便直接前往妳丈夫位於第五大道上的公寓，把他剩下的名畫收藏也搜刮殆盡。然後，就像打油詩裡的貓頭鷹和貓咪一樣，搭著妳美麗的豌豆船，航行一年零一天[53]，或者更準確來說，是搭乘妳丈夫美麗的遊艇。」

「但是這些都不會改變邁爾斯先是偷走了林布蘭的畫作，又調換板條箱上的標籤，試著阻止畫作回到菲茲墨林博物館的事實。」

威廉露出微笑。

賢明的法官點了點頭，布斯·華生便像個駕輕就熟的舵手，立刻調轉方向。

他幾乎是輕聲細語地問道：「請容我問妳一個簡單的問題，福克納夫人，妳會說妳的丈夫是聰明人嗎？」

她立刻回答：「聰明、善於操縱人心，而且詭計多端。」

「那麼我就得問問妳，福克納夫人，如果他是聰明、善於操縱人心，而且詭計多端的人，為什麼要把標籤調換到另一個更值錢的板條箱上？那個箱子裡裝的畫作，可比檢方宣稱他偷走的林布蘭作品有價值多了。」布斯·華生沒有給證人回答的機會，又繼續說道：「不，福克納夫人，妳才是那個聰明、善於操縱人心，而且詭計多端的人，因此妳差一點就可以偷走全世界數一數二值錢的藝術收藏，並且逃過一劫，同時還能陷害我的客戶，讓他為自己沒有犯下的罪鋃鐺入獄。我沒有問題要問了，庭上。」

「朱利安爵士，你可以傳喚第一位證人了。」

「謝謝，法官大人。我要傳喚巴瑞．史騰先生。」

法官代表他的同仁問道：「這位就是在原先的審判中，擔任檢方主要證人的偵緝督察嗎？」

「是的，法官大人。但是他已經不是警察，所以我得發傳票給他，因此應該將他視為敵性證人。」

「希望你能提供新的證據，朱利安爵士，不只是重述一次案情打發時間。」

「我相信我會的，法官大人，但是我跟您一樣，只要有一絲微弱的機會為一個無辜的人伸張正義，我會願意稍微試探法律的界線。」

亞諾特上訴法院法官看起來不太高興，不過他只是皺了皺眉頭。此時法庭的門打開，一個五十多歲、留著平頭，身穿牛仔褲和皮衣的矮壯男子走了進來。史騰從走上證人席到唸完誓詞的過程中，看都沒看一眼書記官舉起的牌子。他接著死死盯著面前的辯護律師，像一個等待開賽鈴響的拳擊手。

53 譯註：話典故來自英國詩人愛德華．李爾（Edward Lear）的打油詩〈貓頭鷹和貓咪〉（The Owl and the Pussy-Cat）。

「史騰先生，你當了多少年的警察？」

「二十八年，那是我人生中最美好的時光。」

朱利安爵士說：「是這樣嗎？那你為什麼要提早退休呢？你明明再服務兩年就有資格領到全額退休金了。」

「我想急流勇退，不行嗎？」

「用一樁謀殺案為警察生涯劃下句點？不過在討論到那件事之前，我得先問你，史騰先生，在你人生最美好的那幾年中，你被停職過多少次？」

亞諾特上訴法院法官問道：「朱利安爵士，這個問題與案件相關嗎？」

朱利安爵士回答：「這與本案的核心息息相關，法官大人。」他拿起威廉交給他的兩份個人檔案。他以誇張的動作打開第一個資料夾，翻到用巨大紅色標籤標示的一頁，接著又問一遍：「多少次？」

史騰回答：「三次。」但是他看起來沒那麼有信心了。

「第一次被停職是因為值勤時喝醉嗎？」

史騰承認：「我可能有時候會在星期五晚上喝個幾品脫的酒。」

「在你值班的時候？」

「只有在我們逮捕罪犯之後。」

「那麼你到底在星期五晚上抓到罪犯之後，因為值勤時間喝醉而受到處分多少次？」

「我想是兩次。」

朱利安爵士說：「你再想想看，史騰先生。」他給證人一點重新考慮的時間。

「可能是三次。」

「你會發現其實是四次，史騰先生。那你有多少次是在值勤時喝醉，卻沒有受到處分的？」

史騰提高音量說道：「從來沒有。二十八年來只有那四次。」

「而每一次都是在星期五晚上？」

史騰看起來一頭霧水。

「能不能告訴我們，你第二次受到處分的原因是什麼？」

「我不記得了，那是很久以前的事。」

「那麼請容我提醒你，史騰先生。你被逮到跟一個被拘留的妓女發生性行為，現在想起來了嗎？」

「確有其事，但是她……」

「她怎麼樣？史騰先生？」史騰沒有回答。

「那麼我應該提醒你，你那時候說的話。」朱利安爵士低頭看看手上的資料，史騰則不發一語。「『她就是個小婊子，這種下場就是罪有應得，或許還太便宜她了。』」

法庭上一片譁然，所有人都在竊竊私語，亞諾特法官等眾人的交談聲平息之後才問道：

「那不是傳聞吧？朱利安爵士？」

「不是的，法官大人，我只是唸出法庭紀錄中史騰先生的證詞而已。」

法官嚴肅地點點頭。

「史騰先生，你剛剛告訴我們，你只有被處分過三次，但是我剛剛說的那個是第五次處分，而且我還沒說完。」

三名法官都緊緊盯著證人。

「我是說三種過錯。」

「所以你經常口是心非囉？」

史騰看起來彷彿想要說些什麼，但是他只是握緊拳頭。

「那麼現在來談談第六次處分，那一次事件經過完整的調查，而你之後被停職六個月。」

「但是我領全薪，而且指控之後撤銷了。」

「這樣說不太準確吧？史騰先生？事實上，你在調查結束前幾個星期就提早退休了。你那一次是被指控在一個犯人被拘留期間，偷走他的四千英鎊。」

「他是毒販。」

朱利安爵士說：「是這樣嗎？所以你認為警察偷走毒犯的錢是可以接受的嗎？」

「我沒有那麼說，是你故意曲解我說的話。不管怎麼樣，他隔天就撤銷指控了。」

「我想確實如此，不過……」

亞諾特上訴法院法官打斷他：「朱利安爵士，我們應該來談談，這名警官在雷恩斯福德先生的案件中扮演的角色。」

朱利安爵士說：「如您所願，法官大人。」他接著向葛蕾絲點點頭，她便把第二份資料交給他。「史騰先生，我想你是調查雷恩斯福德先生這起案件的高階警官，我說得沒錯吧？」

史騰回答：「沒錯，我是。」他似乎以為自己已經脫離險境。

「在你的調查過程中，你是否曾經試著尋找我的客戶一直告訴你的，在謀殺案發生當晚與他在辦公室走廊上擦身而過，最後跑到街上的矮小結實的男人？」

史騰說：「你是說那個神祕人嗎？我何必去找呢？那顯然只是雷恩斯福德想像出來的人物。」

「而你也完全沒有嘗試追查那個，報警稱柯克蘭先生遭到殺害的匿名人士。」

史騰說：「這不就是匿名的意義嗎？」他說完還哈哈大笑，但是沒有一個人跟著笑。

「史騰先生，難道你沒有想過，只有實際目擊犯罪過程的人，才有可能打那通匿名報警電話嗎？」

「但是雷恩斯福德認罪了，你還想怎麼樣？」

朱利安爵士說：「我想要伸張正義。而史騰先生，你那番看似無辜的言論，恰恰提起了本案中一個最重要的未解之謎。誰才是誠實的一方——是你還是雷恩斯福德先生？」

史騰說：「我才是，正如陪審團的結論。」

「那麼你應該也能說服三位法官對吧？」

史騰抬頭看了看法官席，看著那三個想法深不可測的男人。

朱利安爵士給三位法官一點思考時間，隨後才說道：「雷恩斯福德先生說他當初做筆錄時，你寫下來的口供是三頁，後來卻少了一頁，他說的話是否屬實？還是我們應該相信你在證人席上發過誓後所說的，口供從頭到尾都只有兩頁？」

史騰說：「從頭到尾都沒有中間那一頁。」

「中間那一頁？史騰先生？我可沒提到什麼中間的那一頁。」

「有差嗎？」

「差別可大了，這表示你很清楚是哪一頁不見了。我必須問你，你有在雷恩斯福德先生的口供上標註頁數嗎？」

「當然有，第一頁和第二頁，雷恩斯福德兩頁都簽名了，而且是我和克拉克森偵緝警員親眼看他簽名的。」

「但是克拉克森偵緝警員是什麼時候看到那份口供的？史騰先生？」

史騰猶豫了一下才說：「隔天早上。」

「這讓你有非常充裕的時間抽走中間那一頁。」

「我到底要跟你說多少次，根本沒有中間那一頁。」

「那是你的一面之詞，史騰先生。」

「不只我，後來晉升的克拉克森偵緝警員也是這麼說，更別提陪審團了，他們看起來毫不懷疑你的客戶有罪。」

「我想他們的懷疑可大了。」朱利安爵士打斷他：「因為他們花了四天才做出裁決，而且還是十票對兩票的多數決。」

史騰稍微提高音量說道：「我覺得那樣就足以說明了。」

朱利安爵士說：「當然，因為誠如你高雅的描述，那讓你得以在警察生涯的高峰急流勇退，不必面臨另一項調查。」

檢方的艾崙．路威林御用大律師，不情願地從律師席另一端站起來，說道：「我想提醒我學識淵博的朋友，正在接受審判的是他的客戶，不是史騰先生。」

史騰露出沾沾自喜的表情。

朱利安爵士問：「你在星期五下午五點半逮捕亞瑟・雷恩斯福德時，是否是沒有酒醉的清醒狀態？」

史騰說：「跟法官一樣清醒。」他說完便對三位法官咧嘴一笑，但是他們都對他的奉承無動於衷。

他查看了筆記後說道：「你在六點四十二分把他登記在案時，也是清醒的？」

史騰又說了一次：「跟法官一樣清醒。」

「那麼你在六點四十九分拘留他，把他單獨留在牢房中將近兩個小時的時候，你是清醒的嗎？」

史騰對三位法官露出微笑，說道：「我想給他足夠的時間想想自己要說什麼，有什麼不對嗎？」

「你也給了自己足夠的時間，灌下幾品脫的酒，因為你又在星期五晚上成功逮捕罪犯了。」

史騰握緊拳頭，挑釁地瞪著自己的對手：「我就算真的喝了幾品脫的酒又怎樣？我當時清醒到可以……」

「清醒到可以在八點二十三分寫下雷恩斯福德先生的口供。」

「對、對、對！」史騰每說一個字，音量就提高了一點。「我到底要跟你說多少次？」「還清醒到足以在當晚抽走我客戶的供詞的中間那一頁，確保你可以在警察生涯的巔峰退休？」

史騰厲聲反駁：「我那天晚上絕對沒有抽走什麼東西。」

朱利安爵士平靜地說：「那麼就是隔天早上拿走的囉？我想你隔天早上應該清醒到足以抽走那一張紙。」

史騰氣急敗壞地吼道：「而我前一天晚上也足夠清醒，清醒到可以確保那個渾蛋的下場就是罪有應得，或許還太便宜他了！」手指還不斷朝辯護律師的方向用力戳。

整個法庭陷入冷冰冰的沉默，所有人都盯著證人看。

朱利安爵士重複了一遍：「『而我前一天晚上也足夠清醒，清醒到可以確保那個渾蛋的下場就是罪有應得，或許還太便宜他了。』」他朝史騰瞪了回去。「我沒有其他問題了，法官大人。」

亞諾特上訴法院法官不耐煩地說：「你可以離開了，史騰先生。」

史騰走出法庭的時候，朱利安爵士抬頭看了三位法官，他們正在竊竊私語。葛蕾絲此時傾身朝他靠過來，打斷了他的思緒。「我得離開一下，不會太久。」

朱利安爵士點點頭，他的初級律師便匆匆離開法庭，走下寬闊的大理石階梯來到街上，看見一群攝影師正守在門口，等著拍下福克納走出法院的「最新」照片。而唯有亞瑟．雷恩斯福德重獲自由之身離開法院，他們才有機會拍到他的照片。

葛蕾絲站在遠處看著他們好一會兒，才選中一個一直不斷張望，等著拍下頭版新聞配圖的攝影師。她穿過馬路，來到他身邊耳語道：「能借一步說話嗎？」

那名攝影師離開人群，聽了她的請求。

「我很樂意幫忙。」此時葛蕾絲塞給他一張五英鎊鈔票。「不必這樣，小姐。」他說完便把錢還給她。「亞瑟．雷恩斯福德一開始根本就不該坐牢。」

30

隔天早上，朱利安爵士比開庭的時間早了一小時抵達皇家司法法庭。一名書記官陪著他和葛蕾絲走到地下室的牢房，好讓他們與客戶見面討論。

亞瑟熱切地與朱利安爵士握手，說道：「你擊潰了史騰，如果你在當初的審判中擔任我的辯護律師，陪審團或許會做出不同的裁決。」

「你這麼說真是太抬舉我了，亞瑟，雖然我或許重擊了史騰，但是很可惜，我沒有完全把他淘汰出局。而且我們要面對的依然是三位高等法院法官，不是陪審團。三位法官大人不能光憑合理的懷疑就做出決定，而是會以更加嚴格的標準檢視後，才會考慮推翻陪審團原先的裁決，宣布這是誤判。我們現在要仰仗亞伯拉罕教授的證詞了。」

葛蕾絲說：「我不確定三位德高望重的智者會怎麼看待教授。」

朱利安爵士承認：「我也不確定，但他是我們最大的希望了。」

亞瑟提醒他：「你還可以對克拉克森偵緝巡佐進行交互詰問。」

「史騰的小跟班只會像鸚鵡一樣重複主人說的話。可以確定的是，他和史騰昨天晚上一定在一間酒吧裡，分析我的每一個問題。」朱利安爵士查看手錶。「我們最好趕快動身，千萬不能讓法官大人等我們。」

＊＊＊

福克納在薩伏依飯店享用早餐時說道：「你昨天的表現比我妻子更勝一籌，布華。」

「謝謝你，邁爾斯。但是帕默對你進行交互詰問的時候，你還是得向陪審團解釋，林布蘭的畫這七年都在哪裡，你一開始怎麼得到的，還有你為什麼調換了板條箱上的標籤。你最好先想出很有說服力的回答，還有更多備用的說詞，因為帕默一定會對你火力全開。」

「我會準備好對付他的，而且我決定做出你建議的犧牲了。」

「非常明智。但是一定要先暫時把那張王牌藏好，讓我決定你什麼時候該打出來。」

「了解，布華。那麼接下來會發生什麼事？」

「檢方會傳喚霍克斯比大隊長，他一定會支持你妻子的說法，這是無庸置疑的。對他來說，她是比較不壞的那一個。」

「那麼你就得擊潰他了。」

「我不打算交互詰問他。」

福克納質問：「為什麼？」此時一名服務生走過來，為他們倒咖啡。

「霍克斯比是專業老手，陪審團很信任他，所以我們得盡快讓大隊長退到安全的地方去。」

福克納說：「但是唱詩班小弟就不同了。」

「我同意，但是檢方完全不會讓他靠近證人席的，風險太大。」

「那麼我們何不傳喚他？」

「風險也太大了。我們不知道華威克的能耐，而大律師總是喜歡在問問題之前就知道答案，如此一來才不會措手不及。所以，老實說，邁爾斯，我需要你拿出最光彩奪目的表現，因為陪審團做出裁決的時候，他們最在乎的就是你的可信度。」

邁爾斯說：「還真是一點壓力也沒有啊。」

「你以前也經歷過棘手的困境。」

「沒有像現在這麼棘手。」

「這就是你得使出渾身解數的原因。」

「如果我沒有呢？」

布斯．華生把咖啡一飲而盡，隨後才回答：「那麼你很長一段時間都沒辦法在薩伏依飯店享用培根和蛋了。」

檢方對雷恩斯福德

「法官大人，根據英格蘭刑事大律師的傳統，首席大律師可以要求他的初級律師在庭審中主導詰問。若法官大人准許，我想請我的初級律師詰問下一名證人。」

與身邊的同仁稍作討論後，亞諾特上訴法院法官回道：「准許，朱利安爵士。」他接著對葛蕾絲露出他在整場庭審中最和藹可親的微笑。

葛蕾絲有點搖搖晃晃地站起身，她注意到不僅所有人都盯著她看，亞瑟．雷恩斯福德的命運現在也掌握在她手中。她花了這麼多年讀書和受訓，更別提父親向她解釋法條和開庭流程，花費的大量時間和精力，現在他把這個重責大任交給她，希望她跑完最後一圈。

朱利安爵士往後一靠，希望他和女兒同樣緊張的心情沒有寫在臉上。葛蕾絲的母親與貝絲和喬安娜．雷恩斯福德一起坐在法庭後方，她們都傾身向前，像是渴望看見第一顆進球的足球迷，這讓葛蕾絲又更緊張了。

葛蕾絲將資料夾放在她加入事務所那天，父親送給她的小架子上。她打開資料夾，低頭看了看第一頁的內容，腦袋一片空白。

亞諾特上訴法院法官像個慈祥的叔叔一般問道：「華威克女士，妳準備好傳喚下一個證人了嗎？」

葛蕾絲說：「我們要傳喚雷納德・亞伯拉罕教授。」她很驚訝自己的聲音聽起來是如此堅定，因為她的腿並沒有感受到同樣的自信。

要是法庭的門沒有先打開又關上，觀眾一定會十分納悶，下一位證人到底進入法庭了沒。亞伯拉罕眨眨眼，四下張望，最後終於看見遠在法庭另一端的證人席。他走上證人席時，很驚訝地發現沒有椅子可以坐，他在交互詰問期間必須一直站著。他暗自思忖，真是典型的英國作風。

書記官舉起一張卡片，顯然一點也不意外證人穿著白色短版實驗袍和開襟綠色襯衫。亞伯拉罕把一隻手放在《聖經》上——好吧，至少是《舊約聖經》——接著唸出誓詞：「我以萬能的上帝之名宣誓，我將提供的證據均屬實，句句實話，絕無半句虛言。」最後加了一句：「上帝助我發誓。」

他接著環顧法庭，看見自己的小魔術箱按照自己的要求，放在證人席和三位法官之間的地板上時，他暗自鬆了一口氣。

他的目光最後停留在葛蕾絲身上，這是他多年來教導過的聰明年輕女性中，最為優異的一位。打從他們在希斯洛機場見面開始，他就很欣賞她了，而他後來更是敬佩她對於細節的掌握、對真相的耐心追求，還有她對正義充滿熱忱的信念。他很好奇，朱利安爵士是否知道自己的女兒多麼有天賦。

葛蕾絲說：「亞伯拉罕教授，我想先詢問您的背景，法官大人才能明白您在這起案件中運用的特定技術和專業。」他已經很習慣葛蕾絲叫他雷納，因此聽到她稱自己為教授時，他嚇了一跳。「教授，請問您的國籍是？」

「我是美國人，不過我是在波蘭出生的。我十七歲時獲得在紐約哥倫比亞大學的物理學獎學金，因此移民到美國。我在布朗大學拿到博士學位，畢業論文是關於ＥＳＤＡ在刑事案件中的運用。」

葛蕾絲問道：「ＥＳＤＡ是什麼？」這是為了讓法庭上除了他們兩個以外的人明白。

「靜電檢測儀。」

「而您之後又以同樣的主題，撰寫了兩篇重要作品，最近獲頒美國國家科學獎章。」

「沒錯。」

「除此之外，您……」

「我覺得妳已經說明得很清楚了，華威克女士。」亞諾特上訴法院法官打斷她。「教授確實是這個領域的佼佼者。或許妳應該告訴我們，他的專長與這起案件有什麼關係。」他接著轉向證人：「我只希望我和兩位同仁能跟得上你的說明，教授。」

亞伯拉罕說：「別擔心，庭上，我會把您們三位當作大學新生。」

朱利安爵士摒住呼吸，葛蕾絲則忐忑不安地盯著法官，等著他們一頓劈頭蓋臉的訓斥，但是情況並非如此。三位法官只是露出微笑，亞諾特上訴法院法官說：「真是太貼心了，教授，如果我偶爾認為有必要問你幾個問題，還請你見諒。」

「請隨時發問，庭上。至於您的第一個問題，靜電檢測儀與這起案件的關聯，我必須承認，要不是這讓我有機會探望母親，我可能不會考慮接下這個挑戰。」

亞諾特法官問：「你的母親住在英格蘭嗎？」

「不，庭上，她住在華沙，但是我過去的途中會順路經過英格蘭。」

法官說：「我從沒想過，去哪個地方可以順路經過英格蘭。請你繼續說，教授。」

「庭上，如果要繼續說，我必須先解釋一下，美國律師協會現在為何把靜電檢測儀當作重要的武器。以前並不是這樣的，這個轉變是最近才發生的，一個我非常不喜歡的國會議員在接受詐欺案審判時，告訴法庭他讀了軍方機密採購文件的每一頁，因此懷疑文件中某幾頁是後來才加上去的。而我證明他在法庭上說謊，他最後不僅得辭職，還淪為階下囚很長一段時間。」

亞諾特上訴法院法官說：「但是就我所知，你要在這起案件中做完全相反的事情，就是證明文件中少了一張紙，而非多了一張紙。」

「沒錯，庭上。如果您讓我在您面前檢驗證物，我相信我能夠證實違背誓詞說謊的人，是亞瑟·雷恩斯福德還是史騰偵緝督察，因為他們兩人不可能同時都說實話。」教授現在吸引了法庭裡所有人的注意。

亞諾特法官挑眉問道：「可以排除所有合理懷疑嗎？」

「科學家不會讓一件事有懷疑的空間，庭上。要不是事實，就是虛構。」

這一番話讓法官不再開口。

「但是為了證明這一點，庭上，我需要您准許我離開證人席，進行一項實驗。」

法官點點頭。亞伯拉罕教授走下證人席，走向一台看起來像桌上型影印機的機器。他戴上乳膠手套，轉身面向三位法官。

葛蕾絲說：「庭上，我是否能邀請您和您的同仁過來這裡，以便更仔細地觀看這項實驗呢？」

亞諾特上訴法院法官點點頭，三位法官便從座位上起身，走下階梯進入法庭，與雙方律師一起在靜電檢測儀旁邊圍成一圈。

亞伯拉罕說：「請注意。」他每次要開始對學生講課時都會這麼說。「雷恩斯福德先生有在後來呈交為法庭證物的供詞第一頁上簽名，這是所有人都同意的。唯一的爭議點是供詞究竟是三頁，還是兩頁。如果要證明這一點，我就需要那兩頁供詞的原稿。」

葛蕾絲插嘴：「雙方都已經同意了，各位法官大人。」

亞諾特向書記官點點頭，他便將供詞原稿交給亞伯拉罕教授。

亞伯拉罕說：「我想我們都需要了解一下供詞原稿的內容。我再重申一次，控辯雙方對於第一頁都沒有任何爭議。」他開始朗誦。

「我的名字是亞瑟・愛德華・雷恩斯福德。今年五十一歲，目前住在SW7倫敦富勒姆花園三十二號。我是一家小型金融公司的銷售總監，公司的主要業務是投資發展迅速的製藥公司。

一九八三年五月五日，我搭火車前往考文垂與一位潛在投資人見面。見面後，我們一起吃了午餐。服務生送帳單來時，我給他我的公司信用卡，卡片被拒刷後我感到十分尷尬，因為這實在不是讓潛在客戶留下好印象的方式。我氣得直跳腳，立刻連絡我們的財務長蓋瑞・柯克蘭，請他查出怎麼會發生這種事。他向我保證絕對沒有什麼好擔心的，一定是因為銀行那裡出了一點小問題。他建議我當晚回家時順路到公司一趟，他會和我一起檢查帳戶。我之後對於自己發脾氣感到很後悔，我永遠都不應該……」

教授放下第一頁，拿起第二頁。

他對全神貫注的聽眾說：「如你們所知，這是作為法庭證物的第二頁供詞，不過雷恩斯福德先生仍然堅稱，這事實上是第三頁。」他又開始朗誦。

「……攻擊他。我一看到他後腦杓上深深的切口就立刻明白，他一定是在倒地時撞到壁爐架的邊緣，或是銅製壁爐圍欄了。我記得的下一件事情就是聽見警笛聲，不久後便看見六名警察衝了進來。其中一個是史騰偵緝督察，他逮捕我，之後指控我謀殺我的老朋友蓋瑞・柯克蘭。我這一輩子都會為他的死感到懊悔不已。

亞瑟・雷恩斯福德

我已經在史騰偵緝督察和克拉克森偵緝警員面前讀過此供詞。」

亞伯拉罕教授停頓了一下，確定學生們的注意力都還在他身上。他隨後便滿意地說道：「我現在想請各位把目光轉向ESDA，也就是靜電檢測儀。我現在要把這第二張紙放到靜電檢測儀的銅板上了，有人有問題嗎？」

沒有人開口。

「很好，我現在要在紙上蓋一層麥拉聚酯薄膜，接著密封起來。」

教授從他的魔術箱裡拿出一個小滾筒，在麥拉聚酯薄膜上來回滾動好幾次，直到他認為已經消除所有氣泡。他接著從袋子裡拿出一個細長的金屬裝置，解釋說這叫做高電壓靜電棒。他打開的時候，靜電棒發出微弱的嗡嗡聲。他把靜電棒舉在銅板上方一英寸左右的位置，來來回回掃描了紙張數次。

亞諾特上訴法院法官問：「高電壓靜電棒是做什麼用的？」

「它會釋放正電荷打向麥拉聚酯薄膜，庭上，而電荷會聚積在紙張上凹痕中。」完成之後，教授關掉高電壓靜電棒，然後宣布：「我現在要把碳粉撒在紙張上，之後我們很快就會知道，我的實驗究竟是達成了目的，還是完全浪費時間。」

聚精會神的觀眾都低下頭盯著那張紙，此時教授將銅板的一側提起來，把少量像黑胡椒一樣的顆粒撒下去，碳粉滑過紙張表面，落進了銅板底部的狹窄凹槽中。他確定紙張上已經蓋滿碳粉之後，他把銅板放回原位，低頭檢視自己的作品。

葛蕾絲低聲說道：「您看亞瑟。」

朱利安爵士抬頭望向被告，他依然站在被告席上。雖然亞諾特上訴法院法官和兩位法官同仁仍然一臉狐疑，路威林先生則是從頭到尾都擺出不信的表情，亞瑟卻似乎對檢測結果毫不懷疑。

亞伯拉罕教授彎下腰，小心翼翼地將一張背面有黏性的塑膠片放在麥拉聚酯薄膜上，接著動作熟練地將薄膜從銅板上撕起來。他最後將那張有黏性的塑膠片與薄膜分開，接著在下方襯上一張白紙，舉起來讓所有人都能看清楚。

所有人都看見了那失蹤的一頁，在紙張上留下的清楚印痕。

路威林先生看起來依舊不為所動，亞諾特上訴法院法官則說：「教授，麻煩你唸出在紙張上留下印痕的文字，我想你應該這麼做過。」

「確實有過幾次，庭上，但是我得先提醒您，一定會出現一些誤差。我先重新唸一下第一張紙上的最後幾個字，再讀出有爭議的第二頁內容。」法官點點頭。「我之後對於自己發脾氣感到很後悔，我永遠都不應該……」教授從他的包包裡拿出一支大放大鏡，仔細研究紙張上的印痕，之後才繼續唸道：

「先發脾氣，而不是先聽　　的說法。回到尤斯頓　　後，我搭計程車回到我們……」他遲疑了一下。「……位於馬里波恩的辦公室。我打開門時，看見一個結實的　　人　　我衝過來。我幫他開　　門，但是　　從我身邊衝過去，直接　　到街上。我當時沒有想　　，但是　　後才意識　　他可能就　　兇手。我直　　上樓到蓋瑞在　　樓的辦公　　，看　　他　　倒在爐旁邊的　　板上。我衝到他身邊，但　　為時已晚。一定是　　人……」

教授翻到第三頁證詞，繼續唸：「攻擊他。」一兩個站在機器旁邊的人抱以熱烈的掌聲，其他人則在原地沉默不語。

亞諾特上訴法院法官說：「謝謝你，教授。」他隨後補上一句：「各位先生及女士，請你們回到座位上。」

葛蕾絲等所有人都坐定後，才從座位上起身說道：「我沒有問題了，法官大人。」接著筋疲力盡地坐回椅子上。

他父親用右手摸著額頭暗暗說道：「漂亮。」

亞諾特上訴法院法官問道：「路威林先生，你想要交互詰問這名證人嗎？」

亞伯拉罕教授摩拳擦掌，準備迎接檢方的反駁。

檢方首席律師說：「不用，法官大人。」他在座位上幾乎動也沒動一下。

亞諾特法官說道：「我們十分感激，教授。我很慶幸你的母親住在華沙，讓你得以在探望她時順路過來我們這裡。你可以離開了。」

教授說：「謝謝您，庭上。」他接著走下證人席，收拾好自己的魔術箱。

他離開法庭前對亞瑟眨了眨眼，葛蕾絲很想過去給他一個擁抱。

亞諾特上訴法院法官問：「朱利安爵士，你還有其他證人嗎？」

「只有一個，法官大人。克拉克森偵緝巡佐，在雷恩斯福德先生的供詞原稿上簽名的另一位警官。我們已經寄給他傳票，他應該會在明天早上十點鐘出現在三位法官大人面前。」

「那我們就休庭到明天早上十點。」

朱利安爵士鞠完躬便繼續站著，直到三位法官收拾好一大疊的筆記，走出法庭。

葛蕾絲問：「你覺得克拉克森明天早上會來嗎？」

她父親回答：「我不會百分之百肯定。」

31

檢方對福克納

布斯·華生先生說：「請說出你的名字和職業以供記錄。」

「邁爾斯·亞當·福克納。我是一名農夫。」

「福克納先生，我們聽說你擁有可觀的藝術收藏，在紐約和蒙地卡羅都有房子，在漢普郡擁有一塊土地，還有一艘遊艇和一架私人飛機。你怎麼可能是農夫呢？」

「我敬愛的父親留給我一座在林普頓的農場，還有三千英畝的土地。」

威廉立刻寫下筆記，交給檢方的御用大律師。

「這還是沒有解釋你為什麼能過上奢侈的生活，還有能力收藏價值不斐的藝術品。」

「事實上，儘管我的家人擁有林普頓大宅超過四百年，但是幾年前，政府強制徵收了我的土地，因為他們想興建一條六線道的高速公路貫穿過去，所以我只剩下一棟房子和幾百英畝的土地。我反對徵收並將政府告上法庭，但是可惜的是，我上訴失敗。不過，政府最後還是付給我補償金，讓我得以追尋對藝術品一輩子的熱愛。也多虧了我這幾年來，幾次以獨到的眼光投入股票市場，讓我得以建立起規模合理的收藏。」

威廉又記了一條筆記。

布斯・華生低頭看了看精心準備的問題清單，說道：「而你毫無疑問會將那些收藏傳承給下一代。」

「不會，那恐怕是不可能的。」

「為什麼呢？」

「很可惜，我的妻子對生小孩沒有興趣，而我也不想拆分我的收藏，因此我決定把所有資產都捐贈給國家。」

邁爾斯轉身對陪審團露出微笑，正如布斯・華生交代他做的那樣。其中一兩個陪審員對他報以微笑。

「福克納先生，我現在想談談其中一幅畫作，林布蘭的《布商公會理事》。」

福克納說：「那無庸置疑是一幅曠世巨作。母親在我學生時期帶我去菲茲墨林博物館時，我打從第一眼看見那幅畫就著迷不已。」

「檢方會說你實在太著迷，所以就將那幅畫偷走了。」

邁爾斯哈哈大笑。「我承認。」他又看了陪審團一眼。「我確實是藝術愛好者，甚至愛藝術成癡，但是我不是偷畫賊，布斯・華生先生。」

「那麼你怎麼解釋你的妻子宣誓後所說的，那幅林布蘭的作品七年來都在你的手上？」

「她說得沒錯，《布商公會理事》這七年來確實在我手上。」

陪審團成員這下都不敢置信地盯著被告。

布斯・華生佯裝驚訝地問道：「你是承認偷畫了嗎？」陪審團看起來也是一頭霧水，帕默御用大律師則是一臉狐疑。只有法官無動於衷，而福克納只是露出微笑。

布斯・華生繼續說：「我不太確定你是什麼意思。」其實他太清楚他的客戶是什麼意思了。

福克納轉身面向法官說道：「我很好奇，庭上，我能不能展示這七年來掛在我漢普郡宅邸客廳壁爐架上方的那幅畫，以證明我的清白？」

現在連諾爾斯法官都一臉茫然的樣子。他看向帕默先生，帕默先生只聳了聳肩膀，於是他的目光又回到辯護律師身上。

「布斯・華生先生，我們有興趣知道，你的客戶想給我們看什麼。」

布斯・華生說：「我萬分感激，庭上。」他對初級律師點點頭，而她已經在法庭入口準備就緒。她打開門，兩個結實男子便搬著巨大的板條箱走進來，放在法官和陪審團之間的地面上。

帕默倏地站起身說道：「法官大人，辯方完全沒有通知檢方這個計畫之外的行為，請您制止這種會產生誤導的行徑。」

「怎麼說呢？帕默先生？」

「這只是他們想擾亂陪審團而耍的花招罷了。」

法官說：「那麼我們就看看是否真是如此吧，帕默先生。因為我想陪審團成員跟我一樣，想知道箱子裡放了什麼。」

搬運工人變成開箱工人，所有人都緊緊盯著那個板條箱。他們先拔出釘子，接著掏出保麗龍防撞粒，再來是一層層剝開平紋細布，最後揭露出來的畫作讓一些人倒抽一口氣，其他人則是百思不得其解。

布斯．華生說：「福克納先生，能不能請您解釋一下，為什麼林布蘭的《布商公會理事》會出現在法庭上，而不是如你妻子先前所言，已經掛在菲茲墨林博物館的牆上了呢？」

福克納對眼前這個永遠不會慌張的人說道：「別慌張，布斯．華生先生。原畫依然掛在菲茲墨林博物館內，這只是一張水準超群的複製畫，我七年前在諾丁丘一間藝廊購買的，還有收據可以證明。」

布斯．華生說：「所以你妻子這七年來看的就是這一幅畫，只是她誤以為這是原畫？」

「恐怕是如此，先生，但是克里斯蒂娜從來都沒有對我的收藏真正有興趣過，她只在乎那些作品值多少錢。以這幅畫來說，是五千英鎊。」

法官仔細打量那幅畫後問道：「福克納先生，請問像我這樣的外行人該如何才能確定這是複製品，而非原畫？」

「看看畫作右下角就知道了，法官大人。如果是原畫，應該會看見林布蘭的姓名縮寫RvR。他幾乎每一幅畫都有簽名。老實說，那是我妻子沒注意到的其中一件事。」

布斯．華生說：「福克納先生，我雖然接受你的解釋，但是我還是不清楚，現在已安全歸還給菲茲墨林博物館的原畫，到底為什麼會在你手上。」

「如果要了解這一點，布斯．華生先生，你得先明白我在藝術界是赫赫有名的收藏家。我每一年都會收到上百份主動送給我的藝術展覽圖錄，還有一些希望我購買畫作的請求，通常是來自一些不希望別人得知他們有財務困難的古老家族。」

「你買過那些作品嗎？」

「很少，我通常更喜歡向德高望重的藝術品經銷商，或是歷史悠久的拍賣行購買。」

「但是這依然沒有解釋，林布蘭的原畫為何會到你的手中。」

「幾個星期前，有人想賣給我一幅畫，宣稱那是林布蘭的真跡。他一向我描述，我馬上就知道一定是菲茲墨林博物館那幅失竊的作品。」

法官問：「你為什麼會如此判斷？」

「法官大人，藝術市場上幾乎看不到林布蘭的作品，他的畫作多半都由國立博物館或美術館收藏，只有極少數是由私人收藏家擁有。」

布斯．華生問：「所以你既然知道那幅畫是贓物，為什麼還要牽扯進去呢？」

「我得承認，我無法抗拒這種挑戰。不過，我聽說必須長途跋涉到那不勒斯才能看畫時，我馬上明白一定是卡默拉秘密組織幹的好事，我最好抽身。但是我就像一個深信自己可以踢進致勝球的足球員，我還是勇往直前。」

布斯．華生其實根本不在乎他的比喻，但還是順著他的話問道：「那麼你踢進致勝球了嗎？」

福克納回答：「算也不算。我飛到那不勒斯後，來迎接我的是一個穿著體面的年輕律師，身邊跟了兩個從來沒張嘴過的流氓。他們接著開車載我到城市裡比較落後的地方，連警察沒事都不會到那裡去。我這輩子沒看過那麼窮困的地區。那些出租公寓的牆上唯一會掛的圖畫，只有聖母瑪利亞或教宗。他們帶我走下一條長長的石階，進入燈光昏暗的地下室，一幅巨大的畫作就掛在牆上。我只看了一眼，就知道那是真跡了。」

「接下來發生什麼事？」

「我們開始談價格，我很快就明白他們急著想脫手這幅畫，所以我們最後談妥的價錢是十萬元。我和他們都知道，這幅畫實際上的價值是那個金額的一百倍，但是他們沒有找到太多潛在買家。我告訴他們，等畫作回到菲茲墨林博物館，我就會把錢給他們。他們說會與我保持連絡，但是甚至沒有提議開車送我回機場。我走了很長一段路，才終於攔到計程車。」

「你回家之後，有沒有將這段經歷告訴別人？」

「我很想與別人分享這段經歷，所以我很愚蠢地告訴克里斯蒂娜了。我從沒想過她會以此利用我，甚至不惜在宣誓下說謊。」

「而你在義大利遇到的那些男士沒有遵守承諾，將畫作還給菲茲墨林博物館。」

福克納說：「卡默拉秘密組織鮮少離開自己的地盤。我接下來一個多月都沒有收到任何消息，所以我猜交易告吹了。」

法官做了筆記。

「但是其實沒有？」

「沒錯。我在機場遇到的兩個流氓，在深夜帶著那幅畫來到我位在蒙地卡羅的住家，要求我支付十萬元。其中一人還拿著刀揮來揮去。」

「你一定嚇壞了。」

「沒錯。尤其是他們說如果我不付錢，就會先一個一個割斷六位布商公會理事的喉嚨，再割斷我的喉嚨。」

法官又寫了一些筆記。

「你手上有十萬元現金嗎？」

「布斯·華生先生，大部分想要賣給我傳家之寶的人，想拿到的都不會是支票。」

「那麼你接下來做了什麼？」

「我隔天早上就打電話給遊艇船長，告訴他很快就會有一個大板條箱抵達碼頭。他要把那個箱子載到南安普敦，然後親自送到倫敦的菲茲墨林博物館。」

布斯·華生說：「庭上，如果檢方願意，我可以打電話給梅內加蒂船長，他會證實福克納先生確實是這麼指示他的。」

威廉嘟囔：「他如果想保住飯碗，當然會那麼說。」

「你隔天就飛往澳大利亞，心想著他們一定會照你的指示辦事。」

「沒錯。我希望妻子跟我一起來，但是她在最後一刻改變心意了。原來是因為她要跟一個年輕人約會。」

威廉死死握緊拳頭，試著不讓自己發抖。

福克納繼續說：「而她很清楚我在節禮日那天買了板球對抗賽的門票，會待在墨爾本看比賽，這表示我在新年之前都不會回到英格蘭。」

「但是你在比賽比到一半時就回家了？」

「是的，梅內加蒂船長打電話到我在墨爾本的旅館，說我妻子出現在遊艇上，身邊帶的不是我跟他說過的那一個板條箱，而是我在蒙地卡羅的所有藝術收藏。她接著指示他把所有作品都載到南安普敦，她會在那裡與他會合，接著再前往紐約。」

「你採取了什麼行動呢？」

「我搭下一班飛機回到倫敦，雖然我搭了二十三小時的飛機，但是我根本不用想那麼久就明白她的意圖了。我一抵達希斯洛機場，就搭計程車回到我位於漢普郡的住家，因為我明白現在是分秒必爭。」

布斯・華生問：「為什麼不請你的司機來接你呢？」

「因為這樣會打草驚蛇，讓克里斯蒂娜知道我回國了，那是我最不希望發生的事。」

「你出現的時候，你妻子在家嗎？」

「她不在家，我的藝術收藏也全都不在了，我後來發現那些作品都在前往南安普敦的路上。我抵達的時間正好，還來得及阻止遊艇往紐約啟程。」

「所以你接下來就登上遊艇，要求把畫作送還到位於漢普郡和蒙地卡羅的住家……」

「當然，只有一幅畫例外。」福克納打斷他。「不論情況如何，我一直都想把林布蘭的作品還給菲茲墨林博物館。」他又一次轉身面向陪審團，這次對他們露出「誠懇的表情」。

「但是你還來不及那麼做，警方就衝上遊艇，逮捕你後又指控你調換兩個板條箱上的標籤，好把林布蘭的作品據為己有。」

「布斯．華生先生，那真是非常荒謬的想法，理由有三。首先，我被逮捕前只在遊艇上待了幾分鐘，所以顯然是我的妻子老早就通知警方，告訴他們林布蘭的畫還在船上。其二，寫著菲茲墨林博物館的那張標籤，一定是在從蒙地卡羅上船之前，就由她親手調包了。」

布斯．華生先生故作不解地問道：「她為什麼要調換標籤，又告訴警察林布蘭的畫還在船上呢？」

「因為如果我被逮捕了，就沒有人可以阻止她前往紐約，把我其餘的收藏品都搜刮殆盡，這顯然是她趁我安安穩穩地待在世界的另一端時，就已經策劃好的事情。」

「你說有三個理由，福克納先生。」

「沒錯，布斯．華生先生。霍克斯比大隊長身邊還有兩位警察，他們顯然是得到我妻子的通知，知道林布蘭的畫在船上。在港務長有權打開所有板條箱的情況下，調換標籤還有什麼意義呢？不，克里斯蒂娜的盤算是我不僅會被逮捕，還會同時失去我的魯本斯。她不只是調換標籤而已，她很清楚這會讓我失去我最愛的一幅畫。」

「至少魯本斯和你的收藏品都歸還給合法的主人了。」

威廉注意到布斯．華生對他的客戶輕輕點頭。

「沒錯，布斯．華生先生。菲茲墨林博物館館長提姆．諾克斯認為這確實是一場誤會，因而好心地把魯本斯的畫送回我的林普頓大宅了。不過，幾天之後，我有了另一個想法。如各位所知，菲茲墨林博物館收藏的荷蘭和法蘭德斯藝術家作品，收藏量僅次於阿姆斯特丹的荷蘭國家博物館。我不禁思考，魯本斯的《耶穌下十字架》究竟是不是適得其所，經過深刻的反省，我決定將那幅畫送給國家，讓所有人都能像我這三十年來一樣，感受欣賞那幅畫帶來的喜悅。」

一字不差，布斯．華生看著陪審團暗自思忖。他確信至少有一半的陪審團成員，都站在他的客戶這一邊。

「最後，我必須問你，福克納先生，在這次令人惋惜的誤會之前，你是否曾因為任何罪名遭到起訴？」

「從來沒有，先生。不過，我必須承認我就讀藝術學校時，曾經偷走一名交通警察的安全帽，戴在頭上去參加切爾西藝術俱樂部的舞會。我最後在牢裡待了一晚。」

「真的嗎？福克納先生？那就期盼你不會在牢裡度過更多個夜晚吧。我沒有問題要問了，庭上。」

※※※

葛蕾絲將一組放大的黑白照片，攤開在兩人之間的座椅上時，朱利安爵士問道：「這是怎麼回事？」

「這是您對史騰進行交互詰問後，他離開法庭時拍下的照片。」

「我看得出來。但是除了他很享受鎂光燈之外，這些照片證明了什麼？」

「我猜他享受不了太久了。爸，您仔細看就會注意到史騰不希望我們看見的東西。」

她父親再一次端詳照片後承認：「我還是看不出來。」

「他的皮衣是凡賽斯的，腳上穿的是古馳的樂福鞋，都是最頂級、最昂貴的款式。」

朱利安爵士頓時明白是怎麼一回事，便問道：「手錶呢？」

「卡地亞的坦克系列，而且和他本人不一樣，這支手錶是真貨。」

「身為一個領偵緝督察退休金的人，史騰不可能買得起這種奢侈品。」

葛蕾絲說：「還有加碼驚喜呢。」她指著另外幾張照片，畫面中的史騰開著一輛捷豹S型車款揚長而去。「這輛車登記在他名下。」

「我想我們應該去辦公室找法官談談，看他願不願意讓我們調查史騰的銀行帳戶。」

＊　＊　＊

諾爾斯法官宣布休庭後，威廉問道：「您覺得陪審團會相信他的胡言亂語嗎？」

霍克斯比回答：「我不確定，但是福克納夫人明顯打算偷走她丈夫的藝術收藏，只會讓情況雪上加霜。這下陪審團得做出艱難的抉擇，就是判斷他們哪一個人是更糟糕的騙子。」

「二十二號法庭的進展如何？」

「我正要去找貝絲問問情況。對了，順便說一下。」他壓低音量：「事實證明，我放在您辦公室桌上『忘了拿』的資料非常有幫助。」

※　※　※

威廉走進二十二號法庭時，首先看見亞瑟・雷恩斯福德在警察陪同下走下被告席，往牢房走去。

威廉在貝絲身邊坐下時，她說：「今天的庭審結束了，所以我們也可以回家了。」

威廉想與父親說幾句話，但是他注意到他正在與葛蕾絲認真討論著什麼，因此決定不打攪他們。貝絲牽起他的手，但是一直保持沉默，直到他們走出法院來到街上。

過馬路時，貝絲說道：「你姊姊交互詰問亞伯拉罕教授的技巧，真是太精湛了。」

威廉不敢置信地說：「我父親讓葛蕾絲交互詰問主要證人？」

「而亞伯拉罕非常有說服力，連檢方都放棄對他交互詰問了。」

威廉說：「我又一次低估我家那位老頭了。但是葛蕾絲有證明口供確實少了一頁嗎？」

貝絲說：「亞伯拉罕教授走下證人席後，連檢方的首席律師都接受口供原本確實有三張了。」此時他們加入等公車的隊伍。

「真是好消息，那法官們怎麼看呢？畢竟他們的想法才是最重要的。」

「我們無從得知。他們就像經驗老到的撲克玩家，沒有流露一丁點跡象。」

他們搭上公車後，威廉問：「下一個要被我父親擊潰的人是誰呢？」

「克拉克森偵緝巡佐，史騰的前搭檔。」

「他比史騰還要弱，可能會頂不住壓力。」

「你怎麼知道？」

威廉說：「真希望妳可以見識霍克斯比站上證人席的樣子，連法官都深感佩服。」

貝絲明白他的意思，便順著他的話問道：「但是布斯．華生沒有刁難他嗎？」

「沒有，他甚至沒對他進行交互詰問。他顯然是思考過後，認為從他身上得不到什麼收穫。」

「那福克納的表現怎麼樣？」

威廉承認：「令人印象深刻，雖然說不算是很有說服力。他看起來有點太假惺惺了，而且一直把錯推到他的妻子頭上。」

「陪審團肯定不會喜歡的。」

威廉說：「布斯．華生昨天狠狠修理了克里斯蒂娜。」他馬上就後悔自己脫口而出「克里斯蒂娜」，所以又馬上接著說：「而福克納今天又火上澆油。他還做出一個出乎我們意料的承諾，雖然我認為他根本不打算遵守諾言。」

「你是說他要把魯本斯的畫送給菲茲墨林博物館嗎？」

「妳怎麼知道？」

「我在中午休庭時打電話回博物館，提姆．諾克斯說布斯．華生打給他，告知他福克納會在庭審結束後馬上捐出那幅魯本斯的畫。」

威廉說：「在我看來顯然就是賄賂。」此時公車停在富勒姆路上。「法官一定會明白這點吧？」

「雖然還有疑慮，不過你或許應該相信福克納改邪歸正了。」

「我擔心陪審團就會這麼想，不過他還得付出更多努力，才能說服我這七年期間，林布蘭的畫都不在他手上。」

「你覺得我們要到哪一天，才不會三句話不離這兩起案件？」

「可能要取決於妳父親會不會獲釋，還有福克納會不會坐牢很久。」

「萬一結果完全相反呢？」

32

服務生走過來時，布斯・華生說：「我是來報佳音的使者。不過我們還是先點早餐吧。」

福克納說：「我只要黑咖啡、烤麵包和柑橘果醬。我沒胃口了。」

布斯・華生說：「我要全套英式早餐。」等服務生走遠後，他才開口：「我從另一邊得到消息，如果你願意承認比較輕的故意收受贓物罪，他們願意放棄起訴你故意竊盜。」

福克納問：「刑期呢？」

「如果我們接受他們的提議，你大概只會被判刑兩年，也就是說你十個月就可以獲釋了。」

「怎麼會？」

「只要你表現良好，就只需要服一半的刑期，因為這是你第一次犯罪，所以還可以再少坐兩個月的牢。你剛好來得及出獄過耶誕節。」

「我覺得在彭頓維爾坐牢十個月，算不上是多慷慨的提議，更重要的是，這會給克里斯蒂娜足夠的時間偷走我所有的收藏。」

布斯・華生說：「不會的，因為你不在的這段時間，我會確保克里斯蒂娜靠近不了你的資產。」

福克納看起來不太相信。「如果我不接受他們的提議呢？」

「如果你竊盜和收受贓物兩項指控都罪名成立，最高刑期是八年，再加上數量可觀的罰金。」

「我才不屑什麼罰金。我覺得帕默似乎知道自己注定會吃敗仗，想挽回一點面子。不論如何，我覺得陪審團都站在我這一邊。昨天至少有兩個人對我露出微笑。」

布斯・華生說：「兩個還不夠。」他停頓了一下，因為一名服務生過來為他們倒滿咖啡。「我覺得陪審團團長看起來像個退役上校或預備學校校長，他有可能會主張應該按罪量刑。」

「我願意冒這個險，布華，所以你可以叫帕默滾一邊去。要來杯香檳嗎？」

檢方對雷恩斯福德

書記官高聲喊道：「請包柏・克拉克森偵緝巡佐出庭。」

克拉克森穿過法庭走上證人席時，葛蕾絲的目光沒有一刻離開他。他宣誓時，完全沒有展現出史騰那種趾高氣昂的感覺。

老實、正派的警察，很容易被人牽著鼻子走，有時候會因此被人帶上歪路，這是葛蕾絲讀完克拉克森的個人檔案後特別圈起來的句子。

朱利安爵士一直耐心地坐在位置上，聽檢方倉促地詰問克拉克森，整個過程中沒有任何出乎意料的驚喜。畢竟他本來就不覺得他能問出什麼。

亞諾特上訴法院法官問：「你要交互詰問這位證人嗎？」

朱利安爵士點點頭，從座位上起身。他總是預設史騰會把他當作敵人，但是克拉克森不會。

他以溫和又令人信服的聲音說道：「克拉克森偵緝巡佐，身為警察，你一定很清楚做偽證的嚴重後果，所以我希望你經過深思熟慮再回答我的問題。」

克拉克森沒有答腔。

「亞瑟．雷恩斯福德被逮捕，並且被指控謀殺合夥人蓋瑞．柯克蘭當天，你在犯罪現場嗎？」

「我不在，先生。我當時回分局了。」

「所以你沒有目睹逮捕過程？」

「沒有，先生，我沒看見。」

「但是那天晚上，你也在雷恩斯福德先生的口供上簽了名。」

「確實如此，先生。」

「那麼那一份由你親眼看著史騰偵緝督察寫下的口供，總共有三頁還是兩頁呢？」

「我一開始以為是三頁，但是史騰偵緝督察隔天早上向我保證只有兩頁，所以我信了他的話。」

這不是朱利安爵士預期聽到的回答。他停頓了一下，發現接下來五個問題都是多餘的，於是他再次確認自己聽見的回答。

「所以你一開始認為口供是三頁，而不是史騰先生宣稱的兩頁？」

「是的，先生，而且研究過昨天的法庭報告後，我認為亞伯拉罕教授的發現沒有任何問題。」

朱利安爵士問：「所以那也表示你認為史騰先生一定抽走了一頁口供囉？」

「是的，先生，而且我很後悔當時沒有質問他。」

「你是否質問過他，有可能真的存在一個神祕人，也就是雷恩斯福德先生說的，他進入辦公室時與自己擦身而過，他一直聲稱是殺人兇手的人？」

「我有，但是史騰偵緝督察說他只是雷恩斯福德想像出來的，所以我們不必太在乎。」

「那麼告知警方柯克蘭先生遭到殺害的匿名電話呢？那也是雷恩斯福德先生想像出來的嗎？」

「不是，先生。我們確實接到一通有外國口音的男人打來的電話，他說自己當時剛好經過那個街區，聽見兩個男人大吼大叫，隨後是一陣沉默，不久後一個男人衝出建築物跑到街上，所以他才會馬上打電話報警。」

「他有說自己的名字嗎？」

「沒有，先生，但是這沒什麼不尋常的。」

「根據雷恩斯福德先生消失的那一頁口供所言，他抵達雷蓋柯公司的辦公室沒過多久，警方就出現了。」

克拉克森說：「犯罪的人想把責任推到其他人身上時，通常都會這麼說。所以我沒有繼續追查，因為追蹤匿名電話本就是件吃力不討好的苦差事，到最後通常會發現完全是浪費時間。」

「所以你從頭到尾都不知道那個神祕人是誰嗎？」

克拉克森說：「不，先生，我知道。」

朱利安爵士又大吃一驚，他往未知的領域邁進一步。

「偵緝巡佐，請以你自己的話告訴我們，你怎麼查出那個神祕人身分的？」

「雷恩斯福德被起訴後隔了幾天，一名黑頭計程車駕駛來到警局，告訴我們他在晚間新聞上看到這起案件的報導。他說自己在謀殺案當天下午從尤斯頓車站接走雷恩斯福德先生，把他送到馬里波恩商業街的辦公大樓外面。他才剛打開空車標示燈，就看見一個人衝出建築物，要求他載他到西漢姆的尼爾森上將酒吧，但是他才開出去一百碼左右，那個人就叫他停車。他下車後跑向最近的電話亭，他幾分鐘後走回來，計程車司機便繼續往西漢姆開去。」

「他有向你描述那個人的長相嗎？」

克拉克森轉向三位法官問道：「我能看一看當時寫下的筆記嗎？」

亞諾特上訴法院法官點點頭，克拉克森便打開一本黑色小冊子，翻了幾頁後才開口說道：「計程車司機說他大概五呎八吋高，深色頭髮，再瘦個幾磅應該會對他的身體比較好。他還說他敢打賭，那個人一定是希臘或土耳其人。」

朱利安爵士問：「他為何那麼篤定呢？」

「賽普勒斯暴動期間，計程車司機在那裡服兵役，因此他確信自己能分辨出口音。」

「你有沒有將這件事報告給史騰偵緝督察呢？」

「有，他不是很高興，但還是說他會走一趟尼爾森上將酒吧，看看他說的是不是實話。」

「那麼他有查出神祕人的身分嗎？」

「查出來了，但是他說那個男人有確鑿的不在場證明。謀殺案發生時他一直待在尼爾森上將酒吧，酒吧老闆和當時其他幾名顧客都證實了這一點。史騰跟我說，不論如何我們都拿到簽字畫押的口供了，我還想怎麼樣？」

「所以你沒有繼續追查這條線索？」

「沒有，畢竟史騰偵緝督察才是這起案件的負責人，我只是剛見習結束不久的菜鳥警員，所以我也沒辦法做太多。」

「而沒有一份文件能證明，史騰偵緝督察確實去過尼爾森上將酒吧，或者他確實偵訊了那個神祕人。」

「史騰偵緝督察向來對文書工作不怎麼用心，他說比起把罪犯歸檔，他更想把他們關進牢裡。」

「就我所知，你沒有在雷恩斯福德先生的審判中出庭作證？」

「沒錯，先生，的確沒有。雷恩斯福德被定罪後，我便認定史騰偵緝督察一直以來都是對的。直到我在《每日郵報》上讀到雷恩斯福德上訴的消息，才開始思考我當時應該偵訊佛杜尼斯先生，而不是……」

亞瑟從被告席的椅子上倏地起身，問道：「瓦希利斯．佛杜尼斯？」

克拉克森說：「對，那就是他的名字。」

亞瑟大喊：「他的女兒就是蓋瑞．柯克蘭的祕書！」

亞諾特上訴法院法官厲聲說道：「朱利安爵士，請你在我開口前約束你的客戶。」

亞瑟重新坐下，但是開始拚命朝朱利安爵士的方向揮手。

「我想現在是休庭的好時機，朱利安爵士，因為你的客戶顯然想與你談談。我們一小時後再回來吧？」

檢方對福克納

諾爾斯法官說：「各位陪審員，你們已經聽完雙方律師的主張，現在由我負責客觀公正且不帶偏見地總結案情。接下來由你們全權決定，檢方對福克納先生提起的三項指控罪名是否成立。」

「我們現在分別檢視每一項指控。首先，福克納先生是否從菲茲墨林博物館偷走一幅林布蘭的作品？你們覺得檢方是否提供了充足的證據，證明他確切無疑涉案？如果答案是否定的，你們必須為被告找出合理疑點。其次，如果福克納先生沒有直接參與盜竊，他是否仍屬於涉案人？你們只能以在本法庭上呈現的事實做出決定。」

福克納淺淺地笑了一下，布斯．華生則雙臂交疊靠在椅背上，發現法官還沒有提到，他的客戶給出的說服力最薄弱的一項證據。

「下一項指控，是根據其夫人所言，福克納先生故意購買贓物畫作。雖然福克納先生展示了一幅林布蘭的複製畫，但是你們得思考，他持有原畫多長的時間。」

「你們是否相信福克納先生的證詞，他說自己前往那不勒斯，試著以十萬元從卡默拉秘密組織手中購買那幅畫，只為了將畫作還給菲茲墨林博物館？你們覺得卡默拉秘密組織是否確實在一開始拒絕與他交易，之後卻帶著畫作出現在福克納先生位於蒙地卡羅的住家，要求他支付那十萬元？」法官低頭看了一眼筆記。「雖然說福克納先生告訴我們，以他的經驗，卡默拉秘密組織鮮少離開他們的地盤。」

「還有，你們是否相信其中一個在那不勒斯沒跟他說過一句話的男人，威脅他如果不付錢，就要割斷六位布商公會理事的喉嚨，再來是福克納先生的喉嚨？或者你們認為這是經過加油添醋的故事？只有你們可以決定要相信誰，福克納先生或福克納夫人，因為他們不可能同時說實話。不過，你們也得思考，福克納夫人提供的證據是否可靠，因為她算是很坦率地承認，她打算趁丈夫在澳洲的時候，搬空他放在蒙地卡羅別墅和林普頓大宅中的所有藝術收藏，而我相信如果她丈夫沒有從中阻撓，她一定會搭船到紐約如法炮製。最後，各位陪審員，你們必須考量一個事實，就是被告並沒有前科紀錄。」

法官直勾勾看著五名男士和七名女士組成的陪審團，總結道：「各位陪審員，你們考量所有證據後，必須確切無疑地認定被告有罪，才能做出罪名成立的裁決。如果你們無法確定，就必須宣判被告無罪。請各位慢慢商議。如果你們在討論過程中需要法律相關的協助，請馬上回到這間法庭，我會盡我所能回答你們的問題。法警會陪同你們到陪審團室，讓你們開始討論。請慢慢考量所有證據，再做出最終裁決。」

檢方對雷恩斯福德

「朱利安爵士。」

「法官大人。我很感激您們給我機會與客戶討論，我決定要求法庭重新傳喚史騰先生，同時對瓦希利斯．佛杜尼斯先生發出傳票，辯方希望他們在宣誓下接受詰問。」

「我准許你的請求，朱利安爵士，那我們休庭至明天早上，希望到時候法警可以帶來那兩位男士。」

朱利安爵士試著用堅定的聲音說道：「謝謝您，法官大人。」

三位法官都從座位上起身，鞠躬後離開法庭。

貝絲說：「我等不及明天到來了。」

葛蕾絲一邊整理卷宗一邊說道：「別抱太大的希望，史騰和佛杜尼斯會很清楚今天下午在法庭上發生的事，我覺得他們沒有一個人會想往岸濱街這裡過來。」

檢方對福克納

陪審員們魚貫走進法庭，回到座位上時，諾爾斯法官問道：「你們想尋求我的建議嗎？」

陪審團團長說：「是的，庭上。」他是一位打扮體面的紳士，身穿煤灰色雙排釦西裝，繫著騎兵領帶。「我們對第一和第二項指控做出了裁決，但是對第三項收受贓物罪的指控產生分歧。」

「你覺得你們能有至少十個人意見一致，做出多數決的裁決嗎？」

「只要再給我們一些時間應該可以，庭上。」

「這樣的話我們提早休庭，明天早上十點重新開庭，讓陪審員有充足的時間好好商議。」

法庭上所有人都起立鞠躬。諾爾司法官向眾人回禮後也離開座位。

威廉問：「您有時候會不會希望跳過二十四小時，好早點知道接下來發生的事？」

霍克斯比回答：「等你到了我的年紀，就不會這麼想了。」

33

檢方對雷恩斯福德

「朱利安爵士，你可以傳喚下一位證人了。」

「我沒辦法，法官大人。雖然昨天已經依照您的指示發出傳票，法警卻沒能將通知書交到史騰先生或佛杜尼斯先生手上。」

法官說：「那麼我們就得等到傳票送到他們手上。」

「那可能要等上一陣子，法官大人。」

「怎麼說呢？朱利安爵士。」

「我聽說在開庭前幾天，佛杜尼斯先生就回到尼科西亞[54]的老家，從此之後便杳無音訊。」

54　尼科西亞（Nicosia）：賽普勒斯首都。

「這個消息是誰告訴你的？」

「西漢姆林道的尼爾森上將酒吧的老闆告訴我的，佛杜尼斯先生是那裡的常客。」

「那史騰先生呢？」

「他似乎在昨天深夜從伯明罕機場搭飛機離開了。」

法官說：「我猜猜看，應該也是飛往尼科西亞吧。」

「因為他訂的是單程機票，所以法警可能很難執行您的命令，而您想必注意到了，法官大人，英國與賽普勒斯並沒有簽訂引渡條約。」

「那麼我應該下令查封史騰先生的資產，只要他再次踏足這個國家，馬上就會被逮捕。我想我們不能抱太大希望，認為他跟博林布魯克[55]一樣，覺得流放是比監禁更嚴厲的懲罰。」

沒有人提出其他意見。

路威林先生從座位上起身說道：「法官大人，能上前說句話嗎？」

亞諾特上訴法院法官點點頭。路威林先生和朱利安爵士都走上前，來到三位法官身邊。他們與法官竊竊私語了一陣，亞諾特上訴法院法官接著舉起手，開始與他的同仁討論。

貝絲悄聲詢問葛蕾絲：「他們在說什麼？」

「不清楚，但是我猜我們很快就會知道了。」

擴音器傳來一個鏗鏘有力的聲音：「請邁爾斯・福克納案所有相關人等前往第十四號法庭，陪審團要回庭了。」

幾個站在大廳裡交頭接耳的人立刻停止交談，其他人則熄滅手中的香菸，迅速邁開步伐回到法庭上。威廉與霍克斯比大隊長、拉蒙特偵緝督察、雙方律師、記者和單純好奇的民眾回到法庭，法警則帶著陪審團走進來，回到他們的位置上。

陪審員都坐定後，書記官說：「請陪審團團長起立。」

陪審團團長從第一排最靠邊的位置起身。

諾爾斯法官問道：「你們針對三項指控做出裁決了嗎？」

陪審團團長回答：「是的，庭上。」

法官對書記官點點頭。

55 譯註：應是指亨利・博林布魯克（Henry Bolingbroke），曾在一三九八年被表兄弟理查二世（Richard II）放逐，後成功推翻理查二世，登基成為亨利四世（Henry IV）。

「陪審團團長先生，請問你們是否認定，被告邁爾斯先生從倫敦菲茲墨林博物館偷走林布蘭的《布商公會理事》罪名成立？」

「罪名不成立，庭上。」

福克納露出微笑。布斯・華生面無表情。威廉皺起眉頭。

「第二項指控，被告為該起竊盜案的共犯，你們是否認定被告罪名成立？」

「罪名不成立。」

拉蒙特暗暗咒罵了一聲。

「至於第三項指控，收受他明知是贓物的物品，也就是上述的林布蘭畫作，你們是否認定被告罪名成立？」

「庭上，我們以十票對兩票的多數決認定，被告罪名成立。」

法庭裡瞬間人聲鼎沸，一片鬧哄哄的，幾名記者衝出去尋找最近的電話，通知編輯台陪審團的裁決。法官等到法庭恢復平靜後才轉向被告。

書記官宣布：「請被告起立。」

那個氣焰熄滅不少的身影，緩緩地從被告席起身，踉踉蹌蹌地往前走去，抓著圍欄穩住自己的身體。

法官嚴肅地說道：「邁爾斯・福克納，你收受贓物，也就是重要國寶級畫作的罪名成立。因為你的罪行情節重大，我想花幾天思考怎麼樣的處罰才合適，所以我要延後到下個星期二早上十點宣布判決。」

看見布斯・華生倏地站起身，霍克斯比忍不住問：「他想做什麼？」

「法官大人，我能否請求將我的客戶的保釋期間延長到那一天？」

諾爾斯法官說：「准許，但條件是他將護照交給法庭。布斯・華生先生，我想你一定會向客戶說明清楚，如果他下星期二沒有來到這間法庭出現在我面前，會遭遇什麼後果。」

「我一定會的，庭上。」

「布斯・華生先生和帕默先生，請兩位移步至我的辦公室。」

大隊長又問：「他想做什麼？」

檢方對雷恩斯福德

亞諾特上訴法院法官和另位兩位法官，在翌日早上十點走進法庭前，法庭早已座無虛席。

亞諾特上訴法院法官將一個紅色的資料夾放在面前的長椅上，接著向法庭裡所有人鞠躬。他接著坐進中間的座位，整理自己的紅色長袍、調整好眼鏡後，才打開資料夾翻到第一頁。

整個法庭鴉雀無聲，他得抬頭審視一番，才能確定該出席的人都出席了。他低頭看了看幾張望眼欲穿的面孔，又看了看站在被告席的囚犯，才開始宣布他的最終判決。他對雷恩斯福德感到抱歉。

亞諾特開始說：「在擔任法官的生涯中，我主持過許多起審判，我在每一起案件中都嘗試保持超然公正、不投入任何感情，以確保正義不僅要落實，更要在人前落實。」

「不過，在這起案件中，我恐怕投入了一點感情。聽完史騰先生的證詞，我便明白確實出現了不公正的審判。亞伯拉罕教授在這起案件中運用他的專長後，那個感受便更加強烈。我和兩位同仁在克拉克森偵緝巡佐接受交互詰問時終於被說服，他誠實和坦率的證詞是職業素養的展現。」

「儘管這樁犯罪的真兇，可能永遠都不會被繩之以法，我依然確信亞瑟・愛德華・雷恩斯福德，並沒有謀殺他的朋友兼合夥人蓋瑞・柯克蘭，那是個錯誤的指控。我因此下令推翻原本的裁決。」法庭裡爆出一陣歡呼，但是看見法官皺眉表示自己話還沒說完，歡呼聲便逐漸平息。法官繼續說：「我們永遠都不應該輕忽這種不公正的判決。我不會責怪原先庭審中的陪審團做出有罪的裁決，因為他們聽信了一名偵緝督察的片面之詞，而正是因為那個人的欺騙，他們無法將雷恩斯福德先生在被捕當晚，給予警方的那失蹤的一頁口供納入考量，因而導致一個無辜的人，受到嚴重不公正的審判。能夠釋放這名犯人不僅令我感到十分高興，我更要清楚宣布，這個人的人格從來都不曾，更從來都不應該出現汙點。雷恩斯福德先生，你可以自由離開法庭了。」

帷幕終於落下，貝絲和喬安娜．雷恩斯福德率先興奮地跳起來，大聲鼓掌叫好。不過，在這場抗爭的所有紛擾終於告一段落後，亞瑟會記得最久的一件事，便是路威林先生從檢方律師席起身，朝被告席走了過來，與他握手致意的一刻。亞瑟得彎下身來，才能在眾人的喧嘩中聽清楚他說的話。

路威林先生悄聲說道：「這是我人生中第一次，對於打輸官司感到高興。」

❊　❊　❊

諾爾斯法官脫下長袍、摘掉假髮，為自己倒了一杯麥芽威士忌，此時有人敲門。

他說：「請進。」門打開了，布斯．華生和帕默走進他的辦公室。

「我得盡地主之誼，布華、艾德里安，兩位想吃喝點什麼嗎？」

布斯．華生一邊摘下假髮，一邊回答：「不用了，謝謝你，馬丁。我知道你不會相信，但是我還在嘗試減重。」

「艾德里安呢？」

帕默說：「麻煩你了，法官。可以的話，我也想來一杯麥芽威士忌。」

法官把飲料交給控方律師，然後說道：「兩位都坐下吧。」他啜飲一口威士忌，等兩人都坐定後才再次開口：「我想私下跟你說幾句話，布華，但是我認為艾德里安也應該在場，日後才不會產生誤會。」

布斯．華生挑起眉毛，這是他在法庭上絕對不會做的動作。

「我很好奇，你的客戶是不是真的有意將那幅魯本斯的作品捐贈給菲茲墨林博物館？」

布斯．華生說：「我絲毫不會懷疑他的誠意，但是你如果認為有必要弄清楚，我一定會查出來告訴你。」

「不、不，我只是好奇。既然你們都在這裡，我先恭喜你們各自在案件中繳出的表現，我想結果算得上是平手，不分軒輊。」

布斯．華生說：「我不認為我的客戶是這麼想的。」

帕默將威士忌一飲而盡，說道：「他或許該接受我的提議。」

法官問：「我能問問是什麼提議嗎？」

「如果他承認收受贓物罪，檢方就會撤銷竊盜指控。」

諾爾斯說：「所以陪審團的裁決沒錯。」他接著又啜飲一口威士忌。「艾德里安，要再來一點嗎？」

「謝謝你，法官。」

「布華，你確定不會被威士忌誘惑嗎？」

「不用了，謝謝你，馬丁。我幾分鐘後要與客戶見面，所以我最好馬上出發。」

「當然了，布華，星期二早上見。」

布斯・華生從椅子上起身，轉身準備離開。

「或許你可以告知我一聲，你的客戶是不是會按照他宣誓後所承諾的，將魯本斯的畫作送給菲茲墨林博物館。」他停頓了一下，補上一句：「在星期二前告訴我。」

布斯・華生只是點點頭，沒多說什麼。

帕默又啜了一口威士忌，等辦公室的門關上後才問道：「我剛剛是不是看見有人在巧妙地施壓？」

法官舉起杯子說道：「當然不是。我已經決定好福克納先生的命運了，雖然我必須承認，假如他流露出一絲絲懊悔，我或許會考慮退讓一些。不過，從另一方面來說，我也可能不會。」

＊＊＊

福克納問：「你覺得他為什麼會這麼問？」

「法官總是會在最後關頭稍微讓步，但前提是要感受到真誠的悔意。」

「要多真誠？」

「如果你在星期二前將魯本斯的畫送給菲茲墨林博物館，我相信法官大人可能會認為，那是你發自內心懺悔的表現。」

「那麼我會得到什麼回報？」

「諾爾斯太精明了，除了一點點暗示，他什麼都不會透露的，不過他有權決定要判最重的刑期四年，還是最低的刑期六個月。甚至有可能是判緩刑，加上一萬英鎊的罰金——不過只是有這個可能性而已，別抱太大的希望。」

「就像我說過的，布華，我才不屑什麼罰金。但是就算我只坐牢六個星期吧，天曉得克里斯蒂娜會趁我不在的這段期間，掀起什麼風浪。」

「這表示你願意把魯本斯的畫捐給菲茲墨林博物館嗎？」

「這表示我會考慮。」

「星期二以前想好。」

＊　＊　＊

亞瑟在十點鐘睡著了，這讓他有點尷尬，因為他的家人都還在聖羅倫佐慶祝這次大獲全勝。那是他最愛的餐廳，全店上下依然十分歡迎他，彷彿他從來沒離開過。

他解釋：「每天晚上十點熄燈。這種生活過了將近三年，習慣實在很難改掉。」

葛蕾絲問：「你明天早上醒來後，要做的第一件事是什麼？」

亞瑟說：「我會早上六點起床。」

威廉建議：「香腸、蛋、培根和豆子如何？」

亞瑟回答：「不是用調理包做的炒蛋，我或許還會吃一點煙燻鮭魚片，沒有烤焦的麵包，還有一杯熱氣騰騰的咖啡，加上不是奶粉泡的牛奶。」

「吃完早餐之後呢？」

「我應該會在公園散很久的步，再去買東西。如果我明天早上回去上班時要體面一點，就得買一套新西裝。」

朱利安爵士建議：「你何不先休息一下，再回去上班呢？去放個假吧。」

亞瑟斬釘截鐵地說：「絕對不要，我已經放三年假了。不、不，我想要盡快回到辦公室。」

貝絲問：「您可以再放一天假嗎？爸爸？您和媽媽明天都受邀到菲茲墨林博物館參加林布蘭作品的揭幕典禮，我希望你們都來見證我的勝利時刻。」

威廉問：「妳的勝利時刻？」

除了亞瑟，所有人都哈哈大笑，因為他又睡著了。

＊＊＊

早在上午十點前，第十四號法庭就已經座無虛席，他們像劇院觀眾一樣七嘴八舌地交談，等待著帷幕升起。

霍克斯比大隊長、拉蒙特偵緝督察、羅伊克羅夫特偵緝巡佐和華威克偵緝警員，都坐在控方律師艾德里安・帕默御用大律師後面幾排的位置。

布斯・華生御用大律師和他的事務律師密西康先生坐在另一頭，討論他們的客戶今天早上在全國各大報社得到的報導篇幅。他們都同意，那是最理想的情況。邁爾斯・福克納站在《耶穌下十字架》旁邊的照片，登上好幾家報紙的頭版，配上布斯・華生親手寫下，而他的客戶一字不漏複述的一段話：「與自己最喜歡的一幅畫分離確實令人傷心，簡直像痛失獨生子，但是我的魯本斯實在找不到比菲茲墨林博物館更好的歸宿了。」

法庭一側的媒體席擠得水洩不通，幾名老記者找不到位置坐下，只能站在其他表現遜色的同仁背後。判決宣布後，他們會衝到最近的電話旁邊，向責任編輯報告法官的判決。

《倫敦標準晚報》會是第一家報導的媒體，他們已經準備好頭條標題：「福克納被判入獄X年。」只要把數字填進去就好了。刑案記者已經在前一天晚上交出兩個版本的報導，副編輯會決定要刊登哪一則。

早上七點開始，單純感到好奇和熱中關注案件的民眾，早早就在皇家司法法庭的門口排起長長的人龍，法庭開門後幾分鐘內，旁聽席上便座無虛席。所有出席者都知道，聖保羅大教堂的西南塔敲響十點的鐘聲時，帷幕就會升起。雖然說封閉在法庭裡的所有人，其實都聽不見教堂的鐘聲。

諾爾斯法官一出現，交談聲便立刻停止，法庭裡瞬間充滿期盼的氛圍。法官坐進高背紅皮椅，低頭看了看自己的小王國，眼神掃過所有的子民，隱藏起他第一次看見法庭座無虛席的驚訝之情。他向所有人鞠躬還禮，將兩個紅色資料夾放在長椅上。

福克納走上被告席時，威廉轉頭看向他。他穿著深藍色西裝和白色襯衫，繫上舊式哈洛公學領帶，看起來更像一個準備去上班的股票經紀人，而不是即將被送進彭頓維爾監獄的囚犯。他面向法官站得直挺挺地，甚至有些趾高氣昂，看起來既冷靜又沉著。

諾爾斯法官打開第一個標示著「判決」的紅色資料夾，瞄了一眼囚犯，才開始讀出他的手稿。

「福克納先生，你收受贓物罪名成立，而且你收受的贓物並非微不足道的小玩意兒，而是價值無法計算的國家寶藏，也就是林布蘭的《布商公會理事》。我認為你持有該幅獨一無二的作品很長一段時間，大概是該畫從菲茲墨林博物館失竊後七年的時間，這一點無庸置疑，而且你從未有意願將畫作歸還給其合法擁有者。要不是你的妻子在未經你同意下將畫作送到英格蘭，現在可能還掛在你位於蒙地卡羅的住家內。」

艾德里安．帕默先生代替檢方露出一抹挖苦的微笑。

法官繼續說：「福克納先生，你並非如某些小報所言，是個紳士怪盜，只是單純享受警匪追逐的刺激感。事實上差得遠了。你充其量只是一個普通的罪犯，唯一的目的就是從國家機構竊取其中一件最珍貴的寶藏。」

布斯．華生不安地在座位上挪了挪身體。

法官翻到手稿的下一頁，宣布：「邁爾斯．愛德華．福克納，你要支付一萬英鎊的罰金，這是我得以判罰的最高金額，雖然我認為以這起案件而言，金額實在是低得可憐。」他闔上第一個紅色資料夾，在座位上侷促地挪動了一下。福克納同意這個金額確實是「低得可憐」，他對於自己輕輕鬆鬆逃過一劫感到十分得意，但還是忍住沒有露出微笑。

法官接著打開第二個資料夾，先瞄了第一段文字，之後才開口：「除了罰金之外，我判你入獄服刑四年。」

福克納一瞬間變成洩了氣的皮球，不敢置信地抬頭瞪著法官。

法官翻了一頁，看了看他前一天晚上劃掉，今天早上才重寫的段落。

他繼續說：「不過，我必須承認，你慷慨捐贈魯本斯的《耶穌下十字架》給菲茲墨林博物館的行為，打動了我。我認為你必須割捨最引以為傲的收藏，想必十分痛苦，如果我不認為如此慷慨的舉動真誠地展現了你的悔意，那就是我的疏忽。」

大隊長悄聲說道：「他會取消罰金，反正福克納根本不屑那點錢。」

威廉說：「或者減少刑期。」他真不知道現在該看法官還是福克納。

福克納沒有退縮，他殷切期盼聽見一個詞，而那個詞並不是「罰金」。

法官繼續說：「因此，雖然這可能不是最明智的做法，但我也決定展現些許仁慈，判處你緩刑，我也要明確指出，如果你在接下來四年中犯下任何罪行，不論情節輕重，都會立即恢復執行你的刑事處罰。」

福克納認為法官所說的那個「慷慨的舉動」，實在是太值得了。

法官說：「所以你可以自由離開法庭了，福克納先生。」從他的語氣聽來，他似乎已經馬上後悔自己的決定。

威廉怒不可遏，而他絲毫沒有打算掩飾自己的憤怒。拉蒙特無言以對，霍克斯比則暗自沉思。畢竟諾爾斯法官說了，任何罪行，不論情節輕重。

貝絲下午聽說這個消息時，只說了一句：「如果要我在福克納去坐牢四年，以及菲茲墨林博物館獲得一個無價之寶之間選擇，我根本想都不必想。」

威廉說：「我倒是希望兩全其美。菲茲墨林博物館得到魯本斯的畫，福克納接下來四年爛在彭頓維爾監獄裡。」

「但是，如果一定要在福克納坐牢四年和菲茲墨林博物館永遠獲得魯本斯之間二選一，你會怎麼選呢？」

威廉說：「當然是選菲茲墨林博物館。」他試著讓回答聽起來像真心的。

34

「公主殿下、各位大人、女士和先生們，我是提姆．諾克斯，身為菲茲墨林博物館館長，我很榮幸邀請各位參加林布蘭的曠世巨作《布商公會理事》的揭幕典禮。如你們所知，《布商公會理事》在七年多前失竊，很多人認為這幅畫永遠不會再回來了。不過，我們始終堅信六位布商公會理事會回來，因此我們從不允許其他畫作掛在它的位置上。」

眾人不約而同地鼓掌。館長等到所有人拍完手後才繼續說。

「我現在請公主殿下為失而復得的大師之作揭幕。」

長公主走到講台上，說道：「在我揭幕之前，提姆，我想先提醒你，我的曾曾祖父在一百多年前為這間博物館開幕。我相信當我拉下布幕——這是我的家族非常有經驗的一件事——看見的會是林布蘭的畫作，而不是《布商公會理事》曾經掛在這面牆上留下的痕跡。」所有人都哈哈大笑。安妮長公主拉下繫繩，紅色的布幕落下，讓眾人得以一睹這幅傑作的風采，現場更有些人是第一次看見。威廉看向畫作的右下角，確定那裡確實有RvR簽名，才跟著群眾一起鼓掌喝采。

諾克斯說：「謝謝，但是今天晚上，各位將有幸飽覽兩幅傑作，你們想必都注意到了，還有第二幅畫等著揭開布幕。現在，我們先享用一杯香檳，一邊欣賞林布蘭的作品，接下來再向各位介紹我們最新的收藏。」

威廉並沒有移動腳步，他依然在欣賞這幅第一次是在蒙地卡羅見到的畫作，他當時還不禁想著，自己有沒有機會再見到它。他並沒有注意到大隊長站在身邊，直到他打斷了他的思緒。

霍克斯比說：「恭喜你，威廉。這是你個人的大獲全勝。」

威廉說：「這是團隊合作的功勞，長官。」他不情願地將目光從畫作上移開，轉向他的上司。

「少來，要不是你加入團隊，這幅畫永遠都不會回到合法的擁有者手中。不過，我得先警告你一下，等我們回到總部，我就會向廳長報告，把所有功勞攬在身上。」

威廉露出微笑，說道：「我很高興潔琪今天晚上也受邀了。」他望向展覽廳的另一頭，看見她正在與貝絲聊天。「在我加入之前，她做了很多枯燥又艱難的工作。」

「我同意，雖然她被降級了，我還是很慶幸我們部門沒有徹底失去她。不過這造成了一個問題，因為藝術與骨董組只能有一名偵緝警員。」

威廉很清楚規則，如果你是最後一個加入的成員，團隊又必須削減人力，那麼你就得第一個打包走人。他只希望自己不會回到街上巡邏。

「威廉，我們恐怕得把你調到另一個部門，但是你得先進行巡佐考試。」

「可是我還要再等一年才有資格考。」

「我很清楚，華威克，所以我要讓你加入碩士快速升遷計畫，也就是你剛加入警局時千方百計避開的計畫。」

威廉很想抗議，但他很清楚自己吵不贏的。「那麼您想把我調到哪個部門呢？長官？」

「我還沒決定好要調去緝毒、詐欺還是凶案組。」

「我受夠凶殺案了，長官，不過我永遠都會感激您幫我的準岳父重獲自由。」

霍克斯比說：「以後不論在公開場合或私下都別再提這件事了。」此時亞瑟邁步來到兩人身邊。

亞瑟說：「我迫不及待看看另一個布幕下是什麼，貝絲每次一提起就異常激動。」

威廉說：「確實值得她激動，不過我只能說，你們一定不會失望的。」

提姆．諾克斯用湯匙敲了幾下香檳杯，直到所有人都停止交談，轉頭看向他。

他說：「我們過去一直認為，《布商公會理事》是我們這個星系最璀璨的一顆星，但是第二個布幕掀開時，我很好奇各位會不會認為蒼穹中出現勢均力敵的對手。」

他沒有多說半個字，直接拉開布幕揭開魯本斯的《耶穌下十字架》，所有人先是倒抽一口氣，接著爆出一陣震耳欲聾的掌聲。

眾人的歡呼喝采漸歇後，他繼續說：「我們的收藏能夠錦上添花，是多虧了知名收藏家和慈善家邁爾斯．福克納先生的慷慨割愛。他今天晚上也來到現場，請各位一同舉杯，向他表達祝福與感謝。」

儘管四周傳來此起彼落的「說得好！」和清脆的乾杯聲，威廉還是嘟囔：「別把我算進去。」

貝絲高舉酒杯說道：「算我一個，他家的牆上還掛了好多稀世珍寶，我們很樂意看見那些畫全都掛在菲茲墨林博物館的牆上。」

威廉說：「我會先把他吊起來掛在牆上。」

貝絲說：「我最好先去救救我父親，把他帶回家。他的睡覺時間快到了，而且別忘了，他明天要回去上班。」

威廉點點頭，說道：「我等等就跟上。」他實在捨不得離開魯本斯的作品。

「我會想念我最喜歡的作品。」他背後傳來一個聲音說道。

威廉轉過身，看見福克納也在欣賞魯本斯的畫，但是他一點也不想跟他打招呼。不過這並沒有阻止福克納繼續說：「華威克警員，假如你來到紐約，請一定要打電話給我，因為我想邀請你到我在第五大道上的公寓喝一杯。」

威廉帶著怒氣說道：「我為什麼會想去？」

福克納向前傾身，在他耳邊說道：「因為到時候我就能請你欣賞原畫了。」

初生之犢 / 傑佛瑞 . 亞契 (Jeffrey Archer) 著 ; 鄭依如譯 . -- 初版 . -- 新北市 : 惑星文化 , 遠足文化事業股份有限公司 , 2024.09
面 ; 公分 . -- (威廉華威克警探系列 ; 1)
譯自 : Nothing ventured.

ISBN 978-626-98987-0-1(平裝)

873.57 113012858

威廉華威克警探 I

初生之犢

Nothing Ventured

作　　者　傑佛瑞・亞契（Jeffrey Archer）
譯　　者　鄭依如
副總編輯　黃少璋
特約行銷　黃冠寧
封面設計　張巖
排　　版　宸遠彩藝工作室

出　　版　惑星文化／遠足文化事業股份有限公司
發　　行　遠足文化事業股份有限公司（讀書共和國出版集團）
地　　址　231 新北市新店區民權路 108 之 2 號 9 樓
郵撥帳號　19504465　遠足文化事業股份有限公司
電　　話　(02)2218-1417
信　　箱　service@bookrep.com.tw

法律顧問　華洋法律事務所 蘇文生律師
印　　製　成陽印刷股份有限公司
出版日期　2024 年 9 月初版一刷
定　　價　500 元
I S B N　9786269898701